# 騎士&魔法 4

Knight's & Magic

「那我們出發吧！」

艾爾失控的時候，就表示奇德和亞蒂也會跟著他一起胡來。

Hisago Amazake-no

天酒之瓢

插畫／黑銀

「埃莉諾，振作一點！」
即使伊莎朵拉向她搭話，
埃莉諾也毫無反應，
只像個壞掉的人偶般，
隨著馬車的顛簸晃著頭。

主要搭乘者／艾爾涅斯帝・埃切貝里亞

## spec

總高度／ 11.2m

啟動重量／ 21.6t

裝備／銃裝劍、斧槍、執月之手、魔導噴射推進器

## explanation

銀鳳騎士團團長艾爾涅斯帝的專用機，兼同騎士團的旗機。由於其設計出自擁有前世日本人記憶的艾爾，因此是這個世界上唯一擁有異文化設計——「鎧甲武士」姿態的機體。同時也是腹部配置中型魔力轉換爐「女皇之冠」，背部裝載大型爐「皇之心臟」的複數動力機。龐大的輸出動力支撐起各個可動式魔導噴射推進器，產生更為異常的機動性。反之，由於一般人連機械控制都無法駕馭，使得除了艾爾這個活生生的控制器以外沒有任何人能夠操縱。它擁有最厲害的戰鬥能力，又被稱為史上最強大的缺陷機體。

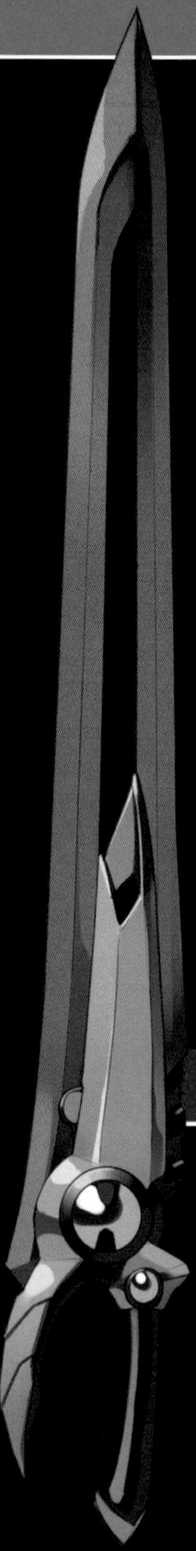

# 銃裝劍

## explanation

它有著猶如寬厚大劍的外表，是伊迦爾卡的專用武裝。內部藏著刻有紋章術式的銀板，除了當成劍使用，也可以當成魔導兵裝。為了讓結構脆弱的魔導兵裝也能充當格鬥武器，還運用了強力的強化魔法紋章術式來輔助，結果變成光是揮劍都會消耗大量魔力的低效益武裝。

## 伊迦爾卡 Ikaruga

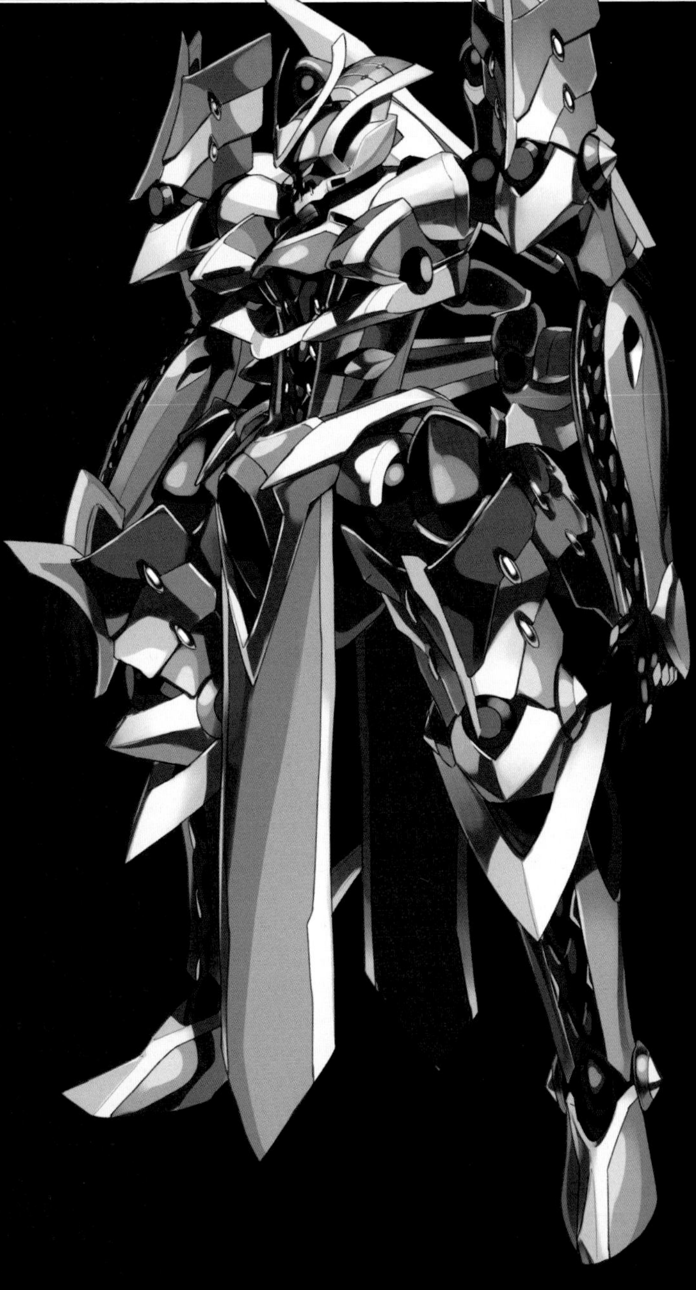

# 狄蘭托 Tyrantor

主要搭乘者／黑顎騎士團員

**spec**

總高度／ 12.0m

啟動重量／ 30.8t

裝備／重鎚、戰鎚、
長槍
背面武裝 2 門

**explanation**

甲羅武德王國配備，最先進重裝型幻晶騎士。為了將具有出色輸出功率，但魔力消耗快的繩索型結晶肌肉能量做最大限度的發揮，因此增加了肌肉量，使其擁有極高的輸出動力。利用此一特點，裝甲也造得非常厚，是一架體現了「重裝甲、高輸出動力」的機體，然而過大的重量也大幅降低了機動性，欠缺續航力。

「埃、埃姆里思哥哥!?
那個聲音……真的是里思哥哥嗎？」
伊莎朵拉從茫然若失的狀態恢復過來，
隨即投入埃姆里思懷中。

# 騎士&魔法 4

Knight's & Magic

## INTRODUCTION

### 戰鬥開始

讓各位久等了！

終於等到主角艾爾的專用機「伊迦爾卡」登場——

「黑影落在他們身上，一架幻晶騎士飛在空中。」

「瘋狂的是，那架機體從背後又伸出另外四條手臂。」

「那張莫名像人臉的面具深處，眼球水晶轉動著尋找獵物。」

——光是摘錄幾段「伊迦爾卡」的登場情景就讓人興奮不已，

即使不是艾爾，也會期待得不得了吧。

「我們走吧，伊迦爾卡……戰鬥要開始囉！」

Knight's & Magic，現在故事才『正式』開始!!

輕小說

# 騎士＆魔法

# 4

## 天酒之瓢

插畫/ 黑銀　　譯者/ 郭蕙寧

illustration 黑銀

# 騎士&魔法 4
Knight's & Magic

## CONTENTS

# 序幕

『澤特蘭德大陸』——這是人類與魔獸所居住，這塊大陸的名稱。

高聳的『歐比涅山脈』將其分成東西兩側，西側密布著許多人類建造的國家，被稱之為『西方諸國』。相對的，大陸東側只有一個國家，那就是面對魔獸領域『博庫斯大樹海』、扮演著人類盾與劍的國家——『弗雷梅維拉王國』。

在歐比涅山群的山腳下，有個擁有弗雷梅維拉王國最大學園設施的都市『萊西亞拉學園市』。而『銀鳳騎士團』的據點『奧維西要塞』就座落於都市不遠處。

儘管被稱為『要塞』，這個設施的功能卻並不是那麼著重於戰鬥，其內部幾乎都被『工房』設備所佔據。在頗為寬敞的停機坪上，停著一架架銀鳳騎士團所擁有的各種『幻晶騎士』。由純白騎士率領第一中隊，緋紅騎士率領第二中隊，以及人馬騎士們組成的第三中隊。而位在巨人騎士團盡頭處的，則是在王國內擁有頂尖戰鬥能力的騎士團長機體——具有六隻手臂與兩顆心臟的『鎧甲武士』。

高達十公尺的巨大人形兵器——幻晶騎士，這些為了與魔獸戰鬥而製成的鋼鐵騎士們若是靜止不動，便宛如一座座精巧的雕像，成排並列的景象充滿某種莊嚴的氣息。不過，這對在它們腳底下匆忙走動的人們來說，可說一點關係也沒有。他們是負責整備幻晶騎士的『騎操鍛造師』，抱著器材和工具，擺弄看似一套粗獷鎧甲的機械『幻晶甲冑』，忙碌地進行作業。有個人正扯開嗓門對那些鍛造師們下達指示，那是個矮人族青年。他體型結實，威嚴的臉上留著一把大鬍子。

「唉，看來我們家的幻晶騎士還真多任性小夥子啊。」

他苦笑著發牢騷，轉動肩膀發出喀喀的聲音。出於某些原因，銀鳳騎士團聚集了弗雷梅維拉王國中屈指可數的特殊機體。它們各自擁有強大的性能，但為了維持性能，也需要在整備上花更多工夫，因此騎操鍛造師們的工作也就不可避免地增加了。

「老大！『澤多林布爾』的腿部整備結束了！結晶肌肉也大致換成新的了。」

「噢，辛苦啦。看來這次會變成一趟『長途旅行』，得特別關照馬公的腳部情況才行。」

聽完跑過來的部下的報告，矮人青年——即『達維・霍普肯』滿意地點點頭。他頂著『銀鳳騎士團騎操鍛造師隊長』這樣的頭銜，但老交情的部下們都沿用他學生時代的綽號『老大』來稱呼他，他自己也習慣了。而且實際上，他的工作正是這間鍛造場的老大。

「老大——幻晶甲冑的整備和裝載全部完成囉。」

「噢，巴特老弟也辛苦了，這樣就差不多都準備好了吧。」

一名年輕的矮人族少年繼部下之後前來報告，他的名字是『巴特森・泰莫寧』。他這個人有點不同，是位精通幻晶甲冑更勝於幻晶騎士的騎操鍛造師。

之後，老大又陸陸續續收到完成整備的報告。包括幻晶騎士、幻晶甲冑，還有澤多林布爾拖曳著的大型『貨車』等等，銀鳳騎士團擁有的裝備種類相當多元。再加上其規模之大，同時整備起來可是相當勞師動眾的。

「終於準備好了吧。看來這趟旅程會變得相當熱鬧，你們也給我打起精神來！」

露出滿意笑容的老大吆喝著宣布，鍛造師們也舉起手臂回應。他們背後靜靜佇立的鋼鐵騎士們，也隱約綻放出自豪的光芒。

◆

話說那個時候，銀鳳騎士團團長『艾爾涅斯帝・埃切貝里亞』不在奧維西要塞，而是和自小一起長大的少年和少女，待在位於萊西亞拉學園市一隅的家裡。

「嗯，這樣要帶去的東西就幾乎都裝好了。」

艾爾抱著行李箱從自己的房間走出來。看到他兩手幾乎環抱不住的大型行李箱，『阿奇德・歐塔』歪著腦袋問：

「行李你都放在要塞吧？到底還帶了什麼東西去啊？」

「幾乎都是幻晶騎士的設計筆記、製圖工具和課本。」

「……啊啊，嗯。但我覺得這次旅行應該沒那麼輕鬆啦，算了。」

明明就要『出遠門』了，艾爾似乎還是打算帶著平常那些工具上路。因為太像他的作風，就連奇德也有點傻眼。

「等等，艾爾。有沒有忘了東西？你的幻晶騎士有好好帶著嗎？」

這時艾爾的母親『瑟莉緹娜・埃切貝里亞』追著他小跑步而來。這對母子不管是外貌，還是行動上有些脫線的特徵都一模一樣，讓一旁聽著的奇德險些滑了一跤。

「當然帶了！畢竟是可以大顯身手的舞台，騎士團也幫我做好了萬全的整備。因為要大家一起搬運，所以預定等一下會合。」

「那我就放心了……艾爾，媽媽又會寂寞好一陣子，你要小心別受傷，還有努力工作喔。」

緹娜不捨地輕輕擁住艾爾。艾爾也回抱她，用力點頭說道：

「好的！這趟旅行會有點久，母親也要好好保重身體。我會從那邊帶很多『紀念品』回來，請您拭目以待。」

「哈哈，你要帶紀念品是沒問題……努力工作雖然很重要，不過一定要平安回來啊。」

父親『馬提斯・埃切貝里亞』苦笑著從緹娜背後現身。他的兒子看起來態度總是從容不迫，偶爾卻會來場驚人的暴衝，實在讓人放不下心來。雖然他有能力度過危機，但為人父母的就是會擔心得坐立難安。他摸著艾爾的頭，緹娜則轉向和艾爾在一起的雙胞胎兄妹說道：

「亞蒂、奇德你們也要小心，艾爾就拜託你們了。」

「好的，緹娜阿姨！艾爾就交給我吧。我身為團長輔佐一定會認真工作！」

「我是覺得艾爾不管遇到什麼事都不會有問題啦，不過我會照顧他的。」

說著，『亞黛爾楚・歐塔』把手扠在腰上挺起胸膛，奇德則是聳聳肩膀。反正艾爾失控的時候，就代表他們兩個也會跟著他一起胡來——他們沒把這樣的猜想說出口。

「那我們出發吧！首先前往王都，和騎士團的各位會合！」

才道別完，艾爾就精神十足地抱著行李箱跑了出去，雙胞胎也隨後追上。目送他們離開的父母看著孩子們充滿活力的背影，一直到他們消失在視野外為止。

◆

西方曆一二八一年。時序即將步入初夏，某個氣候宜人的日子裡——

位於弗雷梅維拉王國的王都『坎庫寧』的王城『雪勒貝爾城』中，一名男性正大步穿過長廊，高大健壯的身軀匆促移動。他是弗雷梅維拉王國第二王位繼承人『埃姆里思・耶爾・弗雷梅維拉』。才抵達走廊盡頭，他就以破門之勢一把推開眼前的門高聲喝道：

「老爸！……不對，陛下。我得立刻前往『克沙佩加王國』！理由我不說你也清楚吧！」

門內是晉見國王的場所。在寬廣大廳深處的王座上，國王『里奧塔莫思・哈爾斯・弗雷梅維拉』深深無奈地嘆了口氣，傻眼地揮手屏退周遭驚訝的人。

「……唉，你聽說了啊。給我慢著，笨兒子，朕雖然猜得到原因，但還是要問一下，你為什麼突然說要去克沙佩加王國？」

當事人絲毫不明白父親正為了自己不守禮節的兒子感到扼腕，握緊拳頭大叫：

「那還用說！你可別說你不知道啊，老爸。因為克沙佩加王國……『伯母的國家』被他國攻擊了啊!!」

見第二王子握拳極力勸說的模樣，里奧塔莫思王帶著放棄的語氣抱怨：

「啊啊，朕就知道會變成這樣，才事先把這消息壓下來。你到底是從哪裡聽說的……不過埃姆里思，我們沒收到來自那個國家的任何請求，你打算用什麼理由前往戰場？」

「理由？根本不需要那種東西！因為伯母在那裡，我們和她有血緣關係！去幫他們是應該的，這不就夠了嗎!?」

里奧塔莫思極為自然地點頭回答：

「這樣啊，但是朕可不會出兵。你忘了嗎？我國的確擁有相當數量的幻晶騎士，但那是為了保衛廣大國土和人民而存在的，怎麼能輕易派往他國參戰。」

光從國土面積來看，弗雷梅維拉王國在人類國家中可以排得進前幾名。他們之所以肯屈就於邊境國家的地位，就是因為國內充斥著無數的『魔獸』，需要大量幻晶騎士維持國情平穩。剛才還咄咄逼人的埃姆里思不由得閉上嘴。儘管個性耿直魯莽，但他還是有俠義氣概，不會為了救伯母，而用人民的性命安全交換。正因如此，他當然會這麼說：

「是嗎？我懂了……那我『一個人』去克沙佩加王國救伯母就好了吧!!」

一旦決定，便會立即付諸行動的他轉身正要離去，里奧塔莫思忍不住扶額，對著兒子的背影說：

「你一個人過去，能派上什麼用場？」

「……不知道！可是伯母之前一直很照顧我，我不可能就這樣袖手旁觀！」

里奧塔莫思始終保持平靜，微微瞇起眼說：

「那麼，你『埃姆里思・耶爾・弗雷梅維拉』要帶著那個名字，前往正在戰爭的國家？難道你想說你不明白那代表什麼意思嗎？」

埃姆里思像被雷打中一樣，猛然停下腳步。

「這、這個……」

「你沒那麼愚蠢吧？的確，朕的妹妹在那個國家，但更重要的是，如果朕的兒子去了那裡會怎麼樣？對方可能會將此視為『弗雷梅維拉王國的宣戰』啊。」

「所以我才說……！對了，克沙佩加王國在歐比涅山地西邊，那邊受到了侵略，就表示接下來很可能換成我們弗雷梅維拉王國遭殃！在這之前出兵協助的話……」

「那倒是沒錯，不過你打算特地送給敵人正當理由攻擊自己嗎？王的行動代表國家，擁有王位繼承權的你也不例外。綜合以上理由，回答我，埃姆里思，你已經做好因為自己的選擇而把這個國家和人民捲入戰爭的覺悟了嗎？」

埃姆里思沉默了，但即使不透過言語，從他緊握得幾乎滲出血的拳頭以及全身的顫抖，也體現了他的心情。

「那陛下……老爸你的意思，是要棄伯母於不顧嗎……!?」

「怎麼可能，沒那回事。」

國王隨意的語氣完全顛覆了至今對話的走向，啞口無言的埃姆里思一下子反應不過來。

「你一個人去什麼也做不了。想讓行動有意義，就需要相應的力量。既然無法大舉出動我國的戰力，那麼準備足以以一擋百的勇士就好了……」

聽著父親說話的埃姆里思腦海中，浮現某個騎士團的名字。在擁有眾多騎士團的弗雷梅維拉王國中，稱得上『以一擋百』的也寥寥可數。就在他忍不住將那個名字說出口之際，『他們』抵達的消息傳到了國王耳中。

「讓陛下久等了。『銀鳳騎士團』共三個中隊已做好遠征準備，在此集結恭候差遣。」

帶著奇德和亞蒂出現在謁見廳的艾爾涅斯帝，恭謹地屈膝觸地。眼見一向不按牌理出牌的埃姆里思啞口無言，里奧塔莫思得逞似地壓下喉嚨深處的笑聲。

「不服嗎？埃姆里思，你知道他們的強大吧。他們可是擊退『陸皇』和『女皇殼獸』，好幾次拯救我國脫離險境的最強騎士團喔？」

埃姆里思露出驚愕的表情搔搔頭說：

「我是很清楚啦……喂，老爸你不是說不會主動找碴，免得把國家捲進戰爭嗎？」

「是啊，正是如此。所以埃姆里思啊，你在那裡要極力避免亮出『弗雷梅維拉』的名字。表面上裝出和我國沒關係的樣子，不要給任何人攻打我國的藉口。」

埃姆里思終於放心地垂下肩膀，這種蠻橫手段就連喜歡硬碰硬的他也感到大為驚訝。

「……老爸，你那不是所謂的狡辯嗎？」

「不對，這種事是先講先贏。埃姆里思，只要你貫徹到底，不論怎樣總會有辦法。」

里奧塔莫思清了清喉嚨，然後換上認真的表情繼續說：

「我國現在正團結一致向前，在這麼重要的時期『後方』打起來可就麻煩了，必須讓他們稍微和平一點。而所謂的和平啊，說穿了就是『均衡』。克沙佩加是西方的著名大國，怎麼能坐視它陷入混亂。還有，朕的笨兒子就拜託你們照顧了，銀鳳騎士團。」

「謹遵御旨，我等銀鳳騎士團定不負陛下期待。」

一旁的埃姆里思原本遲疑著不知如何開口，但大概覺得太麻煩了吧，於是大步走向前說：

「好，無所謂！有你們在就放心了。走吧，銀鳳騎士團!!」

國王用話語追上他走出去的背影：

「用你的眼睛，好好看清楚國家之間的戰爭。接下來將進入動盪不已的時代。面臨那樣的局勢，我們也不能再毫無所覺地整天和魔獸攪和了吧……還有，救救馬蒂娜，拜託你了。」

埃姆里思微微回首，用力點了點頭。

弗雷梅維拉王國的都市，包括王都坎庫寧，都由堅固的城牆保護，無一例外。坎庫寧西大門——在這座足以讓幻晶騎士通過的巨大城門前，整備齊全的銀鳳騎士團已集結完畢。

部隊核心是由銀鳳騎士團引以為傲的人馬騎士『澤多林布爾』所組成的第三中隊。澤多林布爾背後連結著一輛巨大的『貨車』，得以發揮強大的運輸能力。因為它最適合長距離行軍，這次特別經過細心的維修保養。貨車上載著採待機姿勢的幻晶騎士，是以最先進的制式量產機『卡迪托雷』為主構成的第一、第二中隊戰力。

當然，要運送的不只是幻晶騎士，其他還有載著食物和幻晶騎士的維修用零件等等，許多一般的馬車，整支隊伍形成相當大的規模。

「這可真壯觀啊。」

「說好聽點是要去幫助友邦，其實就是去打仗的嘛。要帶的東西當然多了。」

第三中隊隊長『海薇・奧柏里』佩服地環顧四周，而回答她的則是第一中隊隊長『艾德加・C・布蘭雪』。同時擁有強大戰力與高機動性能的銀鳳騎士團，過去也經常受託而奔走各地，但那畢竟只限於國內。他們幾乎都是在當地調度的前提之下輕裝上路，帶著這麼多物資遠征，對他們來說也是頭一遭經驗。

「也有很大原因是不曉得那邊會有什麼情況啦。好了，兩位，團長大人好像出來了，差不多該準備動身了。」

第二中隊長『迪特里希・庫尼茲』在這時候現身。他這麼對兩人說完，接著便走去提醒其他團員，至今悠閒等待的團員們也迅速各自就定位。

通過城門，帶著艾爾的埃姆里思出現了。他看到全副武裝的銀鳳騎士團，想起人們私下流傳的『殺獸災禍』事件。若是由成功抵禦那起被稱為「近年最糟糕攻擊」的銀鳳騎士團出馬，一定能——就在陷入沉思的期間，他來到騎士團最前列一輛格外巨大的馬車前面。由兩台澤多林布爾拖曳的特殊馬車上，載著一架反射金黃色陽光的超華麗幻晶騎士。

「……『金獅子』啊，這回輪到你為了伯母大展身手了。」

埃姆里思感觸良多地仰望金獅子，艾爾穿過他的身側，背對著騎士團回過頭。不知不覺間，在場所有人的視線都集中到他身上。

「殿下，請您下令。」

「……好，銀鳳騎士團！接下來我們將前往幫助伯母並平息糾紛，順便把引起戰爭的笨蛋揍得遠遠的!!」

這番在各方面都很亂來的說明，讓原本姿勢很端正的團員們一下子垮下肩膀。埃姆里思不以為意，隨即握緊拳頭向前伸出並開口：

「對手不是魔獸！搞不好會碰到超乎想像的困難，但我相信只要有我和你們的力量就能成功！」

「好──那麼大家打起勁去『參戰』吧！」

艾爾臉上掛起歡欣雀躍的笑容，做下凶暴的總結。繼而響起團員們的吶喊，以及幻晶騎士尖銳的排氣聲。

銀鳳騎士團就此踏上前往西方狂風暴雨中的路，這是弗雷梅維拉王國自建國以來的首次西行遠征。橫跨大陸東西兩側，這一年，將成為澤特蘭德大陸的歷史產生劇烈變化的開場時刻。

# 第七章 大西域戰爭開戰篇

Knight's & Magic

# 第二十九話　漆黑風暴的開端

大地被染成一片漆黑，冰冷、發出黯淡光芒的黑，顯露堅硬且厚重的金屬質地。而將此處化為黑色大地的，是全身包覆黑色鎧甲的巨人騎士——幻晶騎士，這是一支幾乎讓人誤以為蔓延到地平線另一端的幻晶騎士大軍。它們在此集結，井然有序地列隊。

這裡是在『西方諸國』中名震一方的大國之一——甲羅武德王國的王都。壯麗的王宮坐鎮於王都中央，以石板鋪就的廣大空間從其前方延伸開來。從王宮正前方凸出的陽臺上放眼望去，剛好能將這鋪滿黑色地毯的廣場盡收眼底。

陽臺上有幾個人影，兩名男性，一名女性。他們從剛才開始就俯視著漆黑的騎士團，最後一位年輕的男子走到前方，他是一個大約二十五歲、給人精悍印象的年輕人。

配合他的步伐，巨人騎士發出的低沉心臟律動聲漸漸安靜下來。『魔力轉換爐』的進氣裝置被壓下，結晶肌肉也沒發出一點噪音，周圍陷入一片死寂。看著如同雕像一般靜止的墨黑幻晶騎士，年輕男子滿意地點點頭，接著平靜地開口——他的聲音透過某種裝置傳到廣場的每一個角落。

「……我國傲視西方、雄壯的『黑顎騎士團（Black Knights）』啊！終於到了今天這個時刻，就連我心中也深受感動。」

甲羅武德王國的國主『巴爾托梅洛・比爾特・甲羅武德』的長子『卡爾托斯・伊登・甲羅武德』停下話語，緩緩掃視周遭。平常給人伶俐印象的細長雙眸，如今飽含力量，將他的決心傳達給所有人。

「如諸位所知，我們的國父・巴爾托梅洛陛下不敵病魔而倒下，在遙遠的祖先那一代，我們的國土則因為卑劣的國賊叛變而分裂。如今正是完成復國大業的時候！父王的懊悔不甘實在讓身為兒臣的我痛感於心！我們必須繼承陛下的理念！」

鏘、鏘，黑騎士們手中的兵器敲擊大地，表示無言的贊同。卡爾托斯滿意地看著這一切，接著說：

「過去這片西方的土地都是在唯一一個國家、一個王的支配下。想必諸位也很清楚，那個國家名為『法達阿帕丁』。而今日留存的諸國……我們『甲羅武德王國』、『克沙佩加王國』、『羅卡爾國家聯盟』、『孤獨的十一國』，不過是那個巨大國家分裂後的殘渣。」

他的語氣漸趨激動、手也大大地揮舞，這一切都是對著黑鐵騎士們說的。

「世界之父（法達阿帕丁）藉由強大無比的力量排除魔獸並統治全人類，建立起理想的國度！然而愚蠢之輩的野心將這個理想燒毀殆盡，怎不教人扼腕嘆息！我們甲羅武德王國才是繼承了已逝大國之血的正統繼承者。我們有責任，也有義務一雪祖先的憤恨！」

配合卡爾托斯舉起的手腕，黑色的幻晶騎士再次開始脈動。從雕像恢復成騎士的黑鐵士兵們用腳跺地、撞擊盾牌，附和著他們的主人。整齊劃一的撞擊聲在石板廣場上迴盪、地面的震動轟鳴四方。

卡爾托斯再次舉起手，制止黑鐵騎士們充滿魄力的躁動，鋼鐵大軍很快回復原本的平靜。

「時機已經到來。」

這句話說得平靜，但卻不可思議地蘊含熱情直抵聽眾的心裡。每一個操作黑鐵鎧甲的騎操士們都在不知不覺中，以帶著熱情的眼神盯著幻象投影機。

「再度由我們統一因眾多屈辱而分裂的偉大帝國——這個時機已經到了！」

騎士們一口氣爆出的吶喊，及提高轉速的魔力轉換爐所發出的咆哮，撼動了大氣，已經沒有人能正確把握誰在說些什麼了，在場的狂熱愈燒愈旺。

「以黑顎騎士團所有的戰力，奪回本該屬於我們的領土！諸位士兵，出陣吧！」

卡爾托斯代替病倒的父親擔任代理國主，他所說的話等同於國主巴爾托梅洛的意旨。被侵略熱血煽動的騎操士們駕駛著更為強大的幻晶騎士，即刻踏出步伐，撼動大地。

西方曆一二八一年。隨著春天的到來，甲羅武德王國向鄰國羅卡爾國家聯盟宣戰。而在宣

戰一週之後，甲羅武德王國軍就動員超過一半的既有戰力——以黑顎騎士團、青銅爪騎士團、銅牙騎士團為首的六個騎士團，所組成的兩個師團，合計約六百架幻晶騎士開始朝國境進軍。

於是席捲西方諸國最大國家聯盟的全面戰爭——被後世稱作『大西域戰爭』的戰役至此揭開了序幕。

◆

「沒想到羅卡爾國家聯盟居然撐不到一個月……」

在克沙佩加王國的王都——『戴凡高特』，其中央聳立的王城中有間格外寬廣的謁見大廳。該國國王——『奧古斯狄・瓦利歐・克沙佩加』坐在有著細緻雕刻的王座上，面露苦色地低語。

他之所以眉頭深鎖，是因為今天早上從西邊國境送來的一份報告，內容簡單說就是——「羅卡爾國家聯盟滅亡」。該國陷落的速度，快得就連從甲羅武德王國宣戰以來，就不斷探查他們動向的克沙佩加王國也沒預料到。

「雖說羅卡爾充其量也只是一群小國集團，和我國國力相差懸殊……但他們應該也因為長年的經驗，擅長防守才對。」

「根據報告，甲羅武德的戰鬥方式完全依靠蠻力，沒用什麼策略就從正面突破了。」

「即使是大國，甲羅武德居然有這等戰力……」

奧古斯狄王不動聲色地聽著集結在謁見廳的諸侯們爭論不休。在西方諸國最為著名的兩大國家，就是甲羅武德王國與克沙佩加王國。這兩個國家的國土並沒有相接，其間還有被統稱為羅卡爾國家聯盟的幾個小國。被東西兩個大國夾在中間，這些看似吹口氣就會飛走的小國之所以能夠存活至今，是因為他們實際上被賦予了『緩衝地帶』的角色。

他們也盡了小國最大的努力並結成聯盟，更利用兩國的軍事競爭牽制雙方，巧妙周旋其間。然而——

「也就是說，甲羅武德發生了什麼事吧。某件使他們突然力量大增，並且強大到足以再次萌生侵略的野心——的事情。」

聽著奧古斯狄王低聲做出的結論，諸侯面面相覷。他們想不出是什麼原因造成這樣的事態，何況他們要煩惱的不只這件事。羅卡爾國家聯盟滅亡後，並沒有收到甲羅武德停止行軍的消息——他們所接到的報告甚至出現了與這猜測完全相反的結果。

「雖說對手是小國，但畢竟剛與一個國家結束爭戰，卻還要接著與我國交戰嗎？那個國家再怎麼強大也太胡來了。」

先不提羅卡爾，同為大國的克沙佩加王國理應是他們眼中的強敵。因為即使是甲羅武德這樣的大國，也不曾擁有足以連續攻下兩者的力量，就是因為這樣，西方諸國才能暫時維持緊繃的和平狀態。換句話說，甲羅武德王國內發生了足以推翻這個前提的變化。

奧古斯狄王的腦中掠過「若是不弄清楚原因，克沙佩加王國可就危險了」這樣的疑慮。面對揮之不去的危機感，他身為國王卻不能露出軟弱的姿態。

「不管怎麼說，既然對方攻過來，也只能打回去了。」

聽著奧古斯狄做好覺悟的低語，集合在這裡的貴族們也都緊張地點了點頭，其中尤以握有克沙佩加西部領地的貴族臉色最糟。畢竟再過不久，甲羅武德王國引以為傲的黑鐵騎士軍團就會攻進他們的領土了。

「盡快在『三城寨』集結戰力。告訴那些侵略者回去掂掂自己的斤兩！」

『三城寨』指的是克沙佩加王國西部的防守陣線，號稱克沙佩加的絕對防禦，他們將以這些城寨群為據點迎擊甲羅武德軍。接到國王明確踏實的命令，貴族們慌忙開始行動。

（雖說如此，甲羅武德理應知道聞名西方的三城寨，過去不論集結多少戰力都無法突破，難道他們有越過這個難關的信心嗎……？）

望著貴族們的樣子，奧古斯狄王在心裡暗忖。懷著心底揮之不去的陰霾，他的視線好似要望穿存在於遙遠西邊的雄偉城牆一般停滯在空中。

◆

轉眼消滅羅卡爾王國的甲羅武德軍趁勝追擊，順勢朝著克沙佩加王國的國境前進。

克沙佩加王國的西部國界與羅卡爾國家聯盟的交接處，是被稱作巴斯托爾平原的遼闊地形。雖然由於障礙較少，算是適合統率大軍且易攻難守的地形。但克沙佩加王國以其國力為後盾，在這裡建造了又長又高的城牆，這道長城即所謂三城寨之一的『第一盾牌要塞』。

這道堅固城牆高度不但比幻晶騎士高上好幾倍，城牆後方還有要塞化的城市。兩者的防衛能力相加起來，號稱就算一千架幻晶騎士攻過來也不動分毫。

面對舉世聞名、體現克沙佩加王國國力的這座固若金湯的宏偉長城，甲羅武德軍也讓幻晶騎士部隊散開，築起廣大的陣地，雙方都在首戰就將總戰力擺了出來。在將平原染黑的甲羅武德軍陣地中央，有兩個人影一邊眺望著占據視野的石造長城，一邊談話：

「真不愧是世界聞名的『三城寨』之一，在我們看來也是座難攻的城塞。」

「哼，不過是恐懼的象徵罷了。只是害怕領土被奪走，才關起門當縮頭烏龜而已。」

其中一人長得與甲羅武德王國第一皇子卡爾托斯有幾分相似，不過看上去更加年輕，而且隱隱散發出一股傲視眾人的霸氣。

他的名字是『克里斯托瓦爾・哈斯洛・甲羅武德』。從名字可以推知，他是卡爾托斯的弟弟，甲羅武德王國的第二王子，同時也是這次遠征的總司令。在他旁邊體格健碩的壯年男子名為『多羅提歐・馬多尼斯』，這個人不隸屬於騎士團，而是克里斯托瓦爾的參謀。

身處兩軍對峙的凝重氣氛中，兩人卻像閒話家常一般輕鬆評論著第一盾牌要塞。從他們的位置可以清楚看到，克沙佩加軍在第一盾牌要塞前擺出了防禦陣勢。畢竟再怎麼堅固的城池，一味地接受攻擊早晚會被突破，克沙佩加軍不可能只顧著進行守城戰。

望著面對甲羅武德軍，擺出決心擊退架勢的克沙佩加軍，克里斯托瓦爾露出了凶殘笑容，有如撲向獵物的野獸一般。

「克沙佩加擺出了防禦陣勢嗎？一如我們所料呢，殿下。」

「只會耍小聰明也真令人感到悲哀。好了，就這樣繼續大眼瞪小眼也是可以啦……但被當作膽小鬼的話就令人不快了。先打一場吧。」

「遵命。」

他的決定在隔天實行。隨著太陽升起，甲羅武德開始進軍。伴隨著喇叭與銅鑼聲，黑鐵騎士整齊地列隊而行。一排又一排、莊嚴肅穆前進的甲羅武德軍，給克沙佩加軍一種宛如黑色高牆壓過來的魄力與錯覺。

「那就是甲羅武德的新型機嗎……真是巨大……」

駕駛克沙佩加軍制式機『雷斯瓦恩特』的騎操士們，全因眼前迫近的壯盛軍容而屏住呼吸。敵軍騎士很巨大，這並不是比喻，甲羅武德軍的最新型幻晶騎士『狄蘭托』比起他們的雷斯瓦恩特還高上至少一顆頭。狄蘭托有令人害怕的重裝甲與難以置信的強大輸出力，全身上下都散發著幾欲爆發的力量。

看出甲羅武德軍準備進攻，克沙佩加軍也立刻應戰。首先是從第一盾牌要塞發出的遠距離攻擊，投石機所射出的石雨降落在甲羅武德軍的頭上。如果是雷斯瓦恩特遇襲，這樣的巨石攻擊就算連同盾牌一起被壓垮也不奇怪，但狄蘭托卻只是舉起盾牌就輕易擋開。甲羅武德軍的新型機究竟有多麼強大？投石攻擊居然一點效果也沒有，使得克沙佩加軍不禁為之顫慄。

不久，甲羅武德軍進入魔導兵裝的射程範圍內，雙方發射的法彈很快就改變了周遭的地形。在這當下，狄蘭托部隊已逼進克沙佩加軍陣地前。這個距離可能會誤射友軍，因此投石攻擊停了下來。狄蘭托部隊則丟掉盾牌，突入肉搏戰。要塞前築起的簡易防禦陣地中，響起了兩軍交戰的碰撞聲。

「這、這些傢伙怎麼回事……好硬！武器對他們沒用!?」

「該死，劍、劍居然被彈飛……！咕喔啊!?」

沒有花多少時間，戰況便呈現一面倒的局勢。狄蘭托完全發揮了它無與倫比的戰鬥力。

狄蘭托強韌無比的裝甲毫不費力地擋開雷斯瓦恩特的劍，反以無匹力量揮下重鎚，一擊就將雷斯瓦恩特摧毀。這樣的攻擊再加上密集排列的橫列陣形，克沙佩加軍只能束手無策地不斷被步步逼退。

甲羅武德軍新型機的力量，比起奧古斯狄王當初所畏懼的還要強大。原本甲羅武德王國與克沙佩加王國所使用的幻晶騎士，在性能上並沒有多大的差別，但顯然甲羅武德王國內部在這段期間發生了革命性的技術革新。可是就算明白這點，對如今兵敗如山倒的克沙佩加兵而言，也稱不上安慰。

「該死，甲羅武德那些傢伙已經爬上來了……！」

「這樣下去陣地會撐不住……退後！退回要塞防守!!」

片刻後，巴斯托爾平原成了只剩渲染著黑色鎧甲與紅色火焰的不毛之地。周圍散落的盡是雷斯瓦恩特的殘骸，相較之下，黑騎士的殘骸寥寥可數。單方面遭受痛擊使得克沙佩加軍除了撤退以外別無選擇。幸虧狄蘭托由於其重裝甲、大輸出功率而付出了嚴重降低機動性的代價，因此追不上撤退的克沙佩加軍，他們也才勉強從重鎚下全身而退。

眺望著滿平原的敵軍，即使身在號稱不敗的絕對防壁後方，克沙佩加的士兵們仍陷入絕望的不安之中。擁有壓倒性力量的甲羅武德新型機——面對那黑色的海嘯，就算是號稱難攻不落的第一盾牌要塞也不可能永遠撐下去吧。他們第一次對『攻不破』的城塞產生懷疑，快馬加鞭地派出傳令兵前往王都。帶著戰況告急的消息，與要塞中所有士兵的希望。

進軍到城牆下的甲羅武德軍不慌不忙地開始準備攻城戰。比起手忙腳亂的克沙佩加軍，他們的氣氛實在平靜得恐怖，絲毫感覺不到將敵軍逼入絕境的亢奮，或因獵物近在眼前的躁進。

其中唯一的例外，是在後方本陣中的總司令——開懷大笑的克里斯托瓦爾。

「哈哈哈、真是痛快！他們現在鐵定正驚慌失措地送出快馬吧！」

「這是當然的。那麼殿下，接下來要怎麼做呢？就算是精悍的黑顎騎士團，面對那樣的高牆也沒辦法輕易突破吧？」

「你何必明知故問。就依照『預定』裝出不斷攻城的樣子。他們早晚會把戰力全集中過來，還不知道這行為只會暴露自己的弱點啊。」

聽了克里斯托瓦爾對克沙佩加王國未來做出的不祥預言，多羅提歐只回以苦笑。

◆

因不知累死了幾頭馬才送來的快報，克沙佩加王城再度籠罩在緊迫的空氣中。

「甲羅武德的戰力強大得無法與過去比較，死命抵擋依舊不敵……這樣下去，第一盾牌要塞被突破也是早晚的問題……！」

看著面露悲痛、頭不斷往地面磕的傳令兵，克沙佩加的首腦們個個臉色蒼白。奧古斯狄王因為自己不好的預感應驗而憂鬱起來，表面上卻依然努力保持冷靜。

「可惡的甲羅武德……才想說為何他們如此自信，沒想到竟然厲害到這個地步。他們的幻晶騎士真如此強大嗎？」

「它們是恐怖的裝甲怪物，正面挑戰反而會被對方擊敗……而且那些傢伙的基本戰術是以數量取勝，完全找不到一絲破綻。」

國王從心底重重地嘆了口氣，癱坐在王座上。對他們而言，第一盾牌要塞是牢不可破的存在。雖說名為『三城塞』，就表示後方還有『第二盾牌要塞』和『第三盾牌要塞』，但他們的防衛能力都比不上第一盾牌要塞強大，從正面硬碰硬的戰術也不好對付。即使把城塞的存在考慮進去，敵我雙方的戰力差距也比看起來明顯，現況能採用的對策很有限。

「陛下，臣認為該趕緊通知西部十五領，集結戰力！」

聽了克沙佩加王國西部領地的貴族發言，奧古斯狄王面露苦色點了點頭。集結大軍的確是簡單又實在的方法，尤其比起甲羅武德軍的狄蘭托，克沙佩加軍的幻晶騎士雷斯瓦恩特居於絕對劣勢，不增加數量便難以與之抗衡。

而甲羅武德的狄蘭托能發揮最大力量的情況，是像首戰時組成的那種重裝步兵陣。想正面突破是不可能的，這點他們已經親身領教過了。那麼就只好各個擊破，引誘他們進入第一盾牌要塞後方的要塞化都市，只要能分散敵方戰力，總會找出破綻的。不用說，這個方法需要付出極大的犧牲。他們的討論持續了很長一段時間，結果也沒想出更好的對策。

會議在沉重的氣氛中結束，奧古斯狄王獨自回到了起居室。平常以溫厚著稱的他，事到如今再也無法保持平靜。他等到獨處時便脫下冷靜的面具，握拳猛力捶在桌上。

「經歷長久的安定，這個國家才迎來了繁榮的時代……居然在此時遇到這樣的國難……」

甲羅武德王國許久之前就散發出詭譎的氣氛，但這『十年』都沒有什麼大動作。回想起來，那段期間恐怕是在為這場恐怖的侵略做準備。他身為國王卻沒有看透這一切而耽溺於和平，因此更是難辭其咎。

「但是這事端必須由朕解決！絕不能將這場戰爭留給『那孩子』……！」

奧古斯狄王下定決心抬起頭。突然，在除了他以外沒有任何人的王族私室裡，出現了一個呼喚他的人。

「父親大人……？」

奧古斯狄王吃驚地轉過身，出現在眼前的是一朵──由化身為人類的樣貌所綻放、惹人憐愛的花。她是奧古斯狄王的獨生女，王位第一順位繼承人『埃莉諾・米蘭妲・克沙佩加』。她露出憂傷的表情，慢慢地走到父親旁邊。

「父親大人，我聽人說了。因為甲羅武德的攻勢益強，動搖了西方的防禦……」

「埃莉諾，妳不必擔心。我國的三城寨是無敵的，而且西部諸侯們也正在集結戰力反擊，很快就能趕走那些無禮的侵略者。」

國王剛才嚴厲扭曲的臉色轉眼恢復成平時和藹的面容。與其說是保持王的威嚴，不如說是一個父親想安撫不安的女兒。埃莉諾今年滿十六歲，自懂事以來就生活在和平安穩的環境中，這背景將她養育成溫柔婉約的深閨大小姐。她的生性與粗暴之事沾不上邊，加上又是國王唯一的掌上明珠，所以奧古斯狄王刻意不提會令她陷入不安的消息。

「……您說得是，父親大人。聽到您這麼說我就放心了。」

完全不懂得懷疑父親的埃莉諾，再次露出了春天陽光般的溫柔笑容。兩人交談一會兒後，國王目送著女兒離去的背影，小聲低喃：

「沒錯，當然不會有問題。這場戰爭由朕來收拾，絕不會讓妳背負這一切。」

◆

出乎意料的是，兩軍隔著第一盾牌要塞對峙的情況出現了長期戰的跡象。

甲羅武德軍展現壓倒性戰力擊敗克沙佩加軍，但他們似乎對攻下第一盾牌要塞堅固的城牆不怎麼積極。如果用他們所駕駛的狄蘭托，想要破壞城牆也是有可能。再說，要塞前方屬於克沙佩加的陣地已經一個不剩，城牆可說是處於毫無保護的狀態，但他們的行動卻顯得緩慢。甲羅武德軍的行為雖然讓人無法理解，但對屈居劣勢的克沙佩加軍而言正是好機會。他們火速從國內各地調派戰力，開始在要塞周圍集結。

國境附近的戰鬥就這樣持續了大約一個月，從甲羅武德軍發動侵略以來合計過了兩個月。這段期間，甲羅武德的攻擊緩慢卻確實地對第一盾牌要塞造成損害。克沙佩加引以為傲的城牆上已經出現了許多缺口，什麼時候哪裡倒塌也不奇怪。

其背後有支完成集結的克沙佩加王國大軍，在城牆被破壞前完成整頓讓他們鬆了口氣。現場決戰的氣氛濃厚，城牆兩邊展開的幻晶騎士合計超過一千架，西方歷史上罕見的極大規模戰役一觸即發。

即使是城牆對面發生的事，但敵國集結了如此龐大戰力的消息自然會傳到甲羅武德軍中。這是克里斯托瓦爾盼望已久的時機，他竊笑著下達了指示——決定這場戰局走向的、執行祕策的指示。

「時機到了，把『鋼翼騎士團』叫來！呵呵，我們也一起出動，一口氣直搗黃龍！」

「是！屬下這就行動！」

沒錯，擁有極龐大戰力的甲羅武德，與集結了相仿戰力的克沙佩加大軍——他們在等的就是這樣的平衡，以及克沙佩加為彌補幻晶騎士性能不足而集結過剩戰力的這個時機。

於是在一個月黑風高的夜晚，甲羅武德的『新兵器』混進黑暗中開始進攻，而克沙佩加軍始終毫無所覺。

◆

克沙佩加的王都戴凡高特位於國土中央，距離西方邊境非常遙遠。擁有強盛的國力，再加上政局長期穩定，造就了文化方面的蓬勃發展，因此戴凡高特算是西方數一數二的繁華城市。然而，今天雅致磚瓦建築並排的街道上失去了往常的活力，整座都市籠罩在濃厚的不安之中。動搖國境的甲羅武德王國軍威脅國安的消息，已透過種種管道傳入王都，加上戰況不甚樂觀，路上的行人們各個臉色凝重。

這一天，某個在王都外圍城牆上的哨兵，對莫名安靜的夜晚感到一陣忐忑。黑暗中，只有照明用火把發出的燃爆聲融入四周。忽然，他被雲的奇怪流向吸引了注意力而停下腳步。在黑夜裡要看清雲的流向並非易事，於是他很快就放棄了。也許是受到甲羅武德的侵略而造成的不安影響，他為自己的疑神疑鬼感到羞愧，很快地回到巡邏的崗位上。

但是，他的直覺沒有錯。

不知從何處傳來類似帆布被風吹動的聲響，聽起來強得不自然的風聲讓他有種強烈的不協調感。站在遠離地面的高牆上，他的臉沒有感受到『吹拂過的風』，那麼他剛才聽到的帆布聲到底是從哪傳來的？

他的背脊竄過一陣涼意。他從口袋拿出警笛叼住，並繃緊了神經環顧四周，決心無論任何風吹草動都不會漏看。沒多久，他就目睹了驚人的異常景象。

衛兵慌忙掃過四周景色的視線，最後停在空中的一點。

非常偶然地，彷彿有隻巨手將厚重的雲彩撥開，為朦朧的月光開路。蒼白的月光映出那個劃過空中前進的巨大黑影。警笛從哨兵張大的口中掉落，他先是懷疑自己的眼睛，然後心想自己是不是瘋了。那道在空中捲起旋風前進的巨大黑影，怎麼看都只能用『船』來形容。他的常識不斷敲響警鐘。『船』應該是浮在水上的交通工具，絕不會在空中飛，何況那麼龐大的物體怎麼可能飛得起來。

它的黑並不是因為背對月光的關係，而是船身原本就被漆成融入黑夜的黑色。連船兩側揚起的『帆』也周到地染成全黑，所以才會逼近到這個距離才被發現。

在他呆站在原地的期間，浮在空中的黑船仍鼓起帆持續接近。無風的夜晚，彷彿只在那艘船的周圍不自然地刮著順風。距離已經近到再也隱藏不了行跡，能清楚辨識船外觀的範圍。只差一步陷入恐慌的哨兵發揮最後的理性，就算牙齒抖個不停還是發出了代替警笛的悲鳴。

「來、來人啊……！有、有入侵者……不，是船。黑色的船從空中來襲!!」

在哨兵跌跌撞撞地跑出去的期間，飛船眼看就要越過王都的城牆。一艘飛船。不，兩艘、三艘——繼哨兵發現的黑船後面，還跟著同樣的飛船。合計約有十艘，算得上一支大艦隊了。看著一艘接一艘出現的飛船，地面上陷入了近乎恐慌的大騷動。所有人都不敢置信，等親眼目睹那景象後則嚇得啞口無言。緊接著，當他們認出船帆上隱約畫著甲羅武德王國的國旗後，才以慘叫的形式恢復聲音。

這才是甲羅武德王國的王牌『鋼翼騎士團』，是以這個世界首度實用化的飛船——『飛空船』所構成的獨特騎士團。

這些飛空船的外型奇特，看起來像是將水上的船上下顛倒過來一般。左右揚起一張張的帆，以此乘風前進。飛船圓滑的頂部——也就是水上船的船底——凸出來的部分是船的司令室『艦橋』。艦橋裡各式各樣的機械裸露在外，顯得雜亂無章。

艦橋中央有一個較高的座位。那裡原本是『艦長』的位置，但現在坐在上面的卻是一位意料之外的人物——理論上應該正在遙遠的西方國境，攻打第一盾牌要塞的甲羅武德王國第二皇子・克里斯托瓦爾本人。

「這些克沙佩加的軟腳蝦，就像被砍到屁股的豬一樣四處逃竄啊！」

「不知道飛空船實際存在的話，都會嚇成那樣吧……什麼？唔……殿下，監視的部下傳來報告，說城市裡的燈光變多了，恐怕是在做迎擊的準備。」

「那是無用的掙扎，我們早已將劍架在他們脖子上了。很好，開始吧。將船減速！」

接到克里斯托瓦爾的命令，艦橋的士兵們打開並排在牆邊的金屬蓋，然後朝裡面的管子大聲喊出命令內容。從艦橋發出的命令將會透過裝設在各處的傳聲管送達到船體各處。

「騎士像注意！將起風裝置轉成逆風。減慢速度後收帆，準備迎戰來自地面的攻擊！」

「騎士像收到，起風裝置，開始轉成逆風。」

只見飛空船的船頭，有一座伸出半個身體的騎士像。雖然就船首像而言有點過於招搖了，但仔細觀察就會發現，騎士的頭部正在轉動。被稱作騎士像的部分並不只是普通的雕像，而是將幻晶騎士的上半身裝設上去。它雙手操縱的魔導兵裝在飛空船四周捲起旋風，改變了航向。

這就是無風的夜裡卻傳來風聲的真面目。

慢慢減速的飛空船滑過空中，輕而易舉地越過城牆，來到了它背後的王都正上方。

至於在王都中央的王城裡，駐守的近衛兵們完全慌了手腳。這也難怪，畢竟沒有人知道該如何對付飛在空中的船。他們只能照著對付夜襲的守則行動，也就是增加篝火的數量，甚至沒發現這只是讓空中的敵人看得更清楚，更容易進攻罷了。

在飛空船的艦橋裡，克里斯托瓦爾正為了敵人的愚蠢捧腹大笑。他像是再也坐不住似地拔出腰間的劍，從船長席上一躍而起。

「敬告我等引以為傲的鋼翼騎士團諸位！今夜，我們將攻陷這群笨蛋的王都!!大家好好幹！」

隨著他一聲令下，士兵們馬上開始行動。負責聯絡的士兵不斷向傳聲管發出命令，飛空船各處人員都動了起來。

「傳令！傳令！現在開始空投狄蘭托，各自進行落地準備！騎操士就駕駛座待機！」

「空投程序開始，向『源素浮揚器』內部注入空氣！」

船身內部中央有台巨大的機器，這可說是飛空船飛上天空的心臟——『源素浮揚器』。機器周圍有很多士兵，他們一邊盯著儀表，一邊操作大量並排的拉桿。源素浮揚器很強大，但也是非常纖細的機械。若是現在出了什麼差錯，他們就有可能跟著船一同落下摔死。因此要盡可能地迅速、盡可能地謹慎。鍛造師們擦著滲出來的手汗，最後他們終於達成了目的。

「回報！狄蘭托所有機體確認搭載騎操士完畢，空降準備完成！」

「稀釋速度五・二一，機器內維持安定狀態，下降速度良好！」

克里斯托瓦爾聽著士兵們逐一回報，同時加深了臉上的笑容。最後，他終於聽到他期待已久的報告——

「監視兵回報，與地面的距離進入三十以內！空投距離良好，目前沒有來自地面的攻擊！」

「很好，這是光榮的先鋒！打開船底！鋼翼騎士團，出征!!」

覆蓋平坦裝甲板的飛空船底部開啟，露出好幾個漆黑的洞穴。緊接著，一架架幻晶騎士連同刺耳作響的鎖鏈從裡面飛了出來。再怎麼堅固的幻晶騎士，直接從高空落下也免不了遭受破壞，所以必須先降低船體的高度，並且用起重機吊著送到途中減速才行。

足夠接近地面後，狄蘭托解開鎖鍊，降落到地面揚起塵土。由於載重問題，鋼翼騎士團採取每艘船搭載兩個小隊（六架）的特殊編制。即使規模比國境的軍勢來得小，也有合計近六十架的漆黑巨人騎士在克沙佩加的王都內部現身，這是歷史上首次利用飛空船實現的空降作戰。

遭受這場脫離常識的奇襲，如今的克沙佩加王國首都完全沒有自保能力。

◆

自甲羅武德軍鋼翼騎士團發動奇襲幾個小時後，西方數一數二的繁華都市——王都戴凡高特如今已成了硝煙四起、居民到處逃竄的地獄。黑鐵巨人穿越磚造建築物並列的大道，為了阻止它們而現身的王都守護騎士陸續遭到破壞。儘管王都周邊配置了數量足夠的近衛軍，但根本沒料到敵人會直接從空中襲來，所以最早察覺情況有異而急忙趕到的只有一個大隊（六十架）

的規模。

「可惡，這什麼重裝甲！雷斯瓦恩特根本打不過他們!!」

身纏漆黑裝甲的狄蘭托手持重鎚一揮，雷斯瓦恩特就會連盾帶機體被打飛。聽過國境的狀況，近衛兵早做好心理準備面對強大的敵人，但情況卻遠遠超乎想像，簡直是『完全不同層次的東西』。狄蘭托與雷斯瓦恩特之間的差距明擺在眼前。

即使如此，近衛兵們也不放棄。有支部隊正準備將以小規模集團行動的狄蘭托包圍起來進行攻擊，打算用數量彌補力量上的差距。就在他們縮小包圍網的同時，一個與狄蘭托明顯不同的可疑黑影越過建築物的屋頂跑了過來。黑影舉起手臂前端伸出的銳爪，從雷斯瓦恩特的頭頂揮下。從大小來判斷很明顯是幻晶騎士，但對於以模仿人類穿著鎧甲設計而成的幻晶騎士而言，其外觀又很異常，有著莫名細長的軀體和扭曲的長臂。

「這些傢伙怎麼回事!?也是甲羅武德的人嗎!?」

黑影一次次的奇襲雖然多少帶來一些混亂，但雷斯瓦恩特隊依然努力試著反擊。黑影則像在嘲笑他們一般輕易閃過攻擊，動作驚人地輕巧。趁雷斯瓦恩特一腳踏空的瞬間，黑影的手猛地『伸了出來』，前端的利爪就這樣貫穿雷斯瓦恩特的腹部。措手不及的雷斯瓦恩特連躲都來不及，就此沉默下來。

「可惡，你這傢伙竟敢……！」

見同伴被異形的手臂貫穿，雷斯瓦恩特憤而衝向黑影。黑影的身手雖然輕巧，但在手腕上卡著『負重』的狀態下應該發揮不了吧。他不能錯過這個機會。

然而在那之前，有另一道黑影擋到他眼前。是一架身形細長、同樣如影子般漆黑的幻晶騎士。被擋住去路的雷斯瓦恩特騎操士咂咂舌，順勢砍向新的敵人。飽含憤怒的斬擊眼看就要碰到黑影時，影子背後飛出物體，『那些東西』反射著夜裡的微光，凶猛地刺進雷斯瓦恩特全身。粉碎其體內的結晶肌肉，讓它像個斷線的人偶般停止了動作。

「哼，真沒勁。」

數量減少的雷斯瓦恩特部隊已經失去了包圍的機能，狄蘭托部隊也藉機展開反擊，克沙佩加的騎士們只能成為重鎚下的亡魂。黑影們留下節節敗退的雷斯瓦恩特部隊，再度融入黑暗之中。

「……這下克沙佩加也完了……接下來你們就努力立功吧。」

其中一架看起來像指揮官的幻晶騎士做出指示，黑影輕輕點頭，立刻展開行動。他們輕快地越過建築物，尋找下一個獵物。這支融入闇夜的黑色部隊，下一個目標是王都的中樞——王城。

◆

坐在王城中王座上的奧古斯狄王也開始感受到些微的震動，表示戰鬥已經迫近眼前了。從剛才開始傳到他這兒的都是一堆壞消息，仍沒有人可以掌握戰況全貌，確定在哪裡發生了什麼事。不，應該說整個王都早已成為戰場了。

搞不清楚狀況就一股腦投入戰力的克沙佩加軍，最後落到戰力遭分散的愚蠢下場。他們只能任憑派出少數精銳攻進來的狄蘭托部隊宰割。

奧古斯狄王的腦海裡浮現最糟糕的結果，沉下臉。這時，臉色更難看的士兵又帶來新的報告：「更大艘的飛空船正朝這裡接近。」——不會錯，看來敵人已經決定要做個了斷。

「到此為止了嗎……」

奧古斯狄王飽含疲倦的低嘆被周圍的嘈雜蓋了過去。他暗自感謝幸好沒被別人聽見，同時站了起來。

「各位，看來我們不得不做出最後的抉擇。」

這裡是王都，他們不可能有退路。王都陷落的話，國家就幾乎等同於滅亡了。正因如此，將士們才會拚盡全力抵抗，無奈市區的戰鬥已經確定了克沙佩加的敗北，包圍網正迅速縮小。雖然也可以在王城進行守城戰，但在事態緊急時，王都的防禦力都是建築在周圍的堅固城牆之上，王城本身並沒有多少防禦能力，既然敵軍已經略過城牆直接降落在王都內，這樣只能算是垂死掙扎吧。『克沙佩加王國即將敗北』——奧古斯狄王心痛如絞地承認了這個事實。

最後還有一件非做不可的事。他靜靜走到面露不安的愛女面前，連他自己都想不到從口中說出的話語竟這樣冷靜：

「王城已經被包圍了。這樣下去所有王族都會落入他們手中。在那之前妳趕快從密道逃走。」

「父、父親大人呢!?」

「我……身為克沙佩加的國王，必須盡最後的責任。」

埃莉諾的眼中泛起淚水。她將平時被嚴格教導的、身為公主的禮數全部拋下，撲到父親懷中。

「那怎麼……那怎麼可以，父親大人！請跟我一起逃走!!還來得及……」

「不行啊，埃莉諾。」

奧古斯狄王慢慢推開埃莉諾，定睛直視著她，用無比溫柔的聲音告誡：

「王第一個轉身逃走的話，就沒臉見那些死命奮戰的騎士們了。而且若將『國王騎』毫髮無傷地交出去，可會被人笑掉大牙。」

「可是……！」

她接下來的話哽在喉頭。奧古斯狄王靜靜抱住哭得不能自已的埃莉諾，目光轉向站在她身旁的人開口：

「可以拜託妳一件苦差事嗎，『馬蒂娜』？」

「當然，我等絕對會賭上性命保護埃莉諾公主。」

嫁給奧古斯狄王的弟弟『費南多・涅瓦里斯・克沙佩加』、前弗雷梅維拉國王安布羅斯的女兒『馬蒂娜・歐魯特・克沙佩加』用力點了點頭，然後呼喚現場另一位少女：

「伊莎朵拉，你們先走。」

「是的，媽媽。來，埃莉諾動作快點，沒時間了……」

馬蒂娜的女兒『伊莎朵拉・亞達莉娜・克沙佩加』強硬拉走還哭著不肯離開的埃莉諾。雖然埃莉諾哭喊著抵抗，還是敵不過毫不留情的伊莎朵拉。目送她們離去的奧古斯狄王臉上露出了後悔的表情。

「……對不起啊，馬蒂娜，讓妳費心了。」

「怎麼會，陛下……我不是要幫埃莉諾說話，但陛下是否也一同脫逃比較好？『國王騎』那種東西說穿了只不過是架幻晶騎士，與貴體安全相比……」

「也是，不過妳看見敵人的樣子了嗎，馬蒂娜？那種在空中飛的船可是前所未聞。具備飛翔能力實在不好對付。」

奧古斯狄王望著窗外的黑夜，眼前是被地上烈火所照亮的黑色飛空船。那艘比起其他飛船還要大上一圈的船雖然同樣漆成黑色，但仔細看會發現船上飄揚著一面很大的『旗幟』。不可能看錯，那是甲羅武德王國的國旗。

「……若是城堡裡一個王族都沒有，甲羅武德的人一定會用那艘船開始搜索吧。面對上空的搜索，就算使用密道應該也沒那麼簡單逃脫，所以國王必須留在這裡。為了把那些傢伙的目標轉移過來，也為了拖住他們的腳步。」

「……義兄。」

馬蒂娜看著異常平靜的奧古斯狄，瞭解他已經做好赴死的覺悟。

「如此一來，重擔就落到那孩子身上了……看來朕不論是身為國王或是父親，都不是一個好人選。」

「怎麼會……」

「自從妻子死後，朕就變得很寵那孩子。平時或許沒問題，但面對這樣的局面不曉得她應不應付得來……馬蒂娜，可以請妳當她的靠山嗎？」

「好的，我向您保證，總有一天會和那孩子一起將侵略者趕回去。」

「拜託妳了。好吧，我看沒時間繼續長談了……請妳告訴費南多，說接下來就拜託他了。」

馬蒂娜一瞬間用力咬住唇，但她馬上端正姿勢行禮，接著便追著女兒而去，只留下王座上的男人。奧古斯狄王閉上眼好一會兒，察覺飛空船更接近後，露出了豁達的笑容。

「雖說是可恨的侵略者，但本事倒是不錯。可是，也別太小看我們了……！」

國王下達最後的聖旨——

「朕將御駕親征！準備國王騎！」

◆

自從飛空船入侵以來，王都裡戰鬥的喧囂就不曾停過，卻在不知不覺中恢復了夜晚的寧靜。克沙佩加軍幾乎都已經被排除了，王都裡不見戰鬥者的身影。黑鎧騎士們以王城為中心不斷縮小包圍網，連上空的飛船也步步進逼。

此時，王城正門堂而皇之地打開了，幻晶騎士接著列隊出現。這些雷斯瓦恩特彷彿接下來要舉行典禮似地，裝飾了許多緞帶與彩帶。配置在王城中的機體就戰力而言沒什麼實際意義，連這樣的機體都不得不搬出來，如實突顯出克沙佩加軍有多麼走投無路。

然而，甲羅武德軍完全無視雷斯瓦恩特，集中注視隊伍中央那架華麗的幻晶騎士——克沙佩加王國國王騎『卡爾托加・歐爾・克謝爾』。可惜除了火光的反射以外，在連月光都顯得昏暗的夜裡很難欣賞它華美的設計，但已經足夠成為飛空船的目標了。

站在掩飾不了緊張的雷斯瓦恩特隊伍中央，卡爾托加・歐爾・克謝爾——乘坐其上的奧古斯狄王平靜地仰望上空的巨大船隻。

「聽說巴爾托梅洛王這幾年病倒了，不可能坐在那個上面吧……」

可說毫無防備的卡爾托加・歐爾・克謝爾獨自走向前。沒有人對國王騎發起攻擊，取而代之的是一艘飛空船在王城前的道路上著陸。無法想像那樣巨大的船為何能如此安靜地移動，奧古斯狄興致勃勃地看著。

「哎呀，看來對方也接受了。這也沒辦法……」

這架以黃褐色為基調、散發著渾厚光芒的機體行雲流水般地拔劍。劍尖朝天，以像是祈禱般的姿勢將劍舉到面前，接著將劍筆直伸出後，反轉過來插入地面。周圍的甲羅武德軍不禁屏住氣息，這可是提出正式決鬥的古老禮儀。既然是國王騎卡爾托加・歐爾・克謝爾要求決鬥的對手，現場就只有一個人符合資格。

奧古斯狄王在駕駛座上露出無懼的笑容，以迥異於平時的威風態度揚言道：

「吾名為奧古斯狄・瓦利歐・克沙佩加，是克沙佩加王國的國主！看來在那艘飛空船上的是甲羅武德將領，有聽見嗎!?」

飛空船上一架機體站了起來回應奧古斯狄王，是架在黑鐵騎士環繞中，唯一裝備純白鎧甲的幻晶騎士。

「我來回答你吧！我是甲羅武德國王巴爾托梅洛之子・克里斯托瓦爾！是這次的指揮官！奧古斯狄王，就讓我代替身為國主的父親當你的對手!!」

「……哦，沒想到巴爾托梅洛王會把最前線讓給小孩子負責。不過你身為將領，作為對手也已足夠了！接受朕的挑戰吧！」

「我正有此意，奧古斯狄王。話就說到這裡，接下來用劍交談吧!!」

純白機體一躍而起，才剛落地，甲羅武德王國軍的旗機『阿凱羅力克斯』便舉起盾與劍，面對卡爾托加・歐爾・克謝爾。

「我要上了！」

「放馬過來!!」

周圍剩下的雷斯瓦恩特和狄蘭托都紛紛停手，觀望兩人的決鬥。這個世界上最強的兵器是名為幻晶騎士的巨人機械，也許是模仿騎士設計的緣故，所以留下了許多沒有效率的習俗。『大將機之間的單挑』——便是那些古老習俗之中，可以算是特別沒效率的一種吧。畢竟一支軍隊、甚至一個國家的命運居然都取決於這場決鬥。

卡爾托加・歐爾・克謝爾不只是虛有其表的機體，這架極盡奢華的國王專用機同時也擁有國內頂尖的性能。即使駕駛者奧古斯狄王的操控技術平庸，應該也能與狄蘭托一較高下，但克里斯托瓦爾駕駛的『阿凱羅力克斯』，性能卻遠遠超過卡爾托加・歐爾・克謝爾。

白色基底加上金色裝飾，給人鮮明印象的阿凱羅力克斯在黑夜裡揮起劍——光是接下這一擊，卡爾托加・歐爾・克謝爾就得竭盡全力了。對決呈現一面倒的局勢，卡爾托加・歐爾・克謝爾只有挨打的份。

（單挑也毫無勝算嗎！可惡的甲羅武德……還有飛船，他們到底發現了什麼祕密技術!?）

幾次你來我往間，卡爾托加・歐爾・克謝爾的動作明顯慢了下來。承受不住阿凱羅力克斯猛烈的攻擊，讓它的結晶肌肉開始崩壞了。更進一步說的話，也可歸因於個性溫和的奧古斯狄王與好戰的克里斯托瓦爾之間的差別。

拚命抵抗的卡爾托加・歐爾・克謝爾最終還是迎來了敗北。漸趨焦躁、粗魯揮舞的劍被彈飛，阿凱羅力克斯揮下的劍隨即滑進那巨大的破綻，深深刺進卡爾托加・歐爾・克謝爾腹部。裝甲毀損，結晶肌肉被切斷，損傷直達心臟部位；進氣裝置損壞、機體的魔力供給變得不穩定。再也無法維持動力的卡爾托加・歐爾・克謝爾很快不支倒地，身影埋沒在揚起的塵土中。

「……嗚！漂、漂亮……甲羅武德的王子，是你贏了……來吧，做個……了斷！」

受到衝擊的奧古斯狄王站不起來，搖著昏沉的腦袋坦然放話。就算這句話會使自己喪命，國王也不能輸得太難看。

「克沙佩加王，勝利確實屬於我，但你的表現也很精采！永別了！」

克里斯托瓦爾的語氣裡透出喜悅，表面上還是做出正經的回答。與此同時，阿凱羅力克斯啟動了至今從沒用過的背面武裝，朝卡爾托加・歐爾・克謝爾連續射出法彈。遭受極近距離發射的法擊，卡爾托加・歐爾・克謝爾頓時陷入爆炸的火焰中。反射耀眼光輝的裝甲碎片飛散四周，機體支離破碎，駕駛座也燒成灰燼。

看著熊熊燃燒的國王騎殘骸，克沙佩加軍的士兵們不顧眾人眼光，莫不為之悲嘆哭喊，但仍順從地棄械投降。基於他們的精神文化，雙方大將的決鬥不論結果如何都是絕對的，雖然克沙佩加軍原本就別無選擇。

黎明即將到來時，克沙佩加的王都戴凡高特陷落了，同時也意味著西方數一數二的大國之一滅亡。這個令人震驚的消息先是在克沙佩加國內迅速傳開，隨即震撼了全西方諸國。

之後，『舊』克沙佩加王國內陷入了大混亂。雖說由於失去了身為國家中樞的國王，會變成這樣也是無可奈何，但更糟的是除了國王以外，連當時聚在王都內的上級貴族也被捲入襲擊而死，這使得他們的領地遭受衝及。理應善後的人亂成一團，狀況因此日趨惡化。

甲羅武德王國軍則見縫插針，採取破天荒的大膽行動。他們雖攻陷了舊王都，但同時也變成身陷敵陣之中的孤立狀態。甲羅武德軍並不滿足於鎮守王城，派出殺手鐧——飛空船向國內各地發動奇襲。這樣的戰術雖然像走鋼索一樣危險，但最後是甲羅武德軍大獲全勝。

由於『不知何時會從哪裡攻過來』的新兵器——飛空船登場，舊克沙佩加王國的貴族們也不得不改變以往『加重邊境防守』的策略。體會到這樣的威脅，他們採取的對策很簡單，就是將防衛戰力部署在每個重要的都市中，但過於警戒空襲的結果，就是無法輕易調度軍隊，這也間接導致舊克沙佩加王國的貴族們作繭自縛。

失去王之後的國家漸漸陷入泥淖。為了對抗在全國各地肆虐的鋼翼騎士團，尋求戰力的貴族們開始將派到三城寨的戰力撤回自己的領土。也不管飢餓的野獸正在眼前磨礪獠牙利爪。

如果從大局來看，這可以說是非常愚蠢的決定——集結在要塞裡的騎操士們竟然遵從指示撤退了。還有一個很大的原因，就是國民失去國王這個心靈支柱。既然國家骨幹搖搖欲墜，他們只好將應守護的範圍縮小到自己的故鄉。說到底，他們還是無法坐視身後的故鄉遭受攻擊。

戰況明明已陷入頹勢，卻有相當數量的戰力尚未應戰，就從第一盾牌要塞自動消失了。而克沙佩加著名的三城寨被甲羅武德王國軍突破，是在那之後不久的事。

# 第三十話　流浪王女

克沙佩加的王都戴凡高特陷落，以及之後進行的克沙佩加王國侵略作戰情報，沒多久便傳回了甲羅武德本國內。此時代理臥病在床的巴爾托梅洛國王執政的——第一王子卡爾托斯坐在王宮中樞的『王座』上，精明的面貌上難掩喜色，向在場貴族們宣布：

「根據報告，成功鎮壓戴凡高特後，克沙佩加各地的勢力也很順利地逐步瓦解，不需多少時日就能將克沙佩加全境納入我國的支配下。這麼一來，西方諸國也等於成了我們的囊中物。自『法達阿帕丁』滅亡以來，最大的帝國即將誕生……那些僅存的弱小國家不過是些螻蟻般的存在。」

諸侯們發出一陣讚嘆。甲羅武德王國和克沙佩加王國原本就是西方最大的兩個國家。如他所言，兩國的領土（再算上羅卡爾國家聯盟）加起來，佔據大半西方土地的超巨大王國就誕生了。上古時代世界之父滅亡後歷盡滄桑，再次將西方全土納入旗下——距離實現這樣的野心又更近了一步。

「如同諸位所知，我們做了萬全的準備才發起行動。以此為前提，克里斯托瓦爾真的做得很不錯，他的強悍正可謂甲羅武德的最強之刃。」

聽了卡爾托斯愉快的發言，諸侯們紛紛表示贊同，現場洋溢著滿足的歡笑聲。此時，一名妙齡女性撥開眾人來到王座面前。她犀利的相貌與卡爾托斯有幾分相似，穿著也有些共同點。

「克里斯做得很好。既然占領順利進行，差不多也到了『那孩子』應付不來的時候了吧。那麼就照預定，我將前往輔佐政務。」

甲羅武德王國國王的長女『卡特莉娜・卡蜜拉・甲羅武德』這麼說。她的兄長苦笑著大方地點點頭回答：

「是啊，克里斯托瓦爾擅長打仗，卻沒有政務之才。正因如此才需要妳，好好協助他吧。」

次男克里斯托瓦爾是個戰鬥狂──這點是除了他本人之外公認的事實。相對地，長女卡特莉娜雖不適合作戰，在政事方面卻非常優秀。為了治理廣大的新領土，她的能力是不可或缺的。有了兄長的激勵，卡特莉娜行了一禮應聲後，從王座前退下。

「這麼一來，就能無後顧之憂地侵略克沙佩加王國了，周邊國家有沒有什麼動作？」

一個渾身上下散發武官氣質的男子，走向前回應卡爾托斯的問題。他是為了警備國境而留在國內的騎士團團長。

「是，回殿下，『孤獨的十一邦』曾於我國侵略之際有所行動，但是已經全由鉛骨騎士團排除了。請殿下毋須顧慮，儘管進攻。」

「辛苦了。告訴他們，身為守備要員必須更加努力。」

騎士團長深深行了一禮後，就此退下。卡爾托斯接著進行各方面的確認，並慰勞各項事務的負責人。隨著順序進行，終於輪到站在謁見廳一隅、一名板著臉的男子。

「……『高加索卿』！這次的工作真是辛苦你了。閣下所發明的『飛空船』正是為我們帶來勝利的引導之船。」

「能為殿下和國家做出貢獻，敝人深感光榮。雖說敝人無才，但未來仍將繼續奉上心血。」

即使向他說話，男子也只是表面上恭敬，仍板著臉低下頭。卡爾托斯輕輕哼了一聲，隨即恢復笑容。

「佩服。接下來也請繼續為我們的黑騎士努力奮鬥。」

「……遵旨。那麼敝人現在馬上前往工房，為賦予黑騎士們新的力量盡一份力。」

男子行了一個有些僵硬的禮後，便匆忙離開了謁見廳。姑且不論他說的內容，面對代理國主，那樣的態度實在令人無法恭維。實際上，也有好幾位貴族皺起了眉頭。

「……那個男人。在殿下御前，這不是顯得有些無禮嗎？」

「罷了，隨他去吧。他的舉止的確粗魯，不過以他的價值來看，無視禮儀也無所謂。可得讓他繼續為這個國家賣力才行。」

卡爾托斯加深了端正臉孔上的笑容。身邊的貴族們仍顯得不能接受，但也不能當面反駁國主代理人，只能態度曖昧地含糊帶過。

離開謁見大廳的男子快步通過王宮走廊，粗魯地脫掉外衣，直到解開脖子上的束縛後才總算鬆了口氣。正裝優雅卻顯得拘束，甚至令人喘不過氣。他的外衣底下是一副中等身材，看起來實在不像有鍛鍊過，從這點可以知道他既不是騎士也不是鍛造師。

「唉，國主『代理』殿下還是一樣可怕。算了，就是因為有他這個後盾，飛空船才得以飛上天空啊。」

他名叫『奧拉西歐・高加索』。年紀不過三十歲的他，已經爬上甲羅武德王國技術開發的頂點，位居中央開發工房長的要職，正可謂平步青雲。

這是因為他——正確來說是他們一族——所提倡的理論，並將其應用開發出的新兵器獲得肯定，因此受到提拔。他們一族所發現的是名為『純乙太作用論』的理論。從推動這世界的力量——『魔力』的前一個階段『乙太』切入，衍生而來的多種技術在甲羅武德王國的正式援助下，終於獲得了決定性的成果『源素浮揚器』。這項可說是純乙太作用論集大成之作的機器，造就了人類史上首次出現的實用航空機『飛空船』的誕生。

「我很感謝你，殿下，只不過這裡也變得有點令人喘不過氣來了啊。」

飛船的登場與新型幻晶騎士的完成會在同一時期發生，只能說背後有某種巨大力量在引導。

甲羅武德王國的王族有個世代傳承的野心，就是復興那個傳說中曾以力量將全西方大陸納入手中的超級大國。而全新的理論所創造出的空前飛行戰力，與擁有舊世代無法比擬的戰鬥能力——新型幻晶騎士，則助長了這樣的野心。

「事情嚴重了呢。那些貴族的視線真刺得人發疼。」

將他們一族近乎祕密研究的『純乙太作用論』帶出家鄉，完全是奧拉西歐的獨斷行為。他有一個夢想，而為了實現這個夢想，需要龐大的費用，也就是國家等級的後盾，因此他才會不惜背叛族人也要幫助甲羅武德王國。目前看來，他的計畫正順利朝實現的方向前進。

「哎呀～這時候我的飛空船正在哪片天空下翱翔呢？真希望這無聊的戰爭能趕快結束，我也想早點自由在空中飛翔啊。」

他從走廊仰望天空，片刻後，那張平凡無奇的臉孔上又換上認真的表情。他再度邁開步伐走向飛空船港，準備回到可說是自己家的中央開發工房。雖然飛空船由於建造數量太少而無法普及，不過身為開發者的他好歹還有權限拿來當成代步工具。

「哦？在那裡的是……」

抵達港口的奧拉西歐和某位人物不期而遇，是正準備搭船前往克沙佩加王國的王女・卡特莉娜。此時，他想起剛才在謁見廳的對話，腦中浮現一個妙計，於是快步走近卡特莉娜身邊。

「失禮了，卡特莉娜殿下，方便借用您一點時間嗎？」

「你是……高加索卿？怎麼了？你的船在那邊不是嗎？」

卡特莉娜疑惑地看著突然冒出來的高加索，指向隔壁的船。

「小的知道。只是有些事想跟殿下請教一下。」

「……我必須盡快趕到克沙佩加，請你長話短說。」

奧拉西歐嘴上稱謝，滔滔不絕地開口：

「如同我對卡爾托斯殿下說過的，我的工作是增強黑騎士和飛空船的力量，但這卻不是窩在工房裡閉門造車辦得到的事。我還需要『情報』……而最容易得到情報的地方，非黑騎士和飛空船活躍的戰場莫屬……也就是克沙佩加。」

卡特莉娜端整的柳眉抽動了一下。

「為了發揮我的能力，使我國得到更強大的力量，不知是否能允許我與您一同前往克沙佩加……」

奧拉西歐壓下表情下一連串的笑意，畢恭畢敬地低下頭。

◆

舊克沙佩加王國中央部的森林地帶。

陽光穿過樹葉的空隙灑落林間，一個馬車與騎兵組成的集團在其中緩緩前進。由於未經整修、高低不平的路面對馬車的負擔太大，所以前進的速度緩慢。此外，馬車的主人們還有必須避人耳目的苦衷，因此不得不隱密行動。

至於是什麼苦衷，只要看坐在馬車上的人物就知道了——一名面露倦色，過於憔悴而變得面無表情的少女，她正是克沙佩加王國的直系公主埃莉諾。坐在她對面的則是克沙佩加王弟的妃子馬蒂娜，而隔壁擔心地看著埃莉諾的，則是她女兒伊莎朵拉。

「埃莉諾，振作一點。陛下的事我也很不甘心……但接下來可得由妳支持這個國家，把那些傢伙趕出去才行呀。」

即使伊莎朵拉向她搭話，埃莉諾也毫無反應，只像個壞掉的人偶般，隨著馬車的顛簸晃著頭。見狀，馬蒂娜不禁皺起眉頭，臉色嚴肅起來。這段逃跑的路上，埃莉諾一直都是這個樣子。過去被譽為盛開花朵般的美貌，如今也變得空虛、毫無生氣，活像個任人擺弄的人偶。看不下去的伊莎朵拉雖然不斷向她說話，卻幾乎沒有任何效果。

王都戴凡高特遭到鋼翼騎士團襲擊的那一夜，她們犧牲了國王才逃出王城。原本預定一路朝東，畢竟東部是馬蒂娜的丈夫──王弟費南多統治的領地，要藏匿倖存的公主沒有比那裡更好的地方了。

但是鋼翼騎士團的飛空船阻礙了她們的行動。雖說如已逝的奧古斯狄王所料，打倒國王的甲羅武德軍起初多少有些鬆懈，但他們馬上就發現其他王族都不見了蹤影。在盛行血統主義的西方，留下國王的血脈會有很多麻煩，於是他們在把魔爪伸向克沙佩加各地的同時，也不斷尋找逃亡王族的消息。

自從看見飛過天際的飛船，馬蒂娜等人便決定這趟旅程以保持隱密為優先了。畢竟這位人物繼承了尊貴的血統，可說是克沙佩加王國最後的希望，禁不起任何意外。護衛的騎士們也是慎重再慎重，為了不走漏風聲，與城鎮的接觸也控制在最低限度，並以遠離城鎮的森林作為掩護迂迴前進。這種耗損物資和體力的隱密行動、只憑著希望與意志力堅持的狀況，對養在溫室裡的嬌貴花朵來說，就算她早早就放棄希望也不能怪她。

（……這樣下去，就算能順利逃脫，這孩子的心恐怕也撐不下去。）

這次的逃脫行動中，不確定因素多到了簡直可說破綻百出的程度，但最讓馬蒂娜傷腦筋的就是埃莉諾的狀況了。到了領地後，繼承正統血緣的埃莉諾就必須成為克沙佩加王國的象徵，重振王國，而她卻欠缺足以領導眾人的強悍。

馬蒂娜看了坐在身旁的女兒一眼。即使身陷困境，伊莎朵拉仍不失凜然氣質。雖然感覺得到她擔心埃莉諾，她自己卻沒露出沮喪的模樣。伊莎朵拉平常就是個喜歡模仿騎士的野丫頭，在這種情況下這反而可說是難得的特質。馬蒂娜忍不住想，埃莉諾要是有女兒一成的堅強就好了。

裝載各自的煩惱不停前進的馬車突然停了下來，周圍的騎士們慌張的氣息，連在馬車中也感覺得到。

「！……發生什麼事了!?」

馬蒂娜打開窗戶，向隨行的騎士尖銳地問道。一位乘在馬上的騎士回過頭來說：

「恕在下未下馬稟告。斥侯傳來前方有異常的消息。」

「敵人嗎？」

「還不清楚，但是就怕萬一。應該繞到別的……」

騎士說著，正欲轉過頭去。就在此時，他們聽到一陣尖銳的破空聲，一支飛來的箭貫穿了騎士的頭部。在倒吸了一口氣的馬蒂娜面前，騎士的身影從馬上摔落，消失在視野外。

「敵襲！敵襲！」

「怎麼可能？不是說在更前面嗎!?」

「總之快走，這樣下去會變成箭靶……嘎!?」

這場突襲讓護衛騎士們陣腳大亂。期間，從樹叢裡不斷冒出架著十字弓的士兵，毫不留情地將他們陸續殲滅。突然現身的伏兵身上都穿著統一設計的鎧甲，上面描繪著甲羅武德王國的紋章。

在護衛騎士們不斷減少的期間，王族專用馬車的駕駛立刻策馬緊急出發。他也是一個受過訓練的騎士，能做出這樣的判斷實在不簡單，可惜已經連這樣做都嫌太慢了。

馬車前進的方向上冷不防飛來一束耀眼橙光，繼而引發爆炸。強烈的火焰與暴風使馬匹瞬間喪命，馬車則翻落地面，騰跳了兩、三下。

前方緊接著傳來沉重的腳步聲，金屬鎧甲的碰撞聲、結晶肌肉奏出的尖銳運轉聲，與魔力轉換爐吸入空氣的模糊進氣聲也愈來愈近。它的真身應該不需要說明，身纏漆黑鎧甲的巨人騎士——幻晶騎士從樹林間緩緩現身了。

出現的不只一架，四周陸陸續續出現了六架幻晶騎士將馬車團團圍住。這些穿戴厚重黑鐵鎧甲的巨大騎士，正是前幾天蹂躪王都的甲羅武德王國新型量產機『狄蘭托』。從背後伸出的背面武裝蓄勢待發，其中一門還留著剛發射法彈的痕跡，發出淡淡的光芒。

從狄蘭托腳下冒出許多人類士兵跑了過來，將橫倒在地的馬車完全包圍住。一名身穿正規鎧甲的男子，分開那群手持十字弓或法杖的士兵走向前，看來他就是率領這支部隊的隊長了。

看出在場已經沒有人抵抗，他便露出笑容高聲道：

「在馬車裡的人快出來吧，別再做無謂的抵抗了。」

然而只有沉默回應。遭受他們的奇襲，又挨了一記法擊受到重創，這也是當然的吧。只見他不悅地哼了一聲，再次提出警告：

「我們並不在乎你們的死活，就這樣把你們炸飛也可以。」

配合這赤裸裸的威脅，狄蘭托將魔導兵裝對準了馬車。這時——

「等一下。」

隔了一個嘆息的時間，終於有了回應。男子挑起一邊眉毛後，橫倒在地的馬車門隨即『從內部被踢開來』。在甲羅武德的士兵嚇得各自舉起武器時，一個人影慢慢從馬車裡爬了出來，是馬蒂娜。她縱身跳上馬車，居高臨下地睥睨周圍的雜兵。

「哼，連幻晶騎士都搬了出來，真是小題大作。所以？面對一個手無寸鐵的女人，難道你們不拿著武器就不敢說話嗎？」

她的身材就女性而言算是修長，又經過鍛鍊，因此一站到馬車上就成了俯視眾人的姿態。雖說身上的禮服因為長途的旅行略顯髒汙，但是那絲毫未減的魄力與威嚴甚至讓士兵們感到畏縮，隊長的表情也有幾分僵硬。不過，他馬上想起現在的狀況，表面上又恢復了恭維的態度。

「這不是馬蒂娜王妃殿下嗎？有幸拜見尊容，真是令小的不勝惶恐……」

「油嘴滑舌……」

馬蒂娜皺起眉頭，無視那個隊長，環顧四周。她們已經完全被士兵包圍，更遠一點的地方還有幻晶騎士正在待命。相對地，她們的護衛騎士已經全被打倒，狀況實在太過不利了。就算把自己當作誘餌，也不曉得能不能讓埃莉諾和伊莎朵拉順利逃跑。沒有把握的她只能緊咬下唇。

「克里斯托瓦爾殿下的命令是捉拿妳們，請別做無謂的抵抗……殿下也說了，只要能確認身分，不管是什麼狀態都無所謂，但只要妳們願意乖乖配合，我可以保證絕不會太過粗暴。」

男子那佔有絕對優勢的語氣讓馬蒂娜不悅地皺起眉頭，但是她再怎麼反骨也不會想在這種情況下選擇反抗。畢竟能夠瞬間把人類變成絞肉的巨人騎士正無言地威嚇著她，任何抵抗在它面前都顯得沒有意義。

「沒想到會被搶先一步……失算了。再怎麼說，幻晶騎士都太不好對付了。」

聽見馬蒂娜不甘心的低語，隊長露出了令人討厭的笑容。

「喔，忘記跟您說了。從馬車前進的方向來看，您是打算往東方領地去吧？您現在能投靠的也只有王弟殿下了。不過很遺憾，我們正是『從東方領地過來的』。」

即使面有不甘之色仍表現堅強的馬蒂娜，第一次顯露出驚慌的神情。

「難、難道……你們！」

「聰明如您，應該知道理由吧？我國引以為傲的飛空船團！鋼翼騎士團搶先一步壓制了東方領都『馮塔尼耶』！」

馬蒂娜有種腳下失去支撐的錯覺，血液的流動聲在耳邊隆隆響起。她懷著最不祥的預感，擠出最後一絲氣魄瞪著那個男人。他刻意裝出一副害怕的樣子，補上最後一刀：

「對了，據說在壓制期間王弟殿下也不幸遇襲而死。這麼一來，這個國家殘存的王家血脈就只剩下妳們了。已經無處可逃囉。」

馬蒂娜終於無力地屈膝跪地，胸口逐漸被絕望的感覺侵蝕。一路支撐著她的希望被無情地摧毀了。

（啊啊……一切都沒了。義兄、丈夫也不在了……究竟該由誰拯救這個國家……？）

士兵們圍住放棄抵抗的她。無路可逃，無力掙扎。士兵們成功捉住馬蒂娜和在馬車中簌簌發抖的女兒們。

舊克沙佩加王國最後的希望——王女埃莉諾一行人就此落入甲羅武德王國手中。這個消息要徹底剷除舊克沙佩加貴族僅存的反叛精神，已經是綽綽有餘了。

這件事發生在西方曆一二八一年，初夏薰風將起的季節。甲羅武德王國將所有克沙佩加王族與王國納入手中，完成了侵略。

◆

高聳的歐比涅山山頂薄雲繚繞，劃下西方諸國邊界的險峻山脈間，有一條沿著地表開發出來的道路，這條命名為『東西大道』的道路是通往東方——『弗雷梅維拉王國』的少數路徑之一。儘管弗雷梅維拉王國境內有強大的魔獸橫行，但同時也是集歐比涅的恩惠於一身的肥沃農產地帶，所以不時有商人們為此翻山越嶺而來。

這天，同樣有一支『商隊』通過東西大道來到西方。『貨車』行駛在為了緩和坡度而蜿蜒的道路上，每一輛都載著大量貨物，看起來是經營得很成功的商人。

商隊行進得很順利，這時，帶頭的馬車突然給出停車的信號。

「怎麼了？『少爺』。」

「…………不對勁。關口升起的『旗』不一樣。」

道路前方看得到關口。那裡是沿歐比涅山腳而建、進入克沙佩加王國的入口，在其上方飄揚的旗幟卻不屬於克沙佩加。若知道那個國家發生了什麼事的人，不用想也知道那是哪一國的旗幟吧，不過這對千里迢迢來到這個國家的商隊來說卻有如晴天霹靂。

「這樣啊。旗幟……那麼您打算怎麼做？」

「……這還用說，馬上開始『做買賣』。」

被稱作少爺的人物皺起眉頭，出聲詢問的嬌小少年點點頭，然後向背後的隊伍發出指示。

不久，隊伍又朝著關口開始行進。

「……唉，真的被我們抽到下下籤了。」

關口門上的警備兵們面對遮蔽大片藍天的歐比涅發牢騷，他們的鎧甲上繪著隸屬甲羅武德王國的紋章。該國的支配已經延伸到『舊』克沙佩加王國的極東之地。

「喂，關口設在這種地方，表示山的對面有什麼嗎？」

先不提王國的方針，對士兵們而言，這種人煙罕至，放眼望去只有森林、山還有道路的地方簡直無趣極了。閒到發慌的他們呆呆仰望連綿不絕的山脈，兀自聊得起勁。

「我想想……呃，應該有個叫什麼佛蘭貝爾的偏僻國家吧。」

「唉～歐比涅對面不要說偏僻了，根本就是世界盡頭嘛。」

這個時代，大多數人類幾乎都住在『西方諸國』境內，在他們的認知裡『世界』指的正是西方，除了某些權力者或商人以外。基於這樣的世界觀，歐比涅山地也差不多等於世界盡頭了。

因此被推來『監視世界盡頭』的士兵們才會一副完全提不起勁的樣子。既然有關口也有道路，就表示這裡也會有人通過。他們理智上明白，但是說穿了，還是對世界以外的領域不感興趣。

「到底為什麼要守著這種地方……喂，你看那是什麼……!?」

其中一名士兵還想繼續抱怨，卻忽然發現前方情況有異。在那條穿梭於森林裡的道路上揚起大片塵土、隆隆作響的馬蹄聲，透過地面傳了過來。那規律的聲響只要是士兵都很耳熟，但不管怎樣那陣馬蹄聲也『太重了』。簡直像是有幻晶騎士如同那麼大的馬匹正在奔跑一樣，發出厚重而劇烈的聲響。

「那是馬……？不，太奇怪了。馬不可能那麼快！他們很快就會過來。快把門關上!!喂，讓它掉下去也沒關係！」

大吃一驚的士兵這麼大叫。這個關口設有下拉式的大門，緊急時可以切斷支撐門的繩索迅速關上。其他人回應監視兵悲痛的叫喊火速衝到開關裝置旁，用斧頭砍斷連接秤錘的繩索。滑輪喀啦啦大響，大門隨即卡進地面。

鋼鐵門落下的期間，察覺異常的騎操士們也做好了戰鬥準備。甲羅武德王國最新式的量產幻晶騎士『狄蘭托』起身，在關口內側採取臨戰姿勢。下一秒，造成異常的原因便沿路長驅直下，來到他們眼前。

「那是什麼玩意兒!?不是馬……是人？難道是幻晶騎士……嗎？」

出現在陽光下的『那個』上半身近似人類，卻有馬的下半身，或許是該用半人半馬形容的異形。從它覆蓋鋼鐵鎧甲並發出結晶肌肉耳熟的摩擦聲來看，來者確實是幻晶騎士。不過，面對如此超乎想像的存在，士兵們只能目瞪口呆地僵在原地。

輕快地奔馳過來的『那個』——人馬騎士『澤多林布爾』見關口的門閉上了，隨即放慢速度剎車。特異的人馬騎士有兩架，拖曳著一台巨大的『馬車』，發出刺耳尖鳴和火花慢慢減緩速度，揚起一陣濃濃煙塵並在地面上刻下凹痕，最後才總算停在關口門前。

一個不知從何處傳來的悠哉嗓音，對那些一時反應不過來、結凍似地停止動作的士兵們說：

「打擾～了！我們是『銀鳳商會』，從山的另一頭運送交易物品而來。能不能讓我們過去？」

「少胡扯！怎麼可能有商人會用那種亂七八糟的馬!!」

聽見火速傳回來的吐槽，那道聲音有些受不了地嘆息：

「你們不知道嗎？山對面的國家有魔獸到處亂跑，很危險啊，所以才需要特製的馬！」

「才不是特不特製的問題！太可疑了！所有人馬上給我離開機體到前面排好，我們要檢查行李和你們的來歷！」

雙方對話中，狄蘭托隊暗中舉起了武器以便隨時展開戰鬥，因為不管『銀鳳商會』是什麼來頭，他們實在不認為那種規模的武裝集團會老實照做。

「哦……可以先向你們請教一件事嗎？那旗幟不是克沙佩加的吧？你們又是什麼來歷？」

士兵們沒有察覺提問的聲音稍微壓低了語調，於是告訴他們『理所當然的事實』：

「說是商人，你們的消息也太不靈通了，真是愈來愈可疑。克沙佩加早就『滅亡』啦！這裡現在歸我們『甲羅武德王國』管！」

「…………這樣啊，既然已經滅亡，那就沒時間跟你們嚼舌根了。」

人馬騎士拖曳的巨大貨車響起氣流流動的尖銳噪音，是幻晶騎士的心臟部位——魔力轉換爐吸收大氣中的乙太再轉換成魔力的運轉聲。緊接著，固定貨物的鋼索彈開來，覆蓋的布隨之掀起。在陽光下反射耀眼的黃金色澤、穿戴金色鎧甲、模仿獅子形象設計而成的『金獅子』，出現在眾人眼前，而駕駛座上的埃姆里思，正殺氣騰騰地瞪著幻象投影機上映出的關口。

「不開門的話，就只能靠蠻力硬闖了……!!」

從馬車上躍下，開始疾馳的金獅子背後躁動著，接到啟動命令的背面武裝隨即展開，連同兩肩裝甲內藏的魔導兵裝一齊現身。龐大的魔力流進紋章術式裡，發動魔法。

「擋路!!」

大氣轟鳴，是連結複數魔導兵裝所放出的大規模魔法，金獅子的必殺兵裝——『獸王咆哮』。消耗龐大魔力所換來的驚人衝擊波湧向關口，看上去足以承受決鬥級魔獸衝撞的堅固鋼鐵門先是被擠壓得彎曲變形，接著在基部碎裂、牆上出現裂痕後，整個大門很快連同邊框被轟上半空，不偏不倚地飛向在門後整裝待發的狄蘭托部隊。

面對出乎意料的狀況，他們甚至來不及閃避防禦，巨大門扉漂亮地命中狄蘭托。即使是足以擋下投石器一擊的重裝甲，接下那樣的攻擊也太強人所難了。只見它們的軀幹深深凹陷，只挨了一擊就嚴重受創，一架架倒地不起。

「不……不可能！擋得下幻晶騎士衝撞的門竟然被破壞了！他們竟然擁有威力那麼離譜的魔導兵裝!?」

「竟、竟敢在這裡撒野！」

目睹超乎預料的火力，連黑騎士們也不禁心生動搖。人馬騎士趁隙展開行動，澤多林布爾切斷與馬車間的連結，朝著失去大門的關口衝了過去。搭載兩具魔力轉換爐才有的特殊共鳴音像是馬的嘶鳴，馬蹄的巨響彷彿要將地面踏破一般愈來愈強勁。穿過大門的澤多林布爾做出騎兵的騎槍突刺動作，將長槍對準了敵人。

「可、可惡的傢伙……！」

它沒有放慢奔馳的速度，一槍刺向黑騎士並扎進了軀幹部位，破碎的鎧甲和結晶四散飛舞。不過，遭受嚴重損害的狄蘭托並沒有倒下，反而抱住騎槍壓著不放。

「這是什麼？硬得要命耶!!喂，放開我的槍啦！」

人馬騎士中傳來意外年幼的抗議聲。即使失去平衡而不得不屈膝跪地，黑騎士仍堅持不放開騎槍。就在這時，另一架澤多林布爾衝進來，一樣舉起騎槍順勢刺向黑騎士，讓原本就損傷不輕的機體再也吃不消。騎槍洞穿軀體，乘勢摧毀黑騎士的裝甲，連同結晶肌肉和金屬骨架也一同破壞，狄蘭托被兩支槍貫穿截斷的上半身重重摔落地面。

「你、你這傢伙，還說什麼商人！別以為我會輕易放過你!!」

狄蘭托隊很快從驚愕的情緒中恢復過來，憤怒地高喊。這個關口布署了兩個小隊（六架）的狄蘭托，照理說要保護這樣偏僻的地方應該是綽綽有餘了，卻在轉眼間失去其中兩架。

狄蘭托的騎操士們警戒著造成這一切的凶惡人馬騎士和黃金獅子，小心翼翼地舉起盾牌和重鎚逼近他們。只要維持足夠堅固的防禦，狄蘭托的鎧甲就能擋住任何攻擊，就算敵人強得像怪物也不足為懼。

——這時，傳來一聲恐怖的巨響，那是除了『咆哮』兩字，便找不到其他形容的聲響，為了向眾生展現自身的強大所發出的巨獸吼叫。一陣天搖地動，等同師團級魔獸心臟產生的劇烈進氣聲在四周迴盪。

「……你們太過分了，居然丟下我先開始打。也讓我和『伊迦爾卡』加入你們啦！」

在被留在關口前的貨車上，另一個『貨物』動了起來。突然竄起的紅蓮火焰燒掉了覆蓋的布罩並捲起漩渦。有道影子穿過火焰中心，縱身躍入空中。

在關口上見到這一幕的士兵們確信自己一定是瘋了。那道影子遮住他們的上空。看起來不像鳥，更不可能是野獸，是某種擁有巨人形體的存在——幻晶騎士所落下的影子。沒錯，『幻晶騎士』正在空中飛翔。關口的牆約高三十公尺左右，連幻晶騎士也無法輕易越過，而那架幻晶騎士竟然還能飛得更高。

「不可能……」

陷入混亂的士兵們很快注意到一項事實。影子蓋在頭頂上——這也就表示『著陸點』位於他們所在的地方。眾人大吃一驚躲開，下一秒，『那個』便落到了石造城牆上。背對日光產生的影子延伸到狄蘭托腳下。在尚未掌握事態、只能結凍似地靜止的甲羅武德軍面前，『那個』慢慢地站了起來。

那架幻晶騎士相當異常。高約十公尺，穿戴設計罕見的鎧甲，雙手拿著奇形怪狀的大劍，不過最引人注目的要算它背上的東西了吧——那架機體背上竟然瘋狂地長出另外四隻手臂。雖說人馬騎士確實很具衝擊性，但是這玩意兒的存在也不遑多讓。在戰慄不已的甲羅武德士兵面前，銀鳳騎士團團長艾爾涅斯帝・埃切貝里亞專用機——鬼面六臂的鎧甲武士『伊迦爾卡』，從那莫名神似人類的面具下轉動眼球水晶。

「我們走吧，伊迦爾卡……戰鬥要開始囉！」

彷彿和愉快的艾爾同調般，主動力爐『皇之心臟』、副動力爐『女皇之冠』隆隆作響。由巨大魔獸的心臟所生出的狂暴魔力，在艾爾的操作下流進魔導噴射推進器，使機體全身有如被一層紅色外衣包住。伊迦爾卡踢了關口的城牆一腳，再次躍入空中。

伊迦爾卡的身影因為逆光而染黑，一瞬間瞥見其身姿的狄蘭托騎操士與面具深處的眼球

『四目相接』，感到深不可測的戰慄。

「怪……怪物……」

空中的伊迦爾卡乘著落下的勢頭，朝混亂的狄蘭托揮下雙手並持的兩把大劍。缺乏鋒利度的厚刃大劍光靠蠻力就砍進狄蘭托的肩膀，將兩臂應聲斬斷。伊迦爾卡恐怖的輸出動力讓它一劍砍到腳邊，陷入地面，爆炸似地竄起一陣塵土。受到衝擊的狄蘭托失去平衡，癱倒在地。

「一隻——」

崩落的狄蘭托面前，伊迦爾卡緩緩站了起來。異形敵人那一瞬間便打敗重裝甲黑騎士的身影，在其他黑騎士間引發一股恐懼的情緒。

「該、該死的！這些傢伙到底是什麼東西!!不、不要過來！全體發動法擊!!」

黑騎士一邊發出自暴自棄的大叫，一邊試著從茫然自失的狀態中恢復過來。面對那樣異常的敵人，已經沒餘力管那麼多了。他們捨棄原本擅長的近身戰，啟動背面武裝，可惜卻遭對方先發制人。一陣爆炸聲衝擊甲羅武德士兵的耳膜，從全身鎧甲噴出紅蓮火焰而獲得反作用力的伊迦爾卡，以超乎常軌的速度衝了出去。

「噫……!!」

發出呻吟的狄蘭托反射性擊出的法彈，全被伊迦爾卡利用噴射避開了，並在瞬間逼近到劍的攻擊範圍之內。面對乘勢揮下大劍的伊迦爾卡，狄蘭托的盾牌能及時擋住完全是個偶然。挨了大劍強烈的一擊，盾牌立刻扭曲變形，狄蘭托的腳陷入地面，支撐盾牌的手臂也飛出幾根結晶肌肉的碎片，沒有直接跪在地上簡直可以說是奇蹟了。這是比起他們認知中的狄蘭托強上好幾倍的恐怖力量，如果受到直擊肯定沒什麼好下場。就在狄蘭托無法動彈的這瞬間，伊迦爾卡毫不留情地繼續展開攻擊。黑騎士掙扎著想把劍推回去，卻只是愈陷愈深。騎操士不禁懷疑起自己的眼睛，重裝型機體狄蘭托『比力氣』竟然會輸？異形敵人的力量甚至遠遠凌駕在西方所向披靡的黑騎士之上。他無法理解自己到底對上了什麼樣的存在，只能暗自承受恐懼。

在狄蘭托被壓制住的期間，伊迦爾卡再次毫不留情地發動攻擊。它收在背後的四隻手臂蠢動著伸展開來，不知是否該稱作雙手的其中兩隻手臂分別拿起斧槍，劃出圓形的軌跡攻向狄蘭托，加上離心力的一擊呼嘯著自狄蘭托的兩肩處砍斷了它的雙臂。在完全失去防禦及攻擊手段的狄蘭托呆然杵在原地的期間，大劍已經揮下了第二擊。遭受慘烈斬擊的狄蘭托彎下腰，無力地跪倒在地上。

「兩隻——」

剩下的狄蘭托只有兩架，騎操士們完全陷入了恐慌之中。他們隸屬於青銅爪騎士團，能駕駛狄蘭托正是身為精銳的證明。即使過去歷經不少戰役，但眼前的敵人卻是前所未見的強大。面對超出想像的巨大威脅，他們怎麼也想不出致勝的手段。雖說如此，他們還是趁敵我雙方還有一點距離時胡亂發射背面武裝，拚了命發動攻擊。不管瞄準鎧甲武士、人馬騎士或者是黃金獅子都好，混亂中的攻擊顯得雜亂無章。

法彈彷彿悲鳴的呼嘯聲劃過空中，伊迦爾卡揮舞斧槍，輕易地把法彈彈開，接著朝一個勁地發射法擊的狄蘭托舉起大劍。儘管它很明顯不在劍的攻擊範圍內。

「法擊戰是吧！很好，我很樂意奉陪喔。」

艾爾——伊迦爾卡所持的大劍當然不可能是普通的劍。就在它拉下大劍握把上操縱桿的瞬間，刀身應聲分成兩半。在厚刃刀身裡出現了明顯不屬於劍的機關——銀板、鋼架與觸媒結晶。驚人的魔力流向大劍，使前端設置的觸媒結晶開始發出光芒。這表示這把大劍同時具有魔導兵裝的功能——它是可稱作巨大銃杖的最新式兵裝『銃裝劍』。

紋章術式所構築的戰術級魔法，爆發出龐大魔力，耀眼奪目的法彈對著狄蘭托飛射而出。

被瞄準的黑騎士只能呆呆看著從超乎常理的地方射來的法彈，連閃避都來不及就被擊中了。

銃裝劍所用的是『戰馬車』上搭載的大型魔導兵裝『轟炎騎槍』，用來對付師團級魔獸的壓倒性火力，將狄蘭托的重裝甲轟成碎片。受到一發接著一發的法彈攻擊，它的身影最終消失在爆炎之中。

「第三隻——」

最後剩下的狄蘭托完全顧不得形象，轉身逃了出去。這算得上是聰明的選擇吧，異形鬼神怎麼看都是不該挑戰的對手。原本有兩個小隊（六架）的友機瞬間遭到摧毀，已經不剩半個夥伴了。

當然，伊迦爾卡不可能放過對方。它展開鎧甲，開始從隙縫噴出地獄般的烈火。從魔導噴射推進器獲得壓倒性的推力後，伊迦爾卡就消失了。不，正確來說是在一瞬間從靜止提升到爆發性的速度，一口氣逼近狄蘭托。黑騎士連留下遺言的時間也沒有，刺出的銃裝劍便粉碎了背面裝甲後插進脊骨，並且在刺入的狀態下展開銃裝劍的刀身。受到直接發射在內部的法彈攻擊，整架狄蘭托爆裂開來，下一秒就成了一堆鐵屑。

「第四隻……咦？已經結束了嗎？還不夠啊，而且伊迦爾卡也還沒盡興……」

在爆炸的餘波中，駕駛伊迦爾卡的艾爾像個要不到糖果的小孩子般表現出不滿。伊迦爾卡也配合地甩著背上的斧槍。

「沒辦法……」

留下一句從心底感到遺憾的嘀咕後，伊迦爾卡將背上的手臂疊起，與斧槍一同收納起來，接著轉了轉雙手所持的銃裝劍，讓收在腰部裝甲上的小型輔助腕抓住固定。最後發出一陣格外響亮的咆哮後，充斥四周的噪音終於停止了。戰鬥結束，伊迦爾卡關閉皇之心臟，轉而使用通常動力——女皇之冠。

「……剛看到艾爾來了，戰鬥就在不知不覺中結束了呢。」

「那還用說，不管那個黑色的再怎麼硬，都不可能擋得住艾爾和伊迦爾卡嘛。」

覷。

在當時的關口中，注意到戰場上震耳欲聾的咆哮而停了下來的澤多林布爾們，只能面面相

◆

銀鳳騎士團第三中隊的澤多林布爾陸續走下東西大道，幻晶甲冑部隊則動作迅速地把留在關口裡的甲羅武德殘兵抓住。親眼目睹狄蘭托部隊被摧毀的他們內心戰慄不已，沒怎麼抵抗就投降成為俘虜了。

「你們也來看看這個。」

此時，少爺──即埃姆里思召集銀鳳騎士團的各個中隊長，攤開他從關口中找到的地圖。

「混帳東西，狀況比我想的還糟糕！這個關口位在克沙佩加王國的東方邊境，發動侵略的甲羅武德王國是西方諸國中位在『西邊』的國家。這兩個都是不相上下的大國，結果克沙佩加卻已經滅了！我不懂，那國王陛下又怎麼了？還有伯母呢……!?」

說著，他痛苦地扭曲著臉，所有人的臉色也變得陰鬱起來。大家都知道他是擔心伯母的安全才參與這場戰爭的。換句話說，這也算是銀鳳騎士團的行動方針之一。

「我們不曉得的事情太多了，最好先蒐集情報。」

艾爾將視線轉向背後這麼說。明白他的意思後，有幾個人點點頭，悄悄消失了身影。這次的任務間諜集團——藍鷹騎士團也派人同行，負責支援銀鳳騎士團，調查情報正是他們的拿手好戲。

「是需要調查沒錯！不過『敵人』的勢力已經延伸到這裡來了，只是枯等不合我的個性。」

聽見埃姆里思痛苦地沉聲開口，艾爾一臉嚴肅地盤起雙臂。

「預定都被打亂了呢。當初原本打算先假扮商人蒐集情報，然後暗中活動。」

「我之前就很想問了，大剌剌地駕著澤多林布爾前進，你有認真想假扮成商人嗎……？」

迪特里希的吐槽非常自然地被無視了。

「那這麼做如何？在情報蒐集完全以前，我們就在這附近『進貨』吧。」

「商隊的設定還要繼續喔……你說的貨到底是什麼？」

聽見迪特里希一臉受不了地問，艾爾露出極為不祥的笑容轉向他。

「當然是這個叫什麼甲羅武德王國的幻晶騎士囉？」

決定了目前的方針後，銀鳳騎士團將占領的關口當成暫時據點。輜重部隊陸續把物資搬運進來，穿著幻晶甲冑的人們匆忙設置基地，努力進行美其名為進貨，實則為破壞的工作。

「這樣看起來我們根本就是危險份子嘛。不要說商人了，乾脆轉行做『山賊』怎麼樣？」

迪特里希這句牢騷依然被無視了。在幻晶甲冑隊著手紮營的同時，幻晶騎士也正在處理被破壞的狄蘭托殘骸。這些將會交由騎操鍛造師們解體研究，以瞭解敵方戰力。

「這難道是……？這樣的話……」

駕駛純白的幻晶騎士『阿迪拉德坎伯』進行作業的艾德加，凝視著幻象投影機上的殘骸，忽然停下手。他打開駕駛艙，然後跳到殘骸上，熱情地注視某個東西。

「喂喂，怎麼了？艾德加。還在作業中耶？」

「海薇，妳也看看這裡。敵人騎士的這個構造……不覺得『很眼熟』嗎？」

海薇不解地偏著頭離開機體，看了看他所指的黑騎士殘骸，不需要多少時間，她就得到了和艾德加相同的結論。

「哼，原來如此，『背面武裝』和『繩索型結晶肌肉』啊。殿……『少爺』說過，這個敵人以前是和克沙佩加不相上下的大國對吧？我已經搞清楚為什麼會產生這麼大的差距了。」

「你們在說幻晶騎士嗎？是在討論幻晶騎士對吧？也請讓我加入！」

「哇！艾、艾爾，你到底是從哪裡冒出來的啦？」

艾爾不知何時來到盤起雙臂的海薇身邊。有幻晶騎士的地方就有我——正是他的座右銘。

「來得正好，艾爾涅斯帝，能不能告訴我這到底是怎麼回事？」

追著不為所動的艾德加視線看過去，艾爾很快露出心領神會的表情。

「他們使用的這種黑色幻晶騎士，所用的技術『和我們一樣』呢。我們發明的最新技術，已經投入實戰了……八成如你所想，要說可能性的話，來源就是被搶走的『特列斯塔爾』。」

艾德加的腦中掠過幾年前的一幕光景——打敗『厄爾坎伯』，最後讓它逃掉的一架幻晶騎士與它的下落。彷彿有條線將過去與現在的事態串連起來。

「那麼，這些傢伙……危害這個國家的人也算是我們的仇敵！他們毀了我的厄爾坎伯，還搶走海薇的特列斯塔爾……!!」

艾德加的拳頭愈握愈緊。『卡札德修事變』——促使銀鳳騎士團成立的那起事件一直讓他耿耿於懷。此刻有人輕輕握住他緊握得泛白的拳頭，是海薇。

「冷靜點，我懂你的心情。我也很生氣，也覺得不可原諒……不過你是隊長吧？那麼簡單就失去鎮定要怎麼辦？」

艾德加呻吟一聲，然後大大吐出一口氣，慢慢放鬆拳頭的力道。

「也對……抱歉。居然還要做出『保證』的人來提醒我……看來我還太嫩了。」

「不客氣。應該說你替我感到生氣，我有點開心。謝謝。」

海薇在艾德加的臉頰上留下一陣輕柔的觸感後，走回了澤多林布爾。身後只留下凍結似地僵在原地的艾德加。

「啊——怎麼搞的？有種現在不馬上找敵人發洩一下就幹不下去的心情呢。」

另一方面，一旁持續作業的迪特里希他們則有種想撒手不幹的心情。一邊隨手扔出殘骸，一邊朝天空發出種種嘆息。

「該打倒的敵人有很多，請大家不用客氣，盡量動手。」

「哦哦，艾爾也很羨慕那種的對吧！那我也來親——」

「亞蒂，迪學長的表情變得愈來愈有趣了，所以妳冷靜一點。」

艾爾安撫著不知何時從背後抱上來的亞蒂。一臉鬱悶的迪特里希開始有種怎樣都無所謂的感覺，結果只是放棄地聳聳肩開口：

「……先不說這個，你又是怎麼想的，艾爾涅斯帝？這些技術與其說是我們做的，其實幾乎都是你想出來的。結果繞了一大圈，反而變成了我們的敵人。」

「這個嘛，我很感興趣呢。」

聽見他意料之外的開朗語氣，迪特里希和亞蒂露出詫異的表情互相對視。

「不是『銀鳳騎士團（我們）』，也不是『我們國家（弗雷梅維拉）』的某人做出來的幻晶騎士。我對他們從特列斯塔爾的技術中發現了什麼，又是怎麼做出成品來的這點很感興趣，而且……」

不曉得艾爾滿腦子想像著什麼，只見他露出肉食動物面對獵物時的笑容。

「追根究柢，這些機體是基於我們的技術做出來的，那就算全歸我們所有也不為過吧。何況他們又是敵人，搶來當作我的東西也沒關係吧？有愈多幻晶騎士一定會愈好玩！」

「不，你那是歪理。是歪理沒錯……」

迪特里希心想，別給我笑著說出那種蠻橫的話——但他沒發現自己臉上也浮現類似的笑容。

「一想到他們跟那些搶走特列斯塔爾的人是同一掛的，就讓人同情不起來。艾德加看起來幹勁十足，少爺就更不用說了。我看就依照團長閣下的指示，讓他們成為犧牲品吧。」

迪特里希望向從歐比涅山的山腳下，延展開來的克沙佩加國土。

銀鳳之旗在東方邊境飄揚。風暴中誕生了新的火種，同時，『銀鳳商會』也如火如荼地展開了行動。

# 第三十一話　被囚禁的王女

舊克沙佩加王國東部。最近進駐於此地的甲羅武德軍之間流傳著一個奇妙的謠言，據說『乘坐巨大異形馬車的鬼面死神，正在到處狩獵幻晶騎士』。

起初聽到的士兵多半會一笑置之。沒兩下就滅亡、虛張聲勢的大國之中，哪裡會有那種可怕的敵人？他們英勇善戰，而且對自己有絕對的自信，因此無所警覺——然後就碰上了。

「分開行動會被各個擊破！集合起來增強防禦!!」

「不、不行啊。那樣擋不下來！那種死神……」

那人接下來的話被一陣穿過的氣流嘶鳴給蓋過了，惡夢般的存在現身於匆忙重組陣形的狄蘭托面前。埋頭猛衝的異形伴隨著撼動大地的馬蹄聲，其真面目是兩架澤多林布爾拖曳著巨大裝甲馬車——三式裝備『戰馬車』，加上載著鬼面六臂（伊迦爾卡）的死神組成的完全型態。

面對如謠言所說，不，應該說比謠言更可怕的存在，黑騎士們即使難掩不安，依然勇敢上前挑戰。畢竟原本就跑得慢的黑騎士根本逃不掉。

「你們駕駛的幻晶騎士……我收下了。」

這並非詢問或拜託，而是已經決定的通知。趁敵我雙方還有距離時，伊迦爾卡舉起背上四門砲管的銃裝劍，迸射出的紅蓮法彈毫不留情地將其中一架黑騎士化為爆炎灰燼。陣形才被打亂，澤多林布爾又衝過來突擊。受到帶著力道與重量的一擊，黑騎士的巨大身軀連盾牌和鎧甲都被撞飛了出去。最後倖存的黑騎士硬著頭皮上前迎戰，卻被擦身而過的戰馬車上伸出的斬獸劍狠狠劈中，身體彎成了『く』字形。這把厚刃劍過去葬送了無數殼獸，連黑騎士的鎧甲也難以倖免。

當死神馬車結束這場毀滅性的疾馳時，身後留下的就只剩下黑騎士的殘骸。戰馬車劃了一個大大的弧線，放慢速度又回到了殘骸附近。

「嗯嗯，今天也進了不少『貨』呢。馬上帶回去談生意吧！」

「艾爾看起來好開心……」

「可以駕駛伊迦爾卡到處搶幻晶騎士，對他來講應該是人生的黃金時代吧……」

不久，隨後出現的第三中隊將黑騎士的殘骸回收之後離去。現場什麼也沒有留下，只餘巡邏中的部隊神祕消失的結果。

東部地區接連不斷地發生巡邏中的黑騎士隊失聯的事件。死神馬車的謠言非但沒有消失，反而甚囂塵上，在前線士兵們心中埋下恐怖的種子。更糟的是，這個謠言擾亂了甲羅武德軍，他們還需要好一段時間才注意到可怕敵人的存在。

載貨的馬車伴隨著撼動肺腑的馬蹄聲前進。之所以會發出一般馬車不該有的沉重音色，是因為它是一部由人馬騎士（澤多林布爾）拖曳的巨大貨車。四周布署了幻晶騎士『卡迪托雷』護衛貨物與車隊。

「想不到謠言竟然是真的……！」

舊克沙佩加王國的貴族之一『莫德斯托・雷頓馬奇男爵』，瞪大眼望著眼前排成一列的『商品』。這也難怪，因為貨車上載著的是幻晶騎士的殘骸——而且還是甲羅武德王國的主力量產機狄蘭托。

不只雷頓馬奇男爵，諸侯保有的戰力全都是舊型的制式量產騎士雷斯瓦恩特。在迄今為止的戰役中，他已經看過太多打不過配備狄蘭托的甲羅武德軍的實例。

「我們『商會』的商品怎麼樣？看了這些你還沒辦法下定決心嗎？」

埃姆里思一邊展示『銀鳳商會』『進貨』的成果，一邊得意地挺起胸膛。那個據說將甲羅武德軍血祭的鬼面死神，其真面目就擺在男爵面前。不過，在最初的驚愕與興奮過去之後，他又很快沉下臉。

「……是啊，我充分見識到你們的本領了。真的是很優秀的『商品』，光是能和我們束手無策的甲羅武德軍抗衡就值得稱讚了。可是啊……也就這樣而已。假設我們聯手合作獲得局部勝利，接著只會引來更多敵人。」

雷頓馬奇男爵垂下肩膀，一臉鬱悶地說。

「你們再怎麼強，也不表示我們贏得了。那樣也會把你們一起逼入絕境吧……你們不也是因為這樣才會四處奔走的嗎？」

埃姆里思一開始的愉快心情好像假的一般，不耐煩地啜了口茶。擊敗黑騎士的銀鳳騎士團雖然在各地引發了令人驚恐的謠言，但也漸漸感覺到了極限。他們的強大毋庸置疑，但頂多也只有三個中隊（三十架）的規模，在數量上壓倒性地不利。即使擅長進攻，也不適合『守住土地』。

「……因為敵人太強大，就去奉承他們嗎？」

「像我們這樣弱小的貴族也有很多打算。別說領民，在明白自身難保的情況下要我們怎麼反抗？何況高貴的血脈已不存在……事到如今，這個國家不可能再團結起來了。」

雖然銀鳳騎士團像這樣不斷試著與倖存的舊克沙佩加貴族接觸，卻都沒得到什麼好的回覆。他們各有各的理由，但最主要的還是因為沒有足以統御他們的『王旗』。

「伯母她們真的已經……？」

「我不知道。但根據那些傢伙的說法，可以確定人落在他們手中。這麼一來情況就不樂觀了。就算還活著……」

男爵最後的話被埃姆里思打斷了。他無法心平氣和地接受那樣的假設，雷頓馬奇男爵也立刻為自己的失言致歉。埃姆里思的伯母馬蒂娜是東部地區這裡最大的貴族——費南多大公的妃子。剛才談判的結果很明顯——雷頓馬奇男爵雖然同意支援銀鳳商會，卻不願做更進一步的保證。除了他以外的貴族也是大同小異，願意暗中幫助他們，但是拒絕參戰。

「……不行啊，不管打下多少雜兵都沒有人敢行動。」

埃姆里思像隻猛獸般發出低吼。明白事況卻猶疑不定的貴族們，再加上至今音訊全無的王族，讓他一天比一天鬱悶。

「之前以削弱敵人的力量為主的做法一直很順利，也是時候改變方針了吧。另外，想得到貴族們的協助，還需要他們也能參與作戰的『特殊方法』……關於這一點，我也會再想想看。」

艾爾也盤起手臂沉吟著，只不過他煩惱的方向有些偏離正題。

「這裡已經沒有我們能做的事了嗎……？」

靠著滿腔熱忱撐到現在的埃姆里思，也不禁產生懷疑。就在這時，看起來無路可走的銀鳳騎士團接到了一則扭轉形勢的消息。

◆

舊克沙佩加王國可大致分為五個地區——王都所在的中央地帶，以及東南西北四個『四方領地』。

其中，過去由王弟『費南多・涅瓦里斯・克沙佩加』大公所治理的領地位於東方。說是『過去』，是由於大公本人在甲羅武德軍侵略時死亡，領地被接收的緣故。王弟費南多在奧古斯狄繼承爵位後，獲得了大公的稱號與領地，並歸為臣下。為了顯示他王族的身分，也繼續保留了克沙佩加這個姓氏，因此他的領地被稱作『費南多大公領地』，人們也習慣直接稱其為『東方領地』。雖說已歸於臣下，但大公畢竟與王家血脈相連，必然被視為侵略作戰上的障礙而遭排除。

至於東方領地的首都『馮塔尼耶』在被甲羅武德王國壓制後，該國在此地設立控制東方領地的『東方護府』，並派出一部分的黑顎騎士團在城裡駐紮。

過去大公居住的領城『拉斯佩德城』如今由甲羅武德軍接收，當作據點使用。拉斯佩德城最顯眼的特徵便是配置在四方的高聳尖塔，這些過去曾用來放哨的建築，在進入平穩的時代後漸漸失去本來的功能，現在則是單純被當成城堡的裝飾保留下來。然而就在不久前，它又被賦予了截然不同的角色，重返舞台。

房間裡有一名無精打采、眼神游移不定的少女。她名為埃莉諾——是繼承了克沙佩加國王血統的直系公主。這個『用來幽禁公主』的房間儘管具備一定程度的裝潢，卻絕對不符合王族應有的待遇。她漠然環視鑲了鐵欄杆的窗子和異常堅固的門扉，然後吐出不曉得是第幾次的嘆息。這房間再怎麼看都不會有任何變化。

落入甲羅武德軍的手中後，她就被囚禁在拉斯佩德城了。這個房間位在城堡裡其中一座尖塔的最高層，離地面高達數十公尺，能夠進出的場所只有內部一道長長的螺旋梯，周邊更安排嚴密警備防止她脫逃。不過，即使她可以輕易逃出去，現在的她有沒有決心又是另一個問題。

她過著充滿沉默與嘆息的每一天。失去身為國王的父親，被逼著踏上辛苦的逃亡之路，結果卻被迫和伯母馬蒂娜以及堂妹伊莎朵拉分開，最後被關在這種地方。每天受無力感折磨，更不敢正視自己的未來，也難怪她會變得這樣死氣沉沉。

然而就在某一天，突如其來的異變造訪了這個沉寂的房間。

唯一能夠進出房間的門扉傳來沉重的敲擊聲，無預警的變化讓她嚇得哆嗦。在鄰室靜候的侍女默默地走向門，與來者交談了幾句之後，發出了門鎖開啟的機械聲響。即使不在近處也能明顯感受到一股強烈的氣勢進入屋內，氣勢的主人走到努力低著頭閃躲視線的埃莉諾身邊。

「心情如何？『前』克沙佩加的公主殿下。」

她輕輕顫抖著，帶著怯生生的眼神抬起頭來。出現在眼前的是甲羅武德王國的第二王子，亦是甲羅武德軍的總司令——克里斯托瓦爾。

「哼。看來妳過得挺『安分』的嘛。」

當初被關在這裡時，埃莉諾也曾驚慌失措、半瘋狂地哭喊大叫，過了好一陣子才變成現在這樣平靜卻有氣無力的狀態。

「今天我帶了一個好消息給妳。高興點吧，妳的『用途』決定了。為了讓舊克沙佩加的各地勢力更穩定，妳的血統總算派上用場了。」

克里斯托瓦爾不在乎她沒什麼反應，揚起嘴角以驕傲的口吻宣布：

「妳將成為本王子的新娘。」

「怎、怎麼會……我不要。」

埃莉諾好不容易才擠出一句反抗的話語。儘管她低著頭、聲若蚊蚋，但聲音裡清楚帶著拒絕的意思，察覺到這一點的克里斯托瓦爾依然不改臉上的笑意。

「我想妳也不會乖乖點頭答應，但妳以為有選擇的自由嗎？」

克里斯托瓦爾倏地探向前，一把抓住埃莉諾反射性想閃避的手腕硬是拉了過來，在她耳邊悄聲道：

「要是拒絕的話妳就沒用了。乾脆早點殺了妳，再利用另一個抓來的小姑娘就好。」

埃莉諾僵硬地睜大眼睛，眼裡映照出克里斯托瓦爾殘虐的笑容。

「就算是降為臣籍的王弟之女，好歹也流著王家的血脈，用途要多少有多少。畢竟她可是『連母親也被抓起來』，要說服她不難吧。」

「啊……啊啊，你怎麼能……」

克里斯托瓦爾放開埃莉諾，任由她無力地癱坐在地，接著一副事情辦完的樣子轉身準備離去。

「我也有慈悲心，就再給妳一點時間答覆吧。話是這麼說，但妳最好還是快點下定決心，畢竟我這個人一向三心二意又沒什麼耐性。」

他留下這些話後便走出房間，之後過了好一會兒，茫然自失的埃莉諾才回過神來。

「……對不起，對不起，大家……對不起，父親……!!」

她什麼也做不到，只能趴在床上掩面落淚。

背對著幽禁王女的房間再度上鎖的聲音，克里斯托瓦爾沿著螺旋梯拾級而下。他忍不住嘆了口氣。不論事情原委如何，明明能娶到名聞西方的美麗公主，他卻是滿臉不高興的樣子。

「……老是哭哭啼啼，真是個鬱悶的女人，實在不合我的喜好。」

「殿下，您該不會因為那種理由拒絕婚事吧？」

聽見等在門外的多羅提歐驚訝的聲音，克里斯托瓦爾更不悅地扭曲著臉。

「哼，我怎麼可能白費王姊為了統治克沙佩加而提出的對策。只是那種類型讓我看不順眼罷了，發發牢騷無所謂吧。」

性急且脾氣暴躁的長官說不定……多羅提歐原本擔憂在心，聽他這麼一說，暗自鬆了口氣。

「對了，聽說最近東方領地很不平靜啊？多羅提歐。」

克里斯托瓦爾突然改變話題，戳中了多羅提歐的另一個痛處。這些事情他不希望傳入長官耳中，但還是裝出若無其事的樣子回答：

「是，據說有些傢伙沒學到教訓。臣以為早晚會安分下來，只是沒想到會拖這麼久，已經做好前往討伐的準備了。」

「哦？我還以為這國家的人全是些陰沉的膽小鬼，還有那樣有骨氣的傢伙啊。喂，那個獵物由我……」

「不行。」

話說到一半被打斷，讓克里斯托瓦爾稍微好轉的心情再度變差。

「您打算親自前往討伐吧？萬萬不可，殿下是我們甲羅武德軍的總帥。這種小事就交由我們處理，您必須善盡身為總帥的責任。」

克里斯托瓦爾發出意義不明的呻吟，總算勉強忍了下來。

「那就快點把那些小事給我解決掉!!」

多羅提歐追著加快步伐的克里斯托瓦爾。雖然他還是不擅長應付長官的言行，但依然一本正經地答應下來。

與克里斯托瓦爾分開後，多羅提歐很快召來部下。這些部下都是第二王子的直屬戰力，也是長年來跟著多羅提歐浴血奮戰的精兵。

「……就是這麼回事。這個問題若不盡快解決，殿下恐怕又會產生不必要的興趣。」

他們跟多羅提歐一樣長年服侍克里斯托瓦爾，因此也很瞭解他的脾氣，可以輕易想像到剛才的對話。眾人不約而同地露出苦笑。

「我之後還必須輔佐殿下。這事就交給你了，『古斯塔沃（古斯特）』。」

聽見多羅提歐的命令，一個身材瘦削的年輕人走上前來。他的腰間纏著許多皮帶，上頭掛著大大小小的『劍』，奇特裝束的年輕人自信滿滿地敲著雙手拳頭說：

「噢，就等你這句話，老爸。交給我吧，我一定會漂亮解決這件事給你瞧瞧！」

多羅提歐的養子『古斯塔沃・馬多尼斯』拍了拍胸口接下任務。那看似可靠卻粗魯的樣子讓養父露出了難以形容的表情，部下們則發出了竊笑聲。對他們來說，這對義父子之間的你來我往已經成了家常便飯。

就在這樣動盪又平和的氣氛中，突然有第三者的聲音介入：

「那個工作能不能也算我一份？」

冷不防出現的聲音和人影讓所有人緊張起來。看見來者泰然自若地從陰影處現身，多羅提歐訝異地瞇起眼睛開口：

「……妳是歐塔康納卿……『銅牙之主』找我們有何貴幹？」

見對方明白表現出猜忌的態度，銅牙騎士團長『凱希爾・歐塔康納』也不以為意。她嫣然一笑，然後環視眾人說：

「別那麼警戒嘛。既然危害甲羅武德就等於是我們的敵人，我只是想幫忙打倒他而已。」

「總覺得藉助妳的力量，麻煩也會變多啊。妳說想幫忙，又打算怎麼做？」

「你知道銅牙（我們）的招式吧？我去幫你把那些麻煩的死神找出來。」

多羅提歐短暫陷入沉思。衡量凱希爾的目的與對敵人的處置後，他馬上想到敵人正是因為神出鬼沒才難以應付，於是接受了提議。

「呵呵呵，我會派部下通知你。敬請期待。」

回以一個不懷好意的笑容後，凱希爾便離開了。古斯塔沃目送她遠去的背影，一副怎麼也無法接受的樣子對父親說：

「老爸，這樣好嗎？」

「……雖然是隻不好對付的女狐狸，不過她的能力值得信賴。放心，我們只要做好自己的工作就好。古斯特，一接到她的通知就出發。」

古斯塔沃和部下們一齊對多羅提歐敬禮。片刻後，他們乘坐的飛空船就離開了拉斯佩德城。

◆

銀鳳騎士團接到那個消息，是在他們一如往常進行出擊準備的時候。

「……妳確定那個情報可信嗎？」

「是的。一方面是為了壓制克沙佩加殘黨吧？他們開始積極散播情報了。為了慎重起見，這項情報也已經過確認。」

聽見艾爾的提問，藍鷹騎士團所屬的『諾拉・弗克貝里』掛著平常的撲克臉點頭回應。進入舊克沙佩加領土內，同時派出的藍鷹騎士團已經獲得了調查成果。

「我懂了，這件事要告訴少爺…………一口氣有了進展呢。」

艾爾馬上召集所有騎士團成員。他即將宣布的消息將會左右他們今後的走向。

「我有事情要向各位報告，但在那之前，少爺，有好消息跟壞消息，您想先聽哪一個？」

「哦？那先聽好消息吧。」

聽見埃姆里思半敷衍地回答，艾爾露出了開朗的笑容說：

「那麼先說明好消息——找到馬蒂娜夫人和其他倖存王族被關起來的地方了。」

「……!!銀色團長，此話當真!?是嗎……這樣啊。她們沒事……!!」

埃姆里思猛地轉身，一副要朝天大吼的樣子高舉起雙臂。不只是他，團員們之間也掀起一陣歡呼聲。

「知道這點就算我們贏啦！銀鳳騎士團，現在馬上出發去救人吧!!」

「請等一下。抱歉在氣氛正熱烈的時候打斷你們，還有一個壞消息沒說。夫人她們是還活著沒錯……但似乎碰上了一些麻煩的狀況。」

艾爾制止比平常更失控的埃姆里思，繼續說明剛才得到的情報——以王女為首的王族們都被囚禁在拉斯佩德城裡，以及甲羅武德軍的王子意圖娶王女為妻的事情。

聽到這裡，所有人都能預料到埃姆里思的反應。

「原來如此，很好，就去宰掉那個白痴王子吧。擅自侵略他國領土，還想輕輕鬆鬆把公主占為己有，簡直無可救藥！」

埃姆里思的表情，看上去就像個因憤怒過度而爆出青筋的惡鬼。他重視的不僅是伯母馬蒂娜，當然還有情同知己的伊莎朵拉和王女埃莉諾。克沙佩加被滅國，又得知親人落入敵國手中，讓他氣得暴跳如雷。

「那個蠢王子真的太差勁了！靠蠻力搶奪女人簡直不可原諒！」

「對啊！那種無禮之徒就由我們狠狠教訓吧！」

其他為此感到忿忿不平的還有銀鳳騎士團的女性們，尤其是亞蒂和海薇。三人激動得揮舞手臂大罵，連旁人都有點被他們的氣勢嚇到。眼看他們馬上就要衝去救人，艾爾有些懶洋洋地朝他們背後說：

「好了好了，別那麼急。目前最好不要出動騎士團。」

「什麼……那你打算怎麼救出她們!?你該不會想叫我就這樣袖手旁觀吧！」

艾爾看起來毫不在意埃姆里思氣勢逼人的表情，若無其事地回道：

「王女殿下被關在馮塔尼耶，現在甲羅武德軍在那裡設了一個東方護府。簡單來說，就是敵人的根據地之一。」

「……嘖，沒錯。即使是銀鳳騎士團也沒辦法輕易進軍到那裡。」

認清了問題點，也讓氣昏頭的埃姆里思多少冷靜下來，敵人在根據地布署的戰力絕非這種窮鄉僻壤可比擬。銀鳳騎士團之所以能連戰皆捷，主要還是靠澤多林布爾強大的機動力領頭。伊迦爾卡和金獅子這些騎士雖然強大，然而單騎能做到的畢竟有限。若是想進攻據點，形勢對銀鳳騎士團則是壓倒性的不利。

「再說，整個騎士團一起行動會非常引人注目。最糟的情況是敵人帶著重要的公主逃走，而且被關起來的不只一個人。萬一他們拿人質威脅，救援任務就會變得非常困難。總之，我們必須趁敵人發現以前將所有被囚禁的王族救出來。」

埃姆里思的眉間又出現了皺紋。找到王族被囚禁的地方的確非常令人振奮，但依然不改她們至今仍深陷敵人魔爪的事實。海薇和亞蒂也不甘心地垂下手臂。

「所以，就讓騎士團留在這邊戰鬥，我們去把王族搶回來吧。」

其中只有一個人，也就是艾爾露出愉快的笑容。

「你打算怎麼做？搶當然是要搶回來，不過沒有戰力也無法出手啊。」

「不，我們反過來思考。既然我們已經給了甲羅武德不小的打擊，以後他們一定會增加戰力，分出更多人手來消滅我們騎士團吧？我們就要看準這一點。騎士團的主力確實是幻晶騎士沒錯，但我們還有一項武器……是時候讓幻晶甲冑大顯身手了。」

不知不覺中，艾爾的表情變得像個想出惡作劇點子的小孩，又像是在炫耀自己喜歡的玩具一樣。

「當敵人的注意力放在騎士團本隊時，我們就用最新型戰鬥用幻晶甲冑組成潛入部隊，前往搭救被囚禁的公主們吧……巴特森！現在就是『隱形幻晶甲冑』出場的時候了！」

「喔、喔!?那個啊——也對，那個的話……」

突然被點名的巴特森有些慌張地點點頭，轉頭確認背後。在那裡的幻晶甲冑既非摩托比特也非摩托力特，旁邊以諾拉領軍的藍鷹騎士團團員們堅定地頷首。

一直靜靜聽著艾爾說話的埃姆里思，這時終於忍不住大笑出聲：

「呵、呵呵、呵哈哈、哈哈哈哈！銀色團長……你真是、呵哈哈哈，很好，我喜歡這點子！呵呵呵，尤其是讓那些傢伙白忙一場最讓我痛快！」

埃姆里思拿出幹勁後，四周也一齊動了起來。在喧鬧熱烈的氣氛中，亞蒂悄悄移動到巴特森的旁邊，小聲問：

「巴特啊，雖然艾爾那樣說，但其實他大概只是想試用看看新裝備對吧？」

「我猜也是，畢竟是艾爾嘛。唉，這件事妳知我知就好。」

在亞蒂和巴特森講著悄悄話、對彼此點頭的期間，準備工作也正順利進行著。由身為團長的艾爾決定作戰方針，並分派團員。

「救援部隊由我帶領。請他們還有……奇德跟亞蒂一起來。」

「咦!?我們？」

突然被點到名，不只亞蒂，連奇德也慌張起來。

「對。你們可以像我一樣操作摩托比特，同時也是澤多林布爾的騎操士。要把運送和潛入的戰力限制在最低，你們是不可或缺的成員。」

「這樣啊……我懂了，艾爾！讓我們一起把公主救出來吧！」

「嗯，既然這樣的話──」

亞蒂比平時更使勁地舉起拳頭，奇德則好像有些沒轍似地聳聳肩。靜靜聽到這裡的埃姆里思一把抓住艾爾的腦袋說：

「喂，艾爾涅斯帝，我也要加入救援部隊，無論如何我都要去。你以為我到底是跑來幹嘛的？」

艾爾連忙逃開抓著他腦袋搖晃的魔掌，嘆了口氣同意了。埃姆里思和這任務的適合度雖然有待商榷，但就算阻止他也沒用。

「救援部隊就先這樣定案。再來……我要給艾德加學長、迪學長、海薇學姊還有銀鳳騎士團的所有中隊一項重要任務。」

中隊長們端正姿勢，在騎士團長艾爾的面前集合。他們大致可以推測話題的走向，本隊的任務應該就是引開敵人的注意力。儘管伴隨著危險，但他們的表情卻顯得堅決。艾爾不曉得從哪裡拿出一疊紙遞到他們面前開口：

「為了讓克沙佩加的人也能戰鬥，我想了一些改造雷斯瓦恩特的強化方案。這是設計圖。」

「咦!?什麼時候……該說我服了你嗎？」

中隊長們驚訝之餘，依然慎重地接下藍圖。艾爾先是得意地挺起胸膛，然後又恢復嚴肅的表情說：

「我希望本隊的各位帶著這個去說服各地的貴族。待我們救援部隊成功完成任務之際，就表示這個國家的王回來了。那麼一來，該做的事就只剩掀起復國戰爭。到時候不只我們，更需要他們一同奮戰，這些就是賦予他們力量的方法。」

中隊長們突然感到手裡握的圖紙沉重起來。在另一層意義上，這份設計圖可說是左右了這塊土地的未來。

「……真是的，說得簡單啊。」

「不過有意思。反正我比較擅長的是防守，這份設計圖我一定會安全交到貴族們手上，讓那些傢伙大吃一驚。」

不只艾德加，所有團員們都高聲吶喊著舉起手臂。就這樣，救援部隊和本隊決定了各自應踏上的戰場，表面平靜、卻有如暴風雨強勁的銀鳳騎士團展開了行動。

「呵呵，搶回公主作戰！聽起來真不錯……啊啊，可以被艾爾搶，有點讓人羨慕呢……」

「不要說蠢話了。來吧，我們也有很重要的任務，快點準備。」

在開始行動的騎士團中，奇德隨手抓住陶醉地低語的亞蒂衣領，然後拖著她走了。

◆

在東方領地平靜的上空，出現了漆黑船艦的身影。船帆乘著風悠然前進，那兩艘船——甲羅武德軍的機密武器『飛空船』是離開馮塔尼耶準備東進，由古斯塔沃率領的騎士團船隊。

「噢，還出動貴重的飛空船，我們是玩真的呢。」

古斯塔沃穩坐在船長席上，心情很好地說著。一名看似部下的男子回應道：

「屬下倒是覺得用飛船來對付幾個難纏的小賊，有點小題大作了。」

由於至今為止的對手都是克沙佩加軍，男子的語氣裡隱約帶有一絲輕蔑。絕不只有他，甲羅武德軍全體都懷有這種想法。看出這一點的古斯塔沃差點露出不耐煩的神色，又很快裝作不經意的樣子問：

「那個叫什麼死神的敵人聽說溜得可快了！我們就靠飛空船的速度繞到前面攔截，再由我打倒他們！怎麼樣？很完美吧？反正都得盡快解決，花太多時間只會丟了養父的臉啊。」

「哈哈，那倒是。畢竟殿下的耐心才是我們的敵人，跟那些克沙佩加的軟腳蝦比起來可怕多了。」

男子笑了一下後離去，古斯塔沃目送著部下的背影，吊兒郎當地撐著臉，將手肘靠在船長席上，然後盤起腿。

「……唉，粗心大意到那種地步，搞不好會栽跟頭呢。死神的謠言都傳成那樣了，八成很難對付吧。不管怎樣我都得想辦法應付就是了。」

明白問題在哪裡的他充滿了自信，無所畏懼。他與部隊所乘坐的飛空船就這樣一路向東前進。

◆

從騎士團長率領幻晶甲冑部隊前往拯救王女之後，又過了好一陣子。

剩下的第一到第三中隊組成的銀鳳騎士團本隊，在舊克沙佩加王國的東方領地內四處奔走。他們以第一中隊、第二中隊為核心，再分別利用第三中隊的澤多林布爾移動。本隊的目的是將『雷斯瓦恩特的強化方案』送到各地貴族手上並要求協助。雖說分出更多小隊進行比較有效率，但他們也有無法小規模行動的苦衷。

主要是由於團長（艾爾涅斯帝）三番兩次的幻晶騎士狩獵，被惹火的甲羅武德軍開始採取正式的因應對策——嚴禁過去那種小隊規模（三架）以下的行動，改成最少要以中隊規模（十架），多至數個中隊的集體行動為基本方針。對少了鬼神（伊迦爾卡）這個最強王牌的銀鳳騎士團而言，和那種規模的戰力對上也很危險。

「看來，他們不會簡單讓我們完成任務呢。」

「如果繼續那樣提防我們，要說反而讓我們比較好行動也是沒錯啦。」

因為敵國改變行動模式，讓本隊極力避免引發戰鬥。多虧甲羅武德軍開始集中戰力，使得雙方接觸的頻率反而降低了。相對地，以逃離為基本對策的本隊已經徹底露出馬腳，異形的騎馬團不再是空穴來風的存在，而是真實地呈現在眼前。

「不管怎樣，我們的優勢就在於澤多林布爾的腳力。在碰到敵人以前快點繞路吧。」

在拉著第二中隊的馬上，迪特里希嘴裡這麼嘀咕，可惜他的希望落空了。拖曳著貨車的澤多林布爾集團要多顯眼就有多顯眼，想徹底隱匿行蹤根本就是不可能的事，被發現也只是早晚的問題。

「…………『迴鹿』聯絡，發現『馬集會』。放出『鷹』繼續狩獵…………」

路邊森林裡的陰影處潛伏著黑色的巨人。它們身軀巨大，卻始終沒有發出一點聲音，存在感薄弱得像亡靈一樣，因此奔馳在道路上的人馬騎士始終沒有察覺他們的存在。不久，隨著黑色巨人悄然展開行動，幾名士兵也同時騎上馬奔馳而去。

「……接到聯絡來看看，結果還真的有呢。『女狐狸』的效率真不是蓋的。」

在『飛空船』的艦橋上，古斯塔沃撫著下頷沉吟。他的視線前方，有一個沿著林間道路奔馳的異形集團。

「那就是謠傳的『死神騎兵團』啊……難怪不好找，那是什麼像馬又不像馬的東西！哎，反正不管誰當對手，最後都會變成我的『劍』下亡魂。」

眼前在地面奔馳的怪異馬車隊，連以大膽聞名的他看來也覺得遠遠超乎想像。即使如此，他還是很快振作起精神，開始對驚慌失措的部下們發號施令。這麼看來，他的膽量的確不容小覷。

當走空路的古斯塔沃他們發現地面上的銀鳳騎士團第二中隊時，第二中隊也注意到逼近的飛空船。

「那是什麼？是我在作夢嗎？船……飛在天上的船追過來了！」

「該怎麼說呢……沒想到除了我們團長以外，還有能做出那種脫離常識物體的人。西方還真大啊。」

「迪隊長，那不是你該傻眼的地方好嗎!?是說那個要怎麼辦！」

第一次親眼目睹的第二中隊受到不小驚嚇，畢竟『飛空船』是這個世界首次出現的實用航空戰力。若說到能飛上天的東西，他們頂多只知道魔獸，因此飛空船的存在足夠讓他們嚇破膽了。而甲羅武德軍也一直將飛空船視為寶貴戰力，過去從未派來東方邊境，他們可以說碰上了非常棘手的狀況。

「真的，看起來只是普通的船。唔，那是……帆？船帆上面有畫甲羅武德王國的國旗，也就是敵人，而且還飛著追過來……我看只能迎戰了吧，他們的速度好像比我們快。」

碰上前所未聞的飛行兵器還能像這樣迅速恢復平常心，只能說他們不愧是銀鳳騎士團。對他們來說，再怎麼驚天動地的大事都算家常便飯，雖然這種處變不驚的態度也不是他們自願培養出來的。

「各機準備戰鬥！展開『追加外殼』準備法擊戰！」

迪特里希發出指示後，各機紛紛展開收在貨車上的裝甲板。所謂的『追加外殼』，就是參考單純作為戰鬥裝備的『戰馬車』構造，再附加到運送用貨車上的簡易防禦裝備。將『貨物』幻晶騎士當成法擊台，就是為了重現一部分戰馬車的機能。

在疾馳的貨車上，架起背面武裝的卡迪托雷一齊睨向天空，而在駕駛艙裡，瞄準器也對準了幻象投影機上映照出的黑點似的敵船。

「……先發制人！開始法擊!!」

衡量射程並等待進攻的第二中隊在中隊長（迪特里希）一聲令下，朝接近的飛空船展開猛烈的法擊。

從地上冷不防射過來的法彈，讓降低高度靠近的飛空船大吃一驚。居高臨下、自以為一切都在掌握之中的他們，沒想過有人看到飛空船就能立刻發動攻擊。

「嘿，看到飛空船也不怕啊？有骨氣！我們也回敬一下，準備『飛礫之雨』！跟另一艘船聯絡，要夾擊了！」

其中只有一個人——古斯塔沃冷靜地對部下下達攻擊指示，而指揮官冷靜的態度也感染了其他人。還有些慌張的傳令兵趕緊對著傳聲管大聲喊出命令。

飛空船的側舷馬上打開許多小窗，裡面出現了木製檯座，瞄準了道路上飛揚的塵土。起風裝置也同時開始進行微調，使飛空船慢慢減速。這段期間，飛空船巧妙地鑽過飛來的法彈，兩艘飛空船夾著銀鳳騎士團開始並行。

「不用特別瞄準也沒關係，盡全力射擊!!」

隨著一陣沉重的聲響，從小窗口射出了一波波石彈。所謂的『飛礫之雨』，就是飛空船搭載的小型投石機。它只是用彈簧將石彈射出去的簡單裝置，一般來說幻晶騎士都能輕易擋下來。

但若是裝在飛空船上就是另一回事了，畢竟飛空船佔有他人所沒有的位能優勢。就算是弱小無力的小型石彈，落到地面時也將擁有致命的威力。

呼嘯著飛來的石彈，發出隆隆巨響粉碎了石板路面。石彈像是要回敬他們的法擊似地接二連三飛來，澤多林布爾的騎操士們慌張大叫：

「慘了，第二中隊！路面變得坑坑疤疤的，照這樣的速度跑下去會翻車啊!!」

「好樣的……第三中隊各機，卸下貨車！減輕負載後進入森林，脫離投石機的攻擊範圍！」

道路上響起急遽的煞車聲，迸散出猛烈的煙塵和火花，被分離的貨車開始減速。第二中隊踏穩了機體，承受著緊急剎車所產生的慣性。儘管並非有意，但捲起的塵土卻成功扮演了煙幕的角色，使飛空船看不見他們的身影。

「哈哈！還會耍些小聰明，不這樣可不行啊！所有騎操士就駕駛位置！讓船降落，讓我們用『劍』做個了斷！」

話才剛說完，古斯塔沃就衝出艦橋前往機庫，部下們也急急忙忙追了上去。期間，巨大的船體也離地表愈來愈近，旋風的低吟在道路上捲起一陣陣塵土，迅速劇烈的動作給人一種幾乎要墜落的錯覺。原本受風推進的船帆，現在用來代替空氣煞車減速。高度更降至擦到樹木頂端的程度。下一秒，船底裝甲上開了個巨大、漆黑的洞口，許多連結著起重機的黑騎士陸續從其中跳了出來。沉重的鋼製鎧甲刮過地面，伴隨著巨響與震動，黑騎士們降落在道路上。

一口氣放下所有的黑騎士後，飛空船並沒有停下動作。它一邊收回鋼索，一邊維持著剛好掠過路邊樹梢的高度前進，然後提升高度與速度飛走了。飛空船是很強大的兵器沒錯，但那也只限於飛在空中的時候。在為了放下幻晶騎士而不得不降低高度與速度的瞬間，可以說是它最沒有防備的狀態。因此才會一氣呵成地執行減速、下降並放下幻晶騎士的一連串動作，實現了這特技雜耍般艱難技術的操作船員，技術實在值得讚賞。

狄蘭托的巨大身軀在道路上一字排開。四個小隊，共計十二架幻晶騎士擋在銀鳳騎士團第二中隊面前，攔住他們的去路。

「還以為會被飛船攻擊，結果來的是黑色騎士啊。這些敵人也真是閒不下來。不過，對手是幻晶騎士（這東西）的話，我們可熟得很。可別小看我們第二中隊啊。」

迪特里希這麼抱怨，同時讓古拉林德從貨車上站起來。他轉動機體的脖子把握周遭情況後，不由得嘆口氣。

第二中隊與擺出一貫橫列壁型陣式的狄蘭托正面對峙。狄蘭托不因數量優勢而急躁，慢慢縮短距離。它們容納強悍力量的軀體不僅巨大，並列逼進的狀況也相當具有壓迫感。

「我是想盡量避免戰鬥啦……可是自己找上門來的禍害就不得不剷除了。」

古拉林德拔出劍。魔力轉換爐發出咆哮，將魔力注入蓄勢待發的軀體中，一旁在機體上刻著紅十字圖紋的卡迪托雷們也各自舉起武器。

「而且雖然不像艾德加那樣，但我也是有些想法的。你們這些讓人不爽的傢伙，既然想用從我們這裡偷走的技術到處炫耀……」

迪特里希用力踩下踏板，古拉林德彎身累積力量。結晶肌肉有如弓弦般繃緊，迫不及待地準備爆發力量。

「……這代價可不便宜啊。」

古拉林德飛馳而出，腳下鏟起的沙土給人一種法擊爆炸似的錯覺，第二中隊的卡迪托雷也隨即跟上。他們的別名是『帶頭圍毆部隊』——就是特化了攻擊技能的成員。他們沒興趣在那邊大眼瞪小眼，動手攻擊才能突顯真正的價值。

「哼，竟敢正面挑戰狄蘭托，就讓你瞧瞧厲害！」

在黑騎士的駕駛座上，騎操士獨自竊笑著。對擁有傑出防禦性能和強壯肌力的狄蘭托來說，正面逼近的攻擊可謂求之不得。事實上他們也游刃有餘地打敗了數量是眼前敵人兩倍的雷斯瓦恩特。在他們的想像中，即使面對這支『死神部隊』，結果肯定也不會有任何改變。

面對卡迪托雷從正面衝過來的一擊，狄蘭托同樣從正面迎戰。它手臂上的裝甲擁有等同一般機型盾牌的耐力。它打算彈開攻擊後再反擊。

力道十足的金屬塊互相碰撞、發出沉重的巨響，隨後迸發摩擦的尖銳噪音和火花。狄蘭托的騎操士沒預料到——卡迪托雷看上去是一般機型沒錯，內容卻是使用繩索型結晶肌肉的最新型機，雷斯瓦恩特在輸出動力上和它根本沒得比。大劍的一擊破壞了狄蘭托的腕部裝甲，還傷到了鎧甲底下的結晶肌肉。

「不、不可能！居然將狄蘭托的裝甲……!?這些傢伙跟雷斯瓦恩特完全不一樣！」

「喔，還砍不斷啊？這裝甲比表面上看起來結實多了！」

狄蘭托撒落結晶肌肉的碎片，搖搖晃晃地退後。對卡迪托雷而言，狄蘭托的重裝甲也是超乎想像。如果狄蘭托相當於決鬥級魔獸的強度，大劍的攻擊原本能輕易解決掉的。

「不過鎧甲再怎麼硬，也比不上『陸皇龜』吧！」

迪特里希鑽過兩軍僵持不下的戰場正中央，再次展開突擊，目標是正前方的兩架狄蘭托。由於甲羅武德軍的數量較多，所以必須同時對付兩架重裝甲的黑鐵騎士。中隊長這職位還真是吃力不討好啊——迪特里希在內心如此自嘲。

話雖如此，他也不是全無打算。他邊跑邊稍微啟動了古拉林德的『祕密武器』——那是與肩、腰部裝甲一體化的『魔導噴射推進器』。古拉林德裝備的推進器機能與伊迦爾卡相比來得限制更大，只能往前推進，輸出動力也偏低。但就算如此，視使用情況也足以作為強力的殺手鐗。

沉重、模糊的爆炸聲與噴射，將古拉林德從原本的位置『稍微往前』推了一點，這樣的準備就足夠了。雖然狄蘭托的騎士已經配合紅色騎士的速度做出反應，但是那突然的加速錯開了迎擊的時間。攻擊前的減速是有可能的，算是假動作的一種，他們也對此有所警戒，但加速就完全出乎意料之外了。利用兩隻腳移動的機體究竟要如何隨意加速？

古拉林德在驚人的速度下揮出雙劍。讓敵人措手不及的古拉林德，朝兩架狄蘭托的頭部揮下雙劍。狄蘭托先是遭受奇襲，之後又被奪去視野，這麼一來也不得不淪為守勢。雖說兩架狄蘭托手臂上的裝甲都將斬擊彈開，但是這也都在迪特里希的預想之中。古拉林德迅速啟動背面武裝『風之刃』，直接向狄蘭托的手腕射出空氣斷層。在極近距離受到直擊，就算是狄蘭托的重裝甲也免不了受損。只見它們的手臂裝甲扭曲變形，結晶肌肉的碎片也隨之飛散。

雖然不知道對方到底用了什麼手段，但是總不能繼續這樣挨打。狄蘭托的騎操士強壓著憤怒，在失去平衡的狀態下硬是做出反擊。威力也許不如平常，但沒有哪種機體挨了狄蘭托的重鎚直擊還能全身而退——不過，迪特里希技高一籌。古拉林德利用剛才自己放出的爆裂氣壓提升速度退到了攻擊範圍外。騎操士發出怒吼，但止不住勁勢的重鎚也只能徒然砸進地面，使得道路上的石板被擊碎彈起，塵土飛揚。

即使有狄蘭托那樣的肌力，也顧不及攻擊後所出現的空隙，而這對紅色騎士來說已經綽綽有餘了。下一秒，一道雷光無聲地閃現——不，那是雙劍以讓人錯認為閃電的速度猛力揮下。

狄蘭托的騎操士強忍驚愕，趕緊撤退，同時也看到一個飛在空中的物體掉落地面。那是一隻還抓著重鎚的巨腕——他的狄蘭托手肘以下的部分被砍斷了。他發出不成聲的悲鳴後退，剩下的左臂急忙拔出備用的短柄戰鎚。他握著操縱桿的手滲出冷汗、心臟跳得有如擊鼓一樣飛快。能將狄蘭托覆滿厚實裝甲的手臂乾淨俐落地砍下，沒有超凡的技術是做不到的。一直以為擁有無敵鎧甲防禦的狄蘭托，在他眼中突然就像稻草人一樣脆弱。

「快點退下！你們打不過他。現在輪到『使劍的』登場啦！」

在古拉林德補上追擊之前，一道明快開朗的年輕男性聲音和一架漆黑的騎士介入兩者之間。原來在黑鐵之牆後方還躲著另一架機體。受到干擾的古拉林德只能中斷攻擊，退到後方。他不快的視線瞪向來者，出現在眼前的是一架與狄蘭托大不相同的怪異機體。

敵方的體型與總高度和標準的幻晶騎士差不多，乍看之下甚至像舊式機體，不過最讓迪特里希大感震驚的卻是那過於奇異的特徵——

「那、那是什麼鬼？……『劍』嗎？身上帶那麼多劍要幹嘛？」

沒錯，就是『劍』。劍雖然是許多幻晶騎士都會佩戴的標準裝備，不過眼前的機體也太離譜了。不但頭上、身上有好幾把，肩膀上有好幾把，甚至手臂、腰間都掛得滿滿的，當然腳上也有——幾乎可說是全身上下都配備了大小長短不一的劍。只能用『一堆劍』來形容、離奇古怪的幻晶騎士就在眼前，讓戰鬥中的迪特里希整個人傻眼，但這也不能怪他。

「啊？要幹嘛？這還用說，因為『劍』很強，那麼多帶幾把的話不就更強了？」

「嗯，這樣啊。原來是個笨蛋……」

「你雖然也拿著劍，可是根本不夠看！那種程度才不是我跟『劍客』的對手!!」

話才說完，帶著大量劍的幻晶騎士——『劍客』便朝古拉林德撲了過去。迪特里希趕緊回神，架起雙劍迎戰。

「真是讓人毛骨悚然的搞笑功力！這下不認真應付可不行!!」

雙劍的紅色騎士與多劍的黑色騎士展開激烈衝突。上演著令人喘不過氣的高速連續斬擊和瞬息萬變的奔走。為了取得比對方更有利的位置、使出更強力的攻擊，他們的腳下一步也沒停過。這兩架機體的戰鬥方式可以說非常相似，同樣極端地偏重攻擊，而且比起全神貫注的一擊，他們都更喜歡使出狂風般的連續技，猛烈的攻勢使得第二中隊都猶豫著是否該出手協助。

「『一堆劍的』，你太囂張了！」

在劍風呼嘯的空間之前，卡迪托雷半強迫地試圖從旁插手。但是在那之前，劍客就以變魔術似的動作迅速收起長劍，再拔出短劍，看也不看就朝他投擲出去。儘管如此，那把短劍依然以可怕的準確度射向卡迪托雷。

「喂喂，少來礙事。連一把『劍』都沒拿怎麼當我的對手？」

古拉林德抓緊敵人沒拿劍的空檔，朝他射出『風之刃』。劍客一閃身就躲開了刃狀的法彈，接著順勢滑向古拉林德的側面，旋風似地轉身拔劍直接砍向古拉林德。這一劍與早已有所防備的古拉林德武器碰撞出火花。才看到這裡，古拉林德又用另一隻手進行反擊，劍客則以短劍擋下了這一擊，甚至劃出圓形的軌跡纏住長劍，打算將古拉林德的劍彈飛。迪特里希趕緊讓機體退後，差點沒守住自己的劍。手持長短雙劍的劍客步步逼近後退的對手，再度展開超近距離的劍舞。

「喔，這可真是失敬。沒想到你能跟我的『劍』拚到這個地步，還真有兩把刷子啊，紅色的傢伙！」

「你這傢伙真難纏！你高興成這樣我也樂不起來！」

由於紅色與黑色騎士在戰場正中央橫衝直撞，進行激烈的短兵相接，劍客還時不時地趁機朝周圍的卡迪托雷擲出短劍。混戰正酣時飛來的短劍打得卡迪托雷措手不及，使第二中隊的氣勢明顯被削弱許多。

「跟著古斯塔沃大人！這種程度就退縮還算什麼黑騎士！」

同時，被不斷逼退的黑騎士們又藉著劍客的氣勢重新燃起鬥志。即使卡迪托雷具有足夠力量，敵人的重裝甲仍是龐大威脅。

「嗚，這個一堆劍的傢伙……看起來很笨，不過好強！跟我打的同時還能對四周發出攻擊……不對，這樣只是我『單方面被壓著打』而已啊!!」

迪特里希揮動雙劍，苦澀地這麼想。不只是因為他中隊長的立場，還因為他和古拉林德的組合號稱第二中隊的最強戰力。如今無法取勝，只能被壓制的事實證明了敵人的強大。

「不過……這下糟了，偏偏在這種時候！拖太久了嗎？」

雪上加霜的是——迪特里希開始感覺機體動作變得遲鈍。原因很清楚，由於戰鬥拖得太久，導致機體的魔力儲蓄量愈來愈少了。

「哈哈哈，雙劍的傢伙！動作變遲鈍囉!!怎麼啦怎麼啦！使出那種慢吞吞的劍法可當不了我的對手！」

劍客忽然加強壓力。迪特里希拚命抵擋攻擊的同時，也產生一種強烈的不協調感，和他戰鬥的劍客動作『完全沒有變遲鈍』。既然古拉林德的魔力儲蓄量減少，同樣持續著格鬥戰的劍客和狄蘭托動作應該也會變慢才對，可是從敵人的動作中卻看不出破綻。以那些狄蘭托的肌肉量推測，應該會吃掉大量魔力。若從體型估計魔力儲蓄量，他們應該已經連站都站不住了。

「啊——？我看你都沒力了吧。哎，我是打得很盡興啦。那麼，也差不多該做個了斷了！」

劍客肌肉緊繃所發出的摩擦聲連周圍也聽得見，而且異常地充滿力量。相對地，古拉林德和卡迪托雷都因為缺乏魔力而慢下來。形勢眨眼間扭轉過來，第二中隊反而陷入了困境。

「……情況確實對我們不利，這點我承認……不過，你們是不是忘了什麼？」

見迪特里希處於劣勢仍毫不畏懼的樣子，古斯塔沃不禁蹙眉。對方只是在逞強——這樣的想法很快被他否定了。執著於劍的這個變態，能夠透過刀鋒相接理解敵人的思考，在他心中，紅色騎士熾烈如火般的劍戟並沒有在虛張聲勢。

「……嘖，原來是那麼回事啊！」

下一秒，古斯塔沃總算想通了。可惜為時已晚，戰局早已發生了變化。質量巨大的鐵蹄聲在森林裡迴盪著，擺脫了飛空船攻擊的第三中隊澤多林布爾回來了。

「那些馬不是只用來拉車的啊！這下子數量就輸給他們啦！這可不妙……」

一個中隊（十架）的第二中隊加上運送的五架澤多林布爾，在數量上贏過了最多十二架的古斯塔沃隊。如果考慮到人馬騎士的戰鬥能力仍屬未知，那麼已算出的戰力比數值就無法成立。

馬蹄響聲激勵了古拉林德，它將殘存的魔力注入，擺出必殺技的架勢。以最大輸出功率運轉的魔力轉換爐揚起尖銳的進氣聲。形勢倒轉，接著輪到他們打出王牌了。

穿過森林的澤多林布爾，朝著明顯感到動搖的古斯塔沃隊發動突擊。澤多林布爾兼具力量與速度的騎槍突刺，對與第二中隊戰鬥而負傷的黑騎士來說非常致命。當從旁掃來一槍的人馬騎士離去後，五架黑騎士已確實遭到破壞，屈膝跪倒在地上。

「什……那些馬真強！該死，有你的!!」

就在古斯塔沃怒吼著準備舉劍反擊的瞬間，出乎『每個人』意料之外的事態發生了。受到攻擊而停止的黑騎士無預警地爆炸開來，所有人還來不及反應，就全被爆炸捲了進去。但是，這場爆炸完全沒釋放出衝擊波，反而使周圍籠罩在伸手不見五指的濃煙中。

「煙……障眼法嗎？竟然耍這種小手段！大家快退下，隨便發射搞不好會打到同伴。先到煙霧外面去！」

視野不清的迪特里希防備著敵方奇襲，一邊鞏固防守一邊後退。在不能掌握同伴位置的狀況下，也不能隨便發射法擊。這點第三中隊也是一樣，用澤多林布爾一頭衝進看不見前方的場所太危險了。

「這是什麼……搞什麼鬼啊？」

甚至連古斯塔沃也困惑地後退。他根本沒聽過黑騎士還有這種功能。這股濃煙雖然讓他躲過人馬騎士的追擊，卻令他無法理解狀況。

由於同時後退，兩軍之間拉開了距離。彷彿看準這個機會一般，古斯塔沃的背後突然吹來一陣強風，瀰漫戰場的煙霧很快乘著風散去了。

「那是……飛空船！又飛回來了嗎!?」

第二中隊所警戒的攻擊沒有出現，取而代之的是鋼翼騎士團的王牌——飛空船的身影。飛空船同樣以幾乎掠過樹梢的高度低空飛來，敞開的底部落下鎖鍊，意圖很明顯。倖存的黑騎士和劍客趕緊抓住垂下的鎖鍊緩緩升起，在升起途中，劍客拋下了幾句話：

「嘖！看來要改天再比了。喂，那個紅色的，你劍用得很不錯。有機會我們再打過，可別死了啊——！」

飛空船才將幻晶騎士回收至船內，起風裝置便響起高亢的運轉聲提升速度與高度。當然，迪特里希也不打算就那樣默默地目送敵人離開。第二中隊立刻猛烈發射法擊，但也只有幾發擦過了目標，對飛空船來說根本不痛不癢，他們手上的裝備終究無法阻止敵人。

「……被逃走了嗎？雖然不甘心，但我方的損傷也不輕，而且要對付那種船，還需要有效的武器。我看得拜託騎士團長幫我們準備一些東西了。」

迪特里希懊悔地低語，目送著加速飛離的船。

◆

「……這樣啊？原來是妳幹的好事。到底是什麼時候動的手腳？」

登上飛空船逃離，來到艦橋後，古斯塔沃不爽地對坐在船長席上的人物問道。

「當然是在出發前了。這只是我的一點心意，派上用場了不是嗎？」

聽他這麼問，泰然自若坐在船長席上的凱希爾，不懷好意地笑著回答。打得正起勁時被潑了冷水，讓古斯塔沃一肚子火，不過多虧她半路殺出才能擺脫困境也是事實。

「……算我欠妳一次，不過沒有下次了。」

他想了一下後，只留下這句話便走向機庫去察看部下。凱希爾目送著他的背影，加深了臉上的笑意。

# 第三十二話　潛入拉斯佩德城

甲羅武德王國東方護府腳下的『馮塔尼耶』都市，原屬於費南多大公領地，因東西大道延伸而出的通商路線才繁榮起來。都市一隅有個商家構成的區域，平日是熙來攘往、非常熱鬧的地方，但落入甲羅武德王國手裡後盛景不再，徹底沉寂下來。

這個地方現在由甲羅武德軍的狄蘭托所占領。分布在城裡各處的黑巨人轉動眼球水晶空虛的視線，監視街上行人的一舉一動。

「……我第一次到這裡來的時候，還因為人太多，連要在路上前進都得費一番工夫。現在這樣是怎麼回事？明明曾是那麼充滿活力的都市……」

一個像是商人的男人嘴裡嘀咕著，因顧忌黑騎士的視線而靠著路邊走。環顧四周，不見其他商人同行，寥寥幾個外出的居民也像有意避人耳目般快步離去。

「原來如此，難怪甲羅武德王國要加快穩定占領地的腳步。照這樣子看來，是沒討到什麼好處吧。」

跟在一旁的大概是他的侍童，一名兜帽深掩的嬌小少年附和著男人的話。男人滿臉不高興地拐進道路後面。他們走在冷清的巷子裡，最後抵達一座被捨棄的舊倉庫。

「真是，沒想到在這個城市裡還得躲躲藏藏的啊。」

像商人的男子噗通坐下，隨手脫掉外套後沙沙地撥著頭髮，出現在眼前的是弗雷梅維拉王國第二王子埃姆里思。順便一提，扮演侍童的是艾爾涅斯帝。他們大膽地用『銀鳳商會』當成偽裝，潛入馮塔尼耶，雖說在經濟正處於混亂狀態的馮塔尼耶扮成商人沒什麼意義就是了。

「我們大致上瞭解城市裡的情況，也掌握了目標拉斯佩德城附近的狀態。」

「事態緊急的時候就交給我帶路，這都市的地理情況我幾乎都記在腦子裡了。受了他們不少照顧啊……怎麼樣？差不多可以行動了吧？」

埃姆里思這麼說完，視線轉向倉庫深處。這個倉庫以前是由店面頗大的商人所有，空間綽綽有餘。這裡撤掉所有貨物後一度空空如也，如今塞滿成排暗綠色塗裝、身形魁梧的全身鎧甲。這些是他們偽裝成銀鳳商會祕密送進來的『商品』。

「隨時聽令。隱形（夏多拉特）幻晶甲冑全十二機四個小隊，與團長閣下的舊式（摩托比特）幻晶甲冑都已經準備就緒。」

諾拉從暗處走了出來單膝跪地，回答埃姆里思的問題，後面跟著數名男女。他們雖然是以銀鳳騎士團麾下的幻晶甲冑部隊為名在此集結，但其實是屬於藍鷹騎士團的『間諜』。

說起來，這些暗綠色的幻晶甲冑『夏多拉特』，原本就是為了主要從事諜報活動的藍鷹騎士團所設計，想出這個點子的則是被派來銀鳳騎士團擔任聯絡人員的諾拉。她在銀鳳騎士團見識過幻晶甲冑的活躍，因而確信那正適合自己的『本行』。

這個名為幻晶甲冑的新兵器，擁有以藍鷹騎士團為首的諜報組織所垂涎的能力，就是『反應迅速，力量強大且有卓越的靜音性能』。

幻晶甲冑與幻晶騎士最大的不同點不在於尺寸，而是魔力轉換爐的有無。沒有轉換爐乍看之下好像是缺點，實際上也有優點。畢竟魔力轉換爐這種東西在運作時會伴隨著大量噪音。以往隱密行動專用的幻晶騎士為了抑制噪音，都傾向壓迫內部裝置，因而導致戰鬥能力極度低落，產生重大缺陷。幻晶甲冑則不會有這一類的問題。

再說，幻晶甲冑的戰鬥能力本來就遠遠不及幻晶騎士，不過跟活生生的人類比起來也具備足夠的威脅性，正適合以對人任務為主的藍鷹騎士團。

在這樣的背景下做出來的夏多拉特成為本次作戰的核心，現在正是它們大展身手的時候。

「那麼，各位……克沙佩加王族拯救作戰，將於本日日落時刻啟動。」

接到艾爾的命令，所有人緩緩點頭。這個世界史上頭一遭，由幻晶甲冑所構成的特殊部隊作戰就此展開。

◆

日落後沒多久，馮塔尼耶的街道便沉睡下來。路上早已不見精力充沛的商人，居民們也因害怕黑騎士而早早打道回府。只剩下死亡一般的寂靜，以及偶爾打破靜謐的巨人腳步聲而已。

巡邏的狄蘭托奏出微弱的結晶肌肉運轉聲，環顧著四周。幻晶騎士的視覺裝置──眼球水晶沒有看穿黑暗的機能，因此在街角各處升起篝火照明。確認搖曳的火光中沒有任何人影後，黑騎士又緩緩邁開步伐前進。

然而，他那麼做是大錯特錯。

馮塔尼耶市內相連的建築物屋頂上，有幾個影子悄然飛躍而過。帶頭的一架外裝塗著較深的藍色，操縱這架幻晶甲冑──『摩托比特』的是銀鳳騎士團團長‧艾爾涅斯帝。他身後跟著同樣駕著摩托比特的奇德和亞蒂，再後面是駕著夏多拉特的埃姆里思，藍鷹騎士團的夏多拉特也無聲地殿後。

黯淡的月光下，一行人化身為名副其實的影子。藉由支撐全身的金屬骨架與連結的結晶肌肉躍過一棟又一棟建築物，影子集團目不斜視地持續奔跑。驅動幻晶甲冑需要搭乘者本身的魔力，全力運轉的同時，他們的動作仍沒有一絲不穩。從這點可以想見，所有人都對幻晶甲冑非常熟悉了。

不久，他們穿過了市區來到城市中心。眼前聳立著由堅固的城牆與護城河所圍繞的前領城——拉斯佩德城。

「……根據情報，王族被關在拉斯佩德城四個方位的尖塔上。他們將塔的頂部當作牢房，目標就被關在那裡。我不知道她們誰被關在哪一座塔裡，所以全員要分開行動，一齊發動攻勢。」

艾爾身旁站著奇德、亞蒂和埃姆里思駕駛的幻晶甲冑。他們各自擔任小隊長，率領四個部隊分頭行動。

「最優先目標是確保王族的人身安全。如果有人阻撓，把他們全部消滅也沒關係。請安靜、迅速並確實地行動……那麼，出發吧！」

聽到團長的命令，影子便一齊散開，悄然無聲地朝四個方位衝了出去。

拉斯佩德城的城牆四周有哨兵和狄蘭托站崗，沒有任何人發現穿越黑夜而來的幻晶甲冑。這也不能怪他們，畢竟要到拉斯佩德城還得先通過黑騎士四處巡邏的馮塔尼耶市區，沒幾個敵人會有夠大的膽子，特地潛入甲羅武德軍腳下。

鑽過黑暗產生的死角衝出市區，幻晶甲冑們飛也似地跑向護城河，然後朝空中一躍而起。它們的手腕部分嗖一聲飛出箭鏃。以魔法現象產生的空氣爆炸作為推進力飛出的箭鏃，連著銀線神經，這是被稱作鋼索錨的機器。前端在抵達牆壁前變化成鉗型以固定，幻晶甲冑以此為基點，就像鐘擺一樣盪過了護城河，接二連三地抓住高聳的城牆。

幻晶甲冑就是一種用結晶肌肉的力量強化人類動作的機械。尤其使用的是強力的繩索型結晶肌肉，甚至可能發揮出超越同規模魔獸的力量。預定要用來對付人、馬或者幻晶騎士的護城河，在這新兵器面前也毫無用武之地。

攀附在城牆上的幻晶甲冑們一邊觀察周遭情況，一邊伸展四肢。夏多拉特的雙手指尖變成利刃狀，掛在牆上略微突出的部分，莫名靈巧地開始攀爬。三十公尺高的城牆高度遠超過幻晶騎士，但影子們似乎一點也不放在眼裡，輕輕鬆鬆就爬上去了。

城牆上有哨兵正在巡邏。自甲羅武德軍占領此處以來就沒發生什麼大騷動，哨兵已經鬆懈下來，一眼就能看出他只是形式上的執行任務而已。

漫不經心的他，耳朵捕捉到像是風吹過的聲音。他停下腳步，舉起煤油燈確認了一下周圍的情況，沒發現任何異常。哨兵又探查了好一會兒，最後聳聳肩將油燈舉到前方，準備回到巡邏的路線上——

——突然傳來一陣高亢的旋轉聲與踢向石造牆面的悶響，油燈的光芒中冒出某個巨大的影子。無聲無息地，塗上消光用黑色塗料的刀刃就這樣刺中了哨兵。

確認丟下油燈的哨兵死亡後，黑影隨手扔掉了屍體。不只他，城牆上的哨兵都被接連出現的黑影迅速剷除。

「附近沒有敵人。」

「接下來就要和時間比賽了，一口氣跑過去。」

艾爾的摩托比特從城牆上眺望中庭。與城牆和市區的森嚴程度相比，內部監視顯得十分鬆散。篝火不多，中庭還留下許多暗處。

他迅速確認過後，便毫不費力地越過城牆邊緣一躍而下，黑影從比整架幻晶騎士還高出許多的可怕高度飛到空中。如果就那樣著地的話，即使是摩托比特也免不了損壞。幸虧它的操縱者並非常人。

逼近地面的摩托比特伸手顯出魔法現象，那是集中空氣並作為緩衝墊的『大氣衝擊吸收』魔法。摩托比特藉此抵銷了所有掉落的衝擊，安靜地降落在中庭。

緊接著，夏多拉特也陸續跳了下來。夏多拉特的手腳上有特殊構造，用強力的繩索型結晶肌肉將分離成好幾段的關節綑起。這些柔軟的構造吸收了衝擊，還能降低噪音。全體夏多拉特以野獸般的姿勢跳落，全都順利著地。

中庭雖然也有哨兵，他們卻一直沒注意到黑影的行動。也許不只有陰影掩護，再加上它們體積雖然不小，卻幾乎沒有發出聲音，存在感異常薄弱。哨兵的注意力也有極限。

城裡其他地方還有大批士兵，卻沒有任何一個人發現侵入者的存在。他們確實因為市區和城牆上佈有警戒而大意了，不過更重要的因素是幻晶甲冑從未知的死角潛入，將這個困難的任務化為可能。

一行人沒發出任何聲音在黑暗中奔跑，沒多久就各自抵達了配置在四個方位的尖塔底部。

「……就是這裡吧。」

仰望尖塔的艾爾朝著遙遠的上方發射鋼索錨。待確認錨固定之後，便回捲纜繩，藉著拉力跳上塔的外牆開始向上跑。夏多拉特也緊跟在後。

為了幽禁極為重要的存在——舊克沙佩加王國的王族，尖塔中部署了滴水不漏的警備。不過，那也只著重於最頂層的房間四周和通往那裡的樓梯出入口。究竟有誰能料想到有人會直接爬上比城牆還高的尖塔外牆？要爬上無處著手的外牆，對訓練有素的高手也非易事。假設真的能抵達頂部，那裡也沒有出入口，只開了一扇人類穿不過去的小窗子而已。

可惜這些常識對幻晶甲冑不適用。

抵達頂部的摩托比特射出鋼索錨將自己固定在牆上，然後發揮強大的肌力破壞小窗戶周圍。石造牆壁喀啦喀啦地崩落，使巨大的全身鎧甲得以侵入室內，它已經放棄保持安靜了。

「……三更半夜闖進女性房間，真不知規矩。報上名來，你是什麼人？」

在艾爾環顧四周之前，一道輕聲的質問便傳過來。他轉過頭，看見昏暗的室內只有一處點著燈，一名妙齡女子坐在椅上，單手拿著書。

「這裡不太方便。如果有失禮儀，還請您多擔待。看來您就是大公妃馬蒂娜夫人，是嗎？」

「正是。不過，我還沒聽到你回答剛才的問題，沒聽清楚是嗎？」

她是『馬蒂娜・歐魯特・克沙佩加』——嫁給前王弟費南多，是埃姆里思的伯母。艾爾點點頭，輕輕行了一禮後迅速從懷中取出徽章。上頭刻著弗雷梅維拉王國的國旗，與旁邊圍繞的銀鳳圖騰設計。

原本泰然自若的馬蒂娜這時才第一次顯露出驚訝的神色。

「……那個徽章。難道王兄的部下到這裡來了？」

「是。情況緊急，我就長話短說。我們和埃姆里思殿下是為了救您而前來。」

房間入口傳來喀嚓喀嚓開啟門鎖的聲音。監視的士兵八成也察覺事情不對勁，開始行動了。

「……那個笨蛋，竟然跑到這種地方！好，看在徽章和那個名字的份上我就相信你吧。只不過王女殿下和我女兒還關在這裡，我不能一個人逃走。」

「我明白，請您放心。那兩位也和這裡一樣有人手前往救援了。我們已經做好準備，趁這個機會把所有人一起帶走。」

馬蒂娜略微閉目思考了一下，然後砰地一聲闔上書本，粗魯地隨手扔到一邊。

「好，聽你這麼說，就沒理由繼續待在這個狹小的鬼地方了。可愛的騎士，麻煩你帶路吧。」

「遵命。逃脫的方式可能會稍微粗暴一點，還請您見諒。」

「哈哈！有何不可。快點擺脫這裡，讓那些傢伙大吃一驚吧！」

她跟外甥莫名相像的說話方式讓艾爾露出苦笑，他重新坐上摩托比特，操縱巨大的手臂抱起馬蒂娜。

「那麼請跟我來……嘿！」

話才說完，摩托比特就毫不猶豫地從進來的大洞一躍而出。

「剛才的聲音是怎麼回事!?」

下一秒，粗暴地打開門的士兵們一擁而入。為防止王族逃走而設下的森嚴門禁反而成了阻礙。當士兵踏進來時，房間已成了空殼，唯有冰冷的夜晚寒氣從被破壞的窗子流瀉進來而已。

「怎麼可能……從這個塔逃出去啊！快派出追兵!!」

士兵吹響的警笛聲迴盪在拉斯佩德城裡。

塔。

幾乎是與摩托比特破壞外牆，開始入侵尖塔的同一時間，幻晶甲冑部隊也抵達了其他的尖

「是我，埃姆里思！有誰被關在這裡嗎!?我來救妳了!!」

「……!?埃、埃姆里思哥哥!?那個聲音……真的是里思哥哥嗎？」

「噢噢，是伊莎朵拉嗎!?很好，聽起來很有精神嘛。」

和艾爾一樣破壞窗子入侵的埃姆里思下了夏多拉特，然後摘掉頭盔。馬蒂娜的女兒伊莎朵拉認出那張露出來的面孔，從茫然若失的狀態恢復過來，隨即投入埃姆里思懷中。

「哎呀呀，已經沒事了，伊莎朵拉……喂，別哭啦。原來妳被抓起來也會害怕啊？」

「才、才沒有。只是因為被關起來有點無聊而已……不對，呃……」

見她支支吾吾地擦著眼淚，埃姆里思高興地用力揉著她的頭。頭髮被弄得亂七八糟，伊莎朵拉連忙從他手下逃出去。

「哈哈，哎，沒事就好。既然我們來了，就不會讓蠢王子為所欲為。馬上離開這裡吧！」

一陣輕笑，傳進回到夏多拉特準備逃脫的埃姆里思耳裡。

「呵呵，好好笑喔。居然被里思哥說蠢！」

埃姆里思動作迅速地穿戴好幻晶甲冑，有些悶悶地說：

「妳說這句話是什麼意思啊？算了，總之先走人。跟我來，伊莎朵拉！」

他一手抱起伊莎朵拉，用夏多拉特打出信號。等候在塔外的部下們隨即確認周遭情況，為引導他而展開行動。

「會有點粗暴，抓緊囉！」

「咦？等一下，里思哥……你是怎麼上來的……噫……！？」

事到如今才感到疑惑的伊莎朵拉還來不及確認，他們便從尖塔的最頂部縱身跳了下去。

◆

拉斯佩德城在四個方位配置尖塔，王女埃莉諾就被囚禁在其中一座塔中。在連盞燈也沒有的昏暗房間裡，她什麼也不做，就只是茫然地度過。整個人氣力盡失，彷彿已經被關在這裡超過十年以上。雖然實際上過了還不到一年。

無精打采的埃莉諾如今就像一朵枯萎的花。甲羅武德王國第二王子克里斯托瓦爾提出的結婚宣言——也就是要嫁給毀了她的祖國、殺了她父親的元凶——這個消息對受到細心呵護長大的王女而言不啻是晴天霹靂。她根本無法接受，但如果一直拒絕的話就會被殺掉，接下來就輪到堂妹伊莎朵拉被逼著結婚了。面對走投無路的狀況，她耽溺於和平的心輕易地感到挫折。

最後她放棄了抵抗，就這樣陰鬱地數著日子度過。

（我生活的方式好像植物……）

過去是被捧在掌心呵護的盛開花朵，如今則像地上的青苔被棄之不顧。她這才發現，自己從未主動決定任何事情。

她倒在床上，緩緩抬起視線掃視，最後盯著房間牆壁。這是個灰暗、無趣的房間，她的內心就如同這枯燥無味的房間一般，鎖在厚重的牆壁後方，窒息且沒有自由。外面看上去是一座高聳氣派的塔，裡面卻是空空如也。

眼淚沿著臉頰滑落，在床單上留下痕跡。到底該怎麼辦才好？當時又該怎麼做才好？她無法解決難題，也抵抗不了。無力感滲透到全身每一個角落，連起身的力氣都已失去。

「…………拜託。誰來救救我……」

微弱的『話語』吐露出身為人的意志證明，這是她所能做的最後抵抗。比葉子互相摩擦的聲音還輕微的低語，沿著周圍的空氣——

剎那間，她視野中的景象隨著轟鳴聲爆發開來。窗戶緊嵌的鐵欄杆扭曲掉落，做工相當堅固的石牆也崩塌了。

是埃莉諾的話語中蘊含著未知的力量嗎？當然不是。從牆上崩塌的洞穴裡冒出一個穿著全身鎧甲的陌生高大騎士，他發揮了強大的力量毀掉周圍進入屋內。

埃莉諾也不爬起來，而是毫無反應地望著眼前的狀況。正確來說她不是沒反應，只是因為太過驚訝才愣在那裡而已。

「好，有人在嗎？呃……喔!?」

鎧甲騎士發出了不合時宜的輕快嗓音，他舉起的手臂帶著像是捲起弦線的沙沙響聲，指尖顯現了火魔法。這道照亮四周的光線，同時也映出埃莉諾僵直在床上的身影。

操縱摩托比特闖進塔內的奇德見到眼前光景，同樣也愣在原地。搖曳的燈火映照出嬌小的人影，是個年紀跟他差不多的美麗少女。

（……哇——這樣算我中獎了嗎？她應該就是王女殿下吧？……感覺跟艾爾一樣嬌小，而且……非常漂亮耶。）

實際上，埃莉諾的身心都已憔悴不堪，過去被盛讚為克沙佩加之花的美貌不再。只是在昏暗的光芒中，奇德看得並不是那麼清楚，反而顯得虛幻美麗。

兩人都不曉得該如何反應，有好一段時間只是無言地互相凝視。終於，奇德回過神來，趕緊問她：

「呃，啊——那個，您是克沙佩加的王女殿下對吧？」

「……是。那你又是誰？」

突如其來造訪的意外狀況令埃莉諾感到困惑，不由得老實回答。她有如小鳥啁啾的悅耳嗓音傳入奇德耳中。

「我是、嗯……這邊派來的人。」

奇德固定住摩托比特，然後打開裝甲。頭盔和胸部裝甲隨之彈起，連腹部、腰部和腿附近都一併打開。他脫出鎧甲，從懷裡拿出徽章遞到埃莉諾面前。她原以為鎧甲底下一定是個身軀魁梧的騎士，結果從中現身的少年令她吃驚地瞪大眼睛。她略微遲疑了一下，怯怯地檢查眼前的徽章，受過的王女教育讓她很快便理解了上面描繪的圖紋所代表的意思。

「這是弗雷梅維拉王國……難道是馬蒂娜伯母的……？」

「啊啊，就是那個！然後我是來救馬蒂娜夫人還有王女殿下……也就是來救您的。」

埃莉諾需要一點時間才能理解奇德所說的話。救人、逃走、救誰？從哪裡？片段的思考掠過腦中。紛亂的思緒中，只是下意識地想抓住援手，但她的手腳完全沒有動作，想消去盤據心靈的陰影沒有那麼簡單。

「逃出這裡……之後要怎麼辦？」

原以為一聽到可以離開，王女就會馬上跟他走的奇德聽見這意外的問題，不解地偏著頭。

「逃到哪裡都沒用。這個國家被搶走了……而且，父王也不在了……」

她說到後來已經泣不成聲。她軟弱的心無法承受更多的絕望，所以會害怕未知的未來。不敢從這個地方離開，甚至沒辦法抓住騎士的手。

（她跟外表一樣是個柔弱可愛的公主啊。果然和艾爾不一樣……是說我把艾爾當成標準也太奇怪了。）

奇德搖搖頭，把那個碰到困難只會愈挫愈勇，動不動就暴衝的童年玩伴從腦中揮開，現在必須專心應對眼前的少女。她跟童年玩伴那種只有體型嬌小的人型魔獸不同，感覺像尊玻璃工藝品，一碰就會破碎。

「不要緊，我們還有很強大的同伴。只要從這裡離開，就可以把那些侵略的傢伙打得遠遠的，很快就可以奪回這個國家。」

即使聽到這些話，也不見埃莉諾振奮起來的樣子，反而更為消沉。奇德不禁冒出冷汗，擔心自己是不是說錯話了。

「我……很軟弱。就算稱我為王女也什麼都不會，什麼都做不到。別說打仗了，連離開這裡都沒辦法……」

「軟弱又有什麼關係。像我們這樣的騎士會成為妳強大的武器，穿上鎧甲帶著劍去戰鬥啊。」

聽見他客氣的回答，埃莉諾抬起原本低垂的頭開口：

「究竟有誰願意追隨像我這樣的人？誰會願意傾聽一個工具所說的話……」

說著，她想起了克里斯托瓦爾而發起抖來。記憶中的樣貌變成吸人血肉、宛如野獸的異形，這樣下去她早晚會成為他獠牙下的犧牲品。

「有。至少我願意啊。」

奇德帶著強而有力的決心對她說，然後就那樣把手伸向背後的摩托比特。接收到他的魔力以及構築而成的魔法術式，機械鎧甲隨即啟動。結晶質肌肉咯吱作響，鋼鐵鎧甲逐漸覆蓋上他的手腳。最後闔起胸部裝甲，他的身影便從埃莉諾眼前消失了，取而代之的是一名身著厚重鎧甲的騎士。

「我將成為妳的騎士保護妳。為妳拿起劍，善盡騎士的責任。」

埃莉諾沉默地仰望巨大的鎧甲。微弱燈火中浮現出來的鎧甲騎士，以及其中的少年。雖然姿態截然不同，在她眼中卻和過去為了保護她而殞落戰場的人們重疊了。

「……我的騎士……願意活著、保護我嗎？」

摩托比特退後一步。奇德一邊回想在學園學到的騎士禮儀，一邊致上最大的敬意行謁見之禮。

「王女殿下，身為您的騎士，請賦予我最初的任務。」

然後，奇德就只是等著。經過一段令人窒息的沉默，他終於聽見了微弱的回應：

「……我討厭這裡。不想嫁給殺了父王的仇人……請帶我離開這裡。」

「遵命！」

他握住埃莉諾伸出來的手，感覺得到冰涼柔軟的觸感。奇德硬是把那些感覺趕到腦海一角後，操縱摩托比特，盡可能慎重地抱起她孱弱的身體。
一會兒後，由於被幻晶甲冑抱著從塔頂跳下，王女微弱的尖叫聲打破了夜晚的寂靜。

◆

艾爾駕駛的摩托比特將馬蒂娜抱在懷中，脫離塔的最頂層飛躍而下。那怎麼看都稱不上『脫離』，是應該用自由落體來形容、膽大包天的逃脫方式。雖然只覺得像在自殺，但馬蒂娜還是咬緊牙關，硬是沒發出任何聲音地撐過去了。看來安布羅斯的女兒膽子也不小。
再怎麼高的塔，如果直接跳下來的話一眨眼就會來到地面。眼看地面急速接近，連馬蒂娜也不禁倒抽一口氣。這時，摩托比特伸出另一隻沒抱著她的手，發射出尖銳的噴射音和閃耀著銀光的箭鏃。劃破夜氣的鋼索錨刺牆而入，再以此為支點減緩落下速度，最後在地面前展開『大氣衝擊吸收』的魔法。壓縮的空氣團代替地面柔軟地接住摩托比特，藉此完全吸收落地的勁勢。艾爾若無其事地站起來，其他的夏多拉特也陸續跳了下來。
「……唉……我是有心理準備，但這也太粗暴了。你真的是騎士嗎!?的確是成功『脫離』了沒錯，可是太沒常識了！」
即使艾爾習慣了那樣的機動性，其他人也未必跟得上。聽見嚇出一身冷汗的馬蒂娜大聲抗議，他只滿不在乎地回答：

「這種事對弗雷梅維拉王國的騎士來說很平常啊。」

馬蒂娜腦中不由得浮現恐怖的想像，不曉得一陣子沒回去的老家到底變成怎麼樣的魔窟了。順帶一提，艾爾的說法雖然有諸多語病，但以銀鳳騎士團的狀況來說也算不上是錯的。

此時其他部隊也開始集合到成功逃脫的艾爾身邊。

「喔喔，銀色團長，幹得好！看來伯母也沒事啊！」

讓人煩躁的熟悉聲音讓她回過頭，出現在眼前的是一架由埃姆里思操縱，抱著伊莎朵拉的夏多拉特。馬蒂娜相信艾爾而賭上了一把，看到女兒真的被救出來，不禁鬆了口氣。

接著會合的是亞蒂率領的部隊，他們是空手而回。

「我那邊撲空了啦！啊，被艾爾抱著，好羨慕……」

亞蒂的低嘆被乾脆地無視了。過了不久，抱著埃莉諾的奇德抵達，銀鳳騎士團成功救出了所有被囚禁的克沙佩加王族。

「被關起來的王族成員都在這裡了沒錯吧？好，那我們就趁早離開吧。」

「話是這麼說，但城裡已經騷動起來了。他們一定會最先守住城門，你打算怎麼逃出去？靠這些戰力有辦法打出去嗎？」

馬蒂娜會感到不安也是理所當然，這是對以步兵為主體的『以往的戰力』所提出的質疑，如今的幻晶甲冑則不受這些限制。艾爾笑著回答：

「說起來，我們根本就不需要經過城門啊。」

所有人直接朝著『城牆』跑過去，數根鋼索錨飛出後刺入城牆。以逃跑為最高準則的作戰方式最需要速度。不再隱蔽行動的一行人果斷地使用『大氣壓縮推進』魔法。壓縮空氣的爆炸聲轟然作響，給予幻晶甲冑爆發性的加速度。他們乘勢衝上高聳垂直的城牆，速度如履平地。抱著瞪大眼睛、張口結舌的馬蒂娜等人，這群超脫常識的幻晶甲冑部隊輕而易舉地越過城牆，飛身沒入黑暗之中。『大氣壓縮推進』的反作用力甚至讓他們直接飛越了護城河。

一行人如入無人之境，進入市區的幻晶甲冑沿著成排的房屋樓頂奔馳。即使個人的魔力多寡有差，幻晶甲冑在短距離上的速度性能還是優於馬匹。在城內的混亂傳達到市區，張起警備網以前，銀鳳騎士團幻晶甲冑部隊就逃離了馮塔尼耶。

這時候的拉斯佩德城內簡直亂成了馬蜂窩，依然處於情報錯綜複雜、動彈不得的狀態。畢竟布署各處的哨兵都被殺了，三更半夜也不曉得入侵者是從哪裡進來，又是逃到哪裡去了。只不過從駐塔士兵異常慌亂的模樣看來，可以肯定所有的克沙佩加王族都被帶走了。

「混、混帳東西，這是何等失態！到底打算怎麼向殿下交代!!」

負責城裡的指揮官——多羅提歐的怒吼像雷聲般落下，其中飽含的怒氣甚至讓附近的士兵們都停止動作，沉默下來。平常脾氣算是比較溫和的他，活像一座正在噴發的火山大肆咆哮。

「賊人怎麼樣了!?逃到哪裡去了!?有誰看到敵人嗎!!」

「這、這個……守城門的衛兵沒看見賊人逃跑的身影。遇到敵人的哨兵似乎也無一倖存，得不到情報……」

聽著部下語無倫次的報告，多羅提歐不禁用力咬緊牙關。察覺他要發火的士兵退後半步，多羅提歐卻就此沉默下來。現在拿士兵出氣也沒意義，更重要的是他需要思考下一步該怎麼做。

絕不能讓克沙佩加的王族逃走。既然被搶走，無論如何都要搶回來才行。為此他可以不擇手段。

「該死……！不能再這樣耗著。派出城裡和市區的所有士兵，徹底搜索四周！最糟的情況下，賊人搞不好已經逃出這座城市了！馬上把飛空船準備好，城市以外的區域就用船搜索……無論如何都不能讓他們逃了!!」

話剛說完，他就猛地開始行動。穿過匆忙奔跑的士兵們，朝著『飛行場』筆直衝去。

（『賊人』到底會是誰……克沙佩加的殘黨？莫非他們還留著這種力量？實在令人難以置信。不管他們是誰，妨礙殿下的人就由老夫一個不剩地剷除！）

多羅提歐・馬多尼斯——這個甲羅武德王國為人稱道的老將賭上全力，開始追捕王族。

◆

疾風迅雷般脫離馮塔尼耶的幻晶甲冑部隊，直接朝城市附近的森林前進，有意利用森林甩開追兵，而森林裡也藏著讓他們平安逃脫所必須的東西。

「手段有點粗暴，您還好吧？接下來將會改變移動方式。我們會準備好，還請稍等片刻。」

終於從摩托比特手中解脫的馬蒂娜勉強站穩了虛浮的腳步。經歷過剛才那段壯烈無比的強行軍，剛強的她臉上也難掩疲憊之色。

「那只叫有點啊……真是相當刺激的體驗。不過，甲羅武德也會馬上派出追兵吧。想徹底甩掉他們可不容易，接下來到底該……」

話說到一半，注意到眼前物體的馬蒂娜愈說愈小聲。灑落的月光映照出蹲伏在森林中的巨大異形，既像人又像馬，那是人馬騎士澤多林布爾的雄偉英姿。

「這到底是什麼……」

不顧顫慄著倒抽了一口氣的馬蒂娜等人，銀鳳騎士團成員們動作迅速地進行準備。這裡有兩架澤多林布爾和兩輛貨車。他們跳上其中一輛貨車後，就下了幻晶甲冑開始將其固定。奇德和亞蒂接著鑽進澤多林布爾的駕駛艙。處於休眠狀態的魔力轉換爐甦醒過來，人馬騎士發出睡醒後的嘶鳴聲。

只能目瞪口呆地望著他們準備的馬蒂娜等人，被艾爾的聲音拉回了現實：

「那麼，請各位坐上貨車。我們馬上出發，必須趁晚上盡可能拉開距離。」

「好、好……」

終於擠出這句回答的馬蒂娜後方，伊莎朵拉捏了捏自己的臉頰，懷疑她是不是在作夢。駕著幻晶甲冑的騎士們來救她們的時候就夠令人吃驚了，但是人馬騎士帶來的震撼更是有過之而無不及。

雖然聽都沒聽過有幻晶騎士做成脫離人類的外型，不過埃姆里思人在這裡，就表示它們都是弗雷梅維拉王國的作品吧。她們依照指示走向貨車，但還是滿心疑惑。

「……一陣子沒回去，現在的弗雷梅維拉王國到底變成什麼樣子了……？」

「哈哈！那就敬請期待啦。伯母到這邊來！」

馬蒂娜掩飾不了無奈的低嘆，埃姆里思則莫名擺出握拳的勝利姿勢回應，開始為她們介紹。她們被帶到貨車上設置的待機室，這裡原本是長途移動時供騎操士休息的地方，裡頭該有的設備一樣不缺。

在好奇地乘坐上去的馬蒂娜等人後方，埃莉諾一個人遲疑著不知如何是好。

「……這、真的是現實嗎……？」

她因為相信那名少年騎士的話而下定決心逃到這裡，眼前的光景卻一點真實感也沒有，甚至讓她開始懷疑自己的心是不是無法正常分辨現實與虛幻了。有人來救她，還有逃出拉斯佩德城會不會都是她脆弱的心靈給她看見的美好幻覺呢？這一個晚上發生太多事情了，超出她柔弱的精神所能容許的承載範圍。

「放心吧，王女殿下。」

人馬騎士裡有人對仍處於朦朧狀態中的她這麼說，是把她帶出來的少年騎士的聲音。看起來雖然是巨大恐怖的人馬騎士，但不知為什麼，她卻能從眼球水晶的深處看出少年的身影。

「交給我，我和澤多林布爾一定會把妳送到安全的地方。」

她的騎士所說的話，一下子把她拉回現實。是她下達命令，希望他伸出援手的。不相信他說的話，又該相信誰呢？埃莉諾擠出所剩無幾的決心，然後站了起來。

「……好，拜託你了……」

她微弱的聲音很快就被幻晶騎士響亮的運轉聲給蓋過去了。不過，想必有確實傳進少年耳中吧。

「哦哦——奇德……沒看過你那麼有幹勁耶！果然是個男生……你很憧憬美麗的公主嗎？」

「囉嗦。我只是那個……呃，身為銀鳳騎士團的一員，盡自己的本分……」

「哦——哦哦呵呵呵哦哦。那種感覺很不錯，很不錯喔！我好像也湧起一股幹勁了！」

「啊——！妳一定誤會了什麼吧，亞蒂!!」

兩人你一言我一語地拌嘴的期間，所有的準備都完成了。艾爾的聲音從貨車上的幻晶騎士裡傳來：

「好了好了，你們兩個鬧夠了喔。大家都準備好了。那麼，銀鳳騎士團……出發！」

伴隨著嘶鳴聲，兩架澤多林布爾啟動了，朝著舊克沙佩加王國的東方邊境前進。救出被囚禁的公主，騎士踏著強勁的步伐飛馳而出。

◆

一艘飛空船乘著風，橫空眺望破曉的歐比涅山稜。

聽著玻璃窗外呼呼吹過的風聲，多羅提歐深深坐進船長席中。透窗而入的耀眼朝陽令他厭煩地舉手遮擋。

他和他的部隊乘船從馮塔尼耶出發，漏夜趕向舊克沙佩加王國東方。由於走空路的飛空船不會受到地形影響，因此前進速度比馬車或者幻晶騎士等既有的交通工具都快上許多。他們已經相當深入東方領地了。

「……在哪……逃跑的王族們應該就在下面某個地方。」

多羅提歐注視著貼在船長席前面的舊克沙佩加王國地圖。這張地圖並不是倉促趕出來的，它的精確度很高，是從拉斯佩德城借來的地圖。

利用飛空船移動雖然有許多益處，但是問題也不少，路徑的選擇就是最大的差異。從陸路前進的話，街道和城市本身就是路徑，也可以當作路標，但是從空中俯瞰就完全是兩碼子事了。將從指南針、地圖得到的資訊，以及從空中看見的景色與地形對照的想像力——需要這樣類似航海士的能力。因此，精確度高的地圖，戰略價值更是無法估計。

「果然，只有東方才有可能。」

地圖上寫著大量文字，這是多羅提歐和『航空士』們為了決定路徑而交換過意見的痕跡。他們並非沒頭沒腦地行動，會採用往東的路徑也是有其相應的理由。

多羅提歐首先推測王族不會往西方逃，因為他們即使往馮塔尼耶以西逃到舊克沙佩加中部，那裡也沒有同伴了。

當時他想起一件事，就是這陣子東方有未知的敵人四處搗亂的謠言。突如其來的拯救王族戲碼、不安定的東方邊境，將這兩者連繫在一起絕不是不自然的推論。

「可能的路線不是這條就是這條。利用飛空船的話，不管他們走哪一條都能追上。」

接著他鎖定了沿著大道的路線，因為他推測逃跑的王族會以提升速度為優先。她們曾經在隱密的路線上被抓，想必不會重蹈覆轍。所以無論王族利用什麼方式移動，都會經由可以迅速移動的大道。

剩下的問題就是搜索『範圍』了。深夜裡進行搜索困難至極，因此他們目前為止始終以趕路為主。如今黎明到來，就必須縮小搜尋的範圍。飛空船再怎麼佔有速度和地利之便，也沒有餘力慢吞吞地找。

多羅提歐苦思片刻，這時，飛空船的船帆大大鼓起。利用起風裝置雖然能夠自行移動，不過天候的影響還是很大。

「……又是一陣『吹往東方的風』啊。這究竟是順風，抑或是……」

他眼中充滿犀利的光芒，趕緊對部下下達指示。期間，船帆又被風帶著提昇了速度。聽著船身不時發出的摩擦聲響，他磨尖了利牙靜待即將到來的時刻。

◆

迎著灑落的朝陽，載著馬蒂娜等人的銀鳳騎士團，在貫穿舊克沙佩加王國的『汎克謝爾大道』上全力奔馳。

「母親妳看，天還沒亮就已經到了這裡。看來他們荒唐的地方不是只有外表呢。」

「怪模怪樣的就算了……但是跑得比馬還快、還久的幻晶騎士，到底是哪國的笑話呀？」

聽了馬蒂娜母女不加掩飾的說法，埃姆里思縮著脖子當作回答。澤多林布爾有一半仿照馬的外型設計，專門支援移動能力，搭載兩具魔力轉換爐所獲得的超長持久力，更在長距離移動上發揮了它真正的價值。若是不須考慮騎操士的疲勞，理論上甚至能不靠補給就橫越大陸。

何況亞蒂和奇德打起精神熬夜，跑了一整個晚上，移動的距離更是長得令人難以置信。因此馬蒂娜她們會感到傻眼也無可厚非。

「澤多林布爾……到底為什麼會做出這樣奇怪的幻晶騎士呢？里思大哥的部下有點怪怪的耶。」

「是嗎？因為馬是騎士最好的朋友，我倒覺得這點子不錯，而且第一眼看到這傢伙的時候，我就一直很想坐上去！」

「會這樣想的只有里思大哥吧……」

埃姆里思歪著頭唔了一聲。

「多虧有它才能像這樣來救妳們，也能把妳們帶著走，不是充滿優點嗎？」

馬蒂娜和伊莎朵拉互相對望了一眼。她們十分清楚這點，心中也充滿無限感激，只不過筋疲力盡的常識無法接受而已。

「現在不用在意『這些小事』。照這個速度跑下去大概也可以甩掉追兵吧。」

「沒錯。和本隊會合之後，這次輪到我們出馬啦！我還沒找那個傳說中的蠢王子算帳呢！」

見埃姆里思自負地發下豪語，馬蒂娜板起臉轉向他說：

「里思，你聽好了，你的確帶著一支超乎想像的強大騎士團，不過甲羅武德王國這個敵人可沒那麼好對付。我國的騎士就算拚上性命也無法與之抗衡。他們的存在是讓人很不愉快，但也不能就因為這樣草率出兵……」

能悠閒對談的時間結束了。這時，待機室的警鐘突然刺耳地噹噹作響。這個簡單的機關與澤多林布爾的駕駛座連結，用於聯繫。從鐘響的音調甚至能得知訊息內容，剛才的音調意味著——

「『異常警戒』啊……說人人到。竟然能夠緊追澤多林布爾不放，伯母妳說得沒錯，我是太小看他們了。」

話音剛落，埃姆里思旋風似地轉身衝出待機室，朝貨車上的金獅子駕駛座而去。留下的馬蒂娜她們面對突發事態只能瞪大眼睛，但也很快就理解了埃姆里思話中的含意。

「怎麼會，都逃到這裡了……不，怎麼可能……有人馬騎士這樣的速度，居然還會在這個地方被追上……到底是怎麼回事!?」

馬蒂娜撲向待機室的窗口，睜大雙眼望向後方的風景。在萬里晴空之下有個汙點似的黑點，她沒花多少時間就理解了那是什麼——

「甲羅武德王國的……飛空船！」

飛空船左右兩邊的船帆鼓漲到極限，拉扯著帆柱不斷將船體往前推進。多羅提歐在艦橋前方往伸縮式望遠鏡裡看，鬍鬚底下的嘴角咧開一個駭人的笑容：

「遇上那陣風的時候，心想這也是某種指引就賭了一把……看來我是賭贏了啊。終於找到妳們了，克沙佩加的王族！絕不會讓妳們跑了……!!」

他振作起衰老的身體，一口氣橫越艦橋。他將望遠鏡交給部下，聲若洪鐘地下達指示。

「讓飛空船開到他們頭頂上!!直接放下黑騎士。我們必須在這裡確實抓住王族。先用『飛礫之雨』把他們攔下來！」

「瞭解，加速，降低高度!!準備飛礫之雨！」

部下們複述命令後一齊展開行動。騎士像催出自身最大的魔力儲蓄量輸出，啟動起風裝置，使船身四周產生強烈的氣流，飛空船一邊提昇原本的速度一邊開始降低高度。話說此時他們的速度，甚至遠遠凌駕澤多林布爾。

眼看背後的飛空船以令人難以置信的速度追了上來，操縱澤多林布爾的奇德和亞蒂傻眼地看得出神。

「喂喂……那是什麼啊！是船，船飛過來了！」

「普通的船是不會飛的……對吧？除了艾爾，還真有人會想出這麼奇怪的點子呢……」

兩人對第一次看到的飛空船都是一副興致盎然的樣子，連那是敵人追兵的事實都忘了，你一言我一語地拌起嘴來。不過，這些都在飛空船突然發射出某樣東西後被迫中斷了。

「呃，慘了！他們攻擊了！」

在他們急忙錯開前進方向的同時，石彈已經落到澤多林布爾四周了。力道十足的石彈發出撼動五臟六腑的巨響鑿穿地面。雖然敵人沒有精確瞄準，頂多只有數發打中道路地面的程度，不過看看那嵌入地面、輕易貫穿樹木的威力，奇德和亞蒂還是忍不住流下冷汗。

「可惡，這樣下去會被追上。這樣很糟糕對不對？」

蜿蜒閃避前進令澤多林布爾降低了速度，飛空船也毫不留情地趁機追上他們。

這時，飛空船內部的多羅提歐等人已做好出擊準備。他坐上狄蘭托的駕駛座，而其餘並排的六架黑騎士中的騎操士們也各自就定位。他隨即進行下一步操作，相關的指令也已下達。騎士巧妙地操作起風裝置，使飛空船彷彿要蓋過人馬騎士一般飛到他們頭頂上。高度已下降到足以擦過樹木頂端的程度，飛空船正準備打開船腹，投下黑騎士。

「鎖定目標，現在正需要繃緊神經。我們上，一口氣把他們解決！」

「是!!」

人馬騎士亂了陣腳，飛空船逐漸進逼。

下一秒，放在貨車上的貨物，布罩被吹開來，異形鬼神伊迦爾卡出動了。它放出咆哮、背上的四隻手臂迅速伸展開來。而駕駛座上，艾爾完全無視緊張的現況，像是要把臉貼在幻象投影機上一樣探出上半身，他露出可愛卻飽含強烈意志的笑容喃喃說道：

「啊啊……竟然、竟然有那種東西！飛空船……厲害，太厲害了！真的是直接讓船浮在空中。不是『氣球』或『飛行船』，它張著船帆……不對，我不懂，『那個世界（地球）』的法則完全無法解釋。這一定是、一定是我不知道的某種很美妙的東西對吧!?」

震耳欲聾的咆哮益發高亢。以往的方法跟不上伊迦爾卡過度複雜化的操縱模式，只能靠艾爾優秀的演算能力使用直接控制。因此，他的意志即鬼神的意志，它已經準備好隨心所欲地大鬧一場。

「你們兩個繼續讓澤多林布爾跑下去。那個在天上飛的船，就由我……『收下了』!!」

艾爾隨口發出指示，然後就駕著伊迦爾卡從貨車上一躍而下。降落在道路上的伊迦爾卡將全身累積的龐大魔力釋放出來，魔導噴射推進器高聲狂吼，展開了連澤多林布爾也望塵莫及的猛烈加速。置入陸皇龜與女皇殼獸——過去所擊敗的兩大魔獸心臟，它是全世界獨一無二的異界鬼神。伊迦爾卡產生的反作用力颳起道路上的石板，朝著天空直衝而去。

「那是什麼!?朝、朝這裡……衝過來了!?」

伊迦爾卡運用魔導噴射推進器產生劇烈的輸出力飛上空中，一直線朝著飛空船衝去。他什麼也不想，就只是憑著一股對飛空船的渴望，和愛製造衝突的氣勢，循著最短距離衝過去。

即使擁有優異的滯空機能，畢竟也只是艘用風當作推進力的船，想逃過拖曳著爆炎，高速飛翔的鬼神追擊根本就是不可能的，更何況飛空船原本正位於準備逼近澤多林布爾的高度。從艦橋目睹這一幕的船員們發出驚叫，他們不知道那身纏火焰的幻晶騎士是什麼，應該說根本搞不清楚發生了什麼事。在陷入恐懼與混亂的期間，伊迦爾卡氣勢凶猛地撞上船體。

「怎麼了?出了什麼事!?投下程序怎麼了!?」

在船艙焦急等待出擊的多羅提歐，也從船身搖晃察覺到異狀。

「噫!不、不知道!有、有異常……幻晶騎士嗎!?它飛上來停在船體上!!」

聽著錯亂的部下傳來報告，多羅提歐瞪著船體的牆壁。外板發出咯吱咯吱的摩擦聲，然後他很快理解到——那是某種東西沿著船身爬上去的聲音，他的背脊竄過一陣說不上是顫慄的感覺。在短暫遲疑之後，他立刻啟動了狄蘭托。

伊迦爾卡攀附的外板連同火焰從內部被轟了出去，立足點被破壞的伊迦爾卡開始墜落。連艾爾也措手不及，連忙啟動魔導噴射推進器調整姿勢，然後拉開距離。

飛空船船身上洞開的大口中，露出一架舉起背面武裝的狄蘭托，那是多羅提歐操縱的機體。察覺到異常和威脅的他，使出了把敵人連同外牆一起轟出去的魯莽手段，又接著對空中的伊迦爾卡展開毫不留情的追擊。

「啊哈哈，很好的反應，佩服！也請收下我轟出來的回禮！」

伊迦爾卡利用噴射機動閃避法擊，接著拔出了腰間佩戴的銃裝劍。劍身一分為二，內部裝置將大量魔力轉化為火焰。他的反擊凶猛無比，銃裝劍放出的法彈有如地獄火焰般不斷刺進飛空船。竄升的烈焰貫穿外壁，使內部化為一片火海，接二連三的爆炸輕易地把外板轟飛。飛空船設置的裝甲足以承受一般威力的法彈，卻沒想過竟然必須對上伊迦爾卡惡魔般的輸出動力。

「不可能，多麼強大的威力啊……！不行，這樣下去飛空船會墜毀!!」

多羅提歐的腦中瞬間閃過許多選項。為了捕捉克沙佩加王族，必須馬上投下黑騎士，但放著那個飛天鬼神不管，飛空船應該三兩下就會被擊墜吧。他沒有把握黑騎士能把它擋下來，唯一能肯定的是，失去飛空船就表示他的計畫也到此為止了。

「唔，喔喔喔喔喔喔喔喔！！！！」

幾番思索後，多羅提歐做出了決定。他的狄蘭托舉起盾牌迎向飛來的法彈，遭受非比尋常的烈焰直擊，使得盾牌扭曲，結晶碎片從全身飛散掉落。僅僅數發就讓它屈膝跪地，不過耐打的狄蘭托還是勉強撐著行動。

「……快點掉頭！馬上離開這裡!!」

看見多羅提歐行動的部下們也紛紛跟進。他們犧牲了更多黑騎士擋住法彈的同時，飛空船搖搖晃晃地變更了前進方向。

「咦？難得來一趟，已經要回去了嗎？不行喔，我不會讓你們逃走……嗯？」

殺紅了眼的艾爾正準備進一步追擊時，注意到背後的騷動。幾個黑影跑著穿過道路，有人正在追逐澤多林布爾。

「那是機動隊嗎？有你的……」

艾爾在這一瞬間猶豫了。憑伊迦爾卡之力，想必可以輕易追上飛空船並將其擊墜，但那也等同是棄澤多林布爾於不顧。他自己的目的暫且不提，銀鳳騎士團的最優先目標應該是救回克沙佩加王族，把她們平安帶回去。所剩不多的理智阻止了他的欲望。

「呵呵……好吧，那艘船現在就先保留。下次遇到的話，我一定會盡情享用，直到把所有零件都吃個精光！」

艾爾懊悔不已地撂下狠話，然後讓伊迦爾卡轉身，噴射出爆炎以及搖曳的熱浪，高速飛往澤多林布爾身邊。

◆

稍微把時間拉回飛空船和澤多林布爾遭遇之前。

在從道路兩旁延伸開來的森林中，有幾道影子奔馳而過。與周圍的樹木高度相較，可以推斷影子是約有十公尺高的巨大人型，代表它們其實是幻晶騎士。不過速度快得非比尋常，或許有一般幻晶騎士的一倍以上，更奇怪的是影子奔跑時幾乎沒發出一點聲音。非但沒有肌肉的運轉聲，連魔力轉換爐的進氣聲也聽不見，整體的存在感極為薄弱。

也許是注重速度的緣故，它們的身軀顯得格外修長，甚至可以用纖細來形容的機體上，最引人注目的要算莫名突起的雙肩與尖銳的爪子了。頭部或許也算是另一項特徵，因為沒有任何設計可言，除了為確保視線範圍的兩個孔外，就是平滑的表面。無貌——那是這架悄然無聲，像亡靈一般的機體給人的印象。

亡靈的數量不只一架。兩架、三架——好幾架機體在森林中飛奔跳躍著前進，在它們前進的方向上是一個勁地猛衝的人馬騎士。亡靈的目的可想而知，它們加快速度靠近道路，在踏出更加有力的一步後，衝出森林降落在道路上。期間沒發出任何聲音，唯有地上的影子能證明它們的存在。它們架起兩手鋒利的爪子偷偷靠近埋頭奔跑的澤多林布爾，眼看就要透甲而入——

「你們是誰啊!?援軍嗎!?」

——然後被大劍暴風怒號似的一擊擋下，彈回森林裡去。揮劍的是貨車上載著的埃姆里思和金獅子，由於金獅子不具備對抗飛空船的有效武器，所以留在馬車上當護衛。

「真是好險！難道你們把那個飛空船當成誘餌嗎？好陰險的手段!!」

埃姆里思的金獅子在貨車上屈膝而立，重新舉起大劍。坐在澤多林布爾上的他無法主動攻擊，只能防守的狀況想必讓他覺得很嘔吧。

沒讓他等多久，亡靈又發動了下一波攻擊。它們四面八方地從森林中飛出來，目標全指向拖著貨車的澤多林布爾。金獅子勉強揮劍阻擋，腳下極為不穩定的立足點卻妨礙了反擊，讓他沒辦法隨心所欲地行動。目前是還能勉強驅逐敵人沒錯，不過手中的劍沒有砍中的實感，敵人的數量也沒有減少。埃姆里思只覺胸口的焦躁益發強烈。

「在地上打的話早就讓它們變成廢鐵了！可是也不能叫澤多林布爾停下來啊。」

覺得焦躁的人不只有他。

「這些傢伙偏偏挑艾爾不在的時候進攻！不能想辦法甩掉嗎!?」

澤多林布爾揮舞騎槍想牽制襲來的亡靈。但因為還拖著貨車繼續前進，所以別說認真戰鬥了，防禦也顯得左支右絀。亡靈們似乎也明白這一點，頑強地朝澤多林布爾的背後猛攻。眾人雖然英勇奮戰，可惜不僅局勢大為不利，而且寡不敵眾，驚險的場面有增無減。

亡靈又一次一齊撲了上來，金獅子和澤多林布爾也揮動武器牽制，他們愈來愈無法集中精神了。原本就處於長距離移動的半途中，也難怪他們累積了不少疲勞。

終於，他們犯下了致命的失誤。一架亡靈利用時間差趁隙撲了過來。

「慘了！躲不掉……」

亡靈逼近澤多林布爾側面的死角，手腕猛地朝毫無防備的馬腹伸去。那是亡靈的祕密武器，擁有貫穿幻晶騎士的威力。就在利爪即將插進澤多林布爾的側腹時——

一支長長的炎槍無預警地從遠方飛來，貫穿亡靈的肚子。因重視速度而使裝甲輕量化的亡靈在一瞬間便被炸得七零八落，化為殘骸。某個物體緊跟著火焰，一邊破壞道路，一邊捲起漫天塵土直撲而來。

「你們……竟敢、竟敢打斷我和飛空船的美好時光……！」

那是拖曳著爆炎的隆隆巨響，怒火中燒地高喊的鬼面六臂鎧甲武士——伊迦爾卡。伊迦爾卡一追上澤多林布爾，就噴出熾盛火焰調整速度，然後直接降落到貨車上。

「雖然你們根本取代不了那艘船……這筆帳就用你們的命來還吧。」

它展開收在背後的手臂後，抓起貨車上備用的銃裝劍，那副昂然而立的身形有如刺蝟一般，朝四面八方伸出六把銃裝劍。鬼神發出的咆哮一口氣提高了聲量，其體內蘊藏的可怕魔力沸騰翻滾，再藉由法彈的形式釋放出來。

鑽進森林裡的亡靈連同它們藏匿的樹木被轟了出去；全速逃離的亡靈也躲不開餘波而消失

在爆炎中，狂怒的鬼神親手葬送一架又一架的亡靈。沒花多少時間，在所有亡靈都被趕盡殺絕化為屍骸，周圍的地形也變得面目全非以後，伊迦爾卡才願意罷手。

◆

一艘搖搖晃晃的飛空船追著暮色前進。

那是多羅提歐一行人的船，好不容易逃脫凶暴的鬼神魔掌，它呈現出大半外牆燒毀脫落，連鋼筋也扭曲的悽慘姿態。在這種狀態下還勉強發動全速逃跑，破爛的船身看起什麼時候到極限都不奇怪。

不幸中的萬幸是他們保住了源素浮揚器。這個要是被破壞掉，飛空船就再也飛不起來了。

「……降低高度，墜落的話就沒意義了。」

坐在船長席上的多羅提歐陰鬱地開口。自與鬼神一戰以來過了一段時間，對方似乎沒有追上來。倒是這艘船如果繼續在空中飛翔，只會愈來愈危險。部下們嚴肅地服從指令，讓船降落到地面。

既然船不能再使用，接下來就只能駕著狄蘭托回去了，而就連狄蘭托也因為保護船的緣故受到相當嚴重的損害，拿來當成交通工具似乎也不太可靠。

下了船的多羅提歐他們，在離開之前還有一件非做不可的事情，就是破壞飛空船。飛空船是甲羅武德王國的祕密兵器。儘管幾近毀壞，也不能在還能動的狀態下棄之不顧。多羅提歐操縱的狄蘭托僵硬地舉起小型破城鎚。

他握著操縱桿的手用力得幾乎要發起抖來。失去了船，失去了黑騎士，連抓住王族的任務也失敗了。簡直是難以挽回的失態，已經等於失去了一切。就算活著回去，甲羅武德軍裡大概也沒有他的容身之處吧。乾脆跟船一起葬送在那裡算了——他腦中掠過這般自虐的想法。

這時，一個圍觀的部下大叫了一聲，指向空中。出現在所有人視線前方的是深紅色天空下有如汙漬穿透的黑點，他很快就認出那是逐漸靠近的飛空船。

星光璀璨的夜空下，兩艘飛空船朝著西方前進。一艘是無傷的船，後面拖著另一艘損害嚴重到能浮在空中都要算奇蹟的船。不用說，那正是多羅提歐的船。他們維持足夠的巡航高度，打算一旦發生問題就棄船。

下了狄蘭托的多羅提歐，望了一眼回收的機體與部下的面孔，微微露出放心的表情，又很快垮下臉，像是要甩開這些似地踏著粗魯的步伐離去。從停機庫前往艦橋，爬上梯子後，艦橋的景象進入視野中。他注視著其中一處——坐鎮於艦橋中央船長席上的人物。

「……歐塔康納卿，果然是妳啊。」

他叫出泰然佔據船長席的女性騎士的名字。坐在那裡的是甲羅武德王國的騎士團之一、率領銅牙騎士團的騎士團長『凱希爾・歐塔康納』。她臉上浮現始終不變的討厭笑意，隨性地靠坐在椅上，撐著下巴說：

「是啊，有意見嗎？」

「……………怎麼會。妳也救了我的部下，感謝都來不及了……」

兩人談不上有什麼交情。真要說起來，旁人通常不會對在暗地裡活動的凱希爾有好感。見多羅提歐異常憔悴的樣子，她疑惑地問：

「發生了什麼事？你不是跟著殿下拍馬屁的，是靠著自身的功績爬到現在的地位，結果竟然搞得這麼狼狽，這事絕不尋常。」

多羅提歐露出一臉苦相，支支吾吾地說起這幾天失敗的來龍去脈。

「……就是這麼回事。我也老糊塗了，對方確實擁有超乎幻晶騎士規格，惡夢般的強大力量。沒想到竟然會拿他們束手無策，真不中用。」

把他們逼得走投無路的鬼神，是連多羅提歐這個身經百戰的勇士也難以置信的對手。他、部下還有飛空船，這些戰力加起來居然還是慘遭蹂躪。

「……我的命運也到盡頭了。這般失態，就算拿命來換也賠不起。」

眼前的男人，已不是什麼膽識與冷靜兼具、甲羅武德軍頂尖的名將。看著他軟弱的樣子，凱希爾皺起眉頭啐道：

「嘖！把那顆皺巴巴的人頭呈上去就算負責任了？真是蠢到無話可說。」

「……那妳覺得……如此失態究竟該怎麼補償？」

「戰爭狂就是這樣……！聽好了，王族被搶走或失去飛空船、黑騎士都很糟沒錯，可是啊，更糟的是沒帶回任何敵人的情報。」

凱希爾率領的銅牙騎士團是間諜集團，任務以蒐集情報為主，根據情況還有比人命優先的前例。她這番與騎士相異的論調讓多羅提歐陷入沉思，他憔悴至極的眼中又稍微湧現了力量。

「妳說得沒錯。敵人明顯有異常，必然會成為殿下實現願望的重大阻礙。我得詳細轉達細節，敦促殿下有所準備。這顆項上頭顱之後要怎麼處置都行。」

即使稍微打起精神，他說的還是那一套。凱希爾一副無可救藥的樣子仰頭望天。

「是喔。反正都要死，就去跟敵人打得頭破血流吧。」

連這種開玩笑的回應他也一本正經地點頭同意，凱希爾開始覺得受不了他的蠢了。

◆

舊克沙佩加王都戴凡高特。自從奧古斯狄王單挑敵將殞命之後，這座城市就成了甲羅武德王國最大的據點。在對克沙佩加的侵略幾乎完成的現在，此處被定為甲羅武德王國所轄——克沙佩加領地的首都，中央護府則置於原本的王城。

灰濛濛的天空下，一艘飛空船抵達了戴凡高特。自從換了主人後，戴凡高特就建造了供飛空船起降的『港口』。雖然只是剷平裸露的地面，架設上下船隻的簡易舷梯而已，但作為軍隊據點還是被頻繁利用，才剛抵達的船也找了地方準備著陸。

片刻後，中央護府的『謁見廳』——過去這裡曾經為王城——中便響起甲羅武德王國第二王子『克里斯托瓦爾・哈斯洛・甲羅武德』不高興的聲音。

「你說什麼……王女被搶走了……!?」

王子從過去曾屬於克沙佩加國王的寶座激動地站了起來，眼前將頭磕在地上的男人是他最為得意的左右手——多羅提歐・馬多尼斯。飛空船才剛抵達這座城市，他就立刻來到主君身邊回報。

「多羅提歐……像你這樣的男人怎麼會不知道那個小姑娘的價值!!結果竟拱手讓給區區小賊，還讓黑騎士、飛空船被破壞，恬不知恥地逃回來，這是何等失態!!」

室內再次迴響起克里斯托瓦爾的怒吼。面對接連不斷衝著他而來的斥責，多羅提歐只是一語不發地跪在地上。

「到此為止吧，克里斯。身為總司令怎麼可以自亂陣腳。」

一道平淡的嗓音從謁見廳入口傳來，制止了克里斯托瓦爾的狂亂。出現在眼前的是克里斯托瓦爾的姊姊——第一王女卡特莉娜。

「王姊……可是！」

「冷靜點。馬多尼斯卿的能力和忠誠你應該是最清楚的吧？繼續罵下去只是浪費時間，當務之急該掌握發生了什麼事。」

她冷靜的指責讓克里斯托瓦爾畏縮了一下。他大大吐出一口氣讓自己鎮定下來後，表面上裝出平靜的樣子轉向多羅提歐開口：

「……抬起頭來吧，將發生了什麼事鉅細靡遺地說出來。你的處罰之後再說。」

「是！」

多羅提歐終於抬起頭來，但仍低伏著身子，畏縮地說起入侵拉斯佩德城的賊人。

「……因此，待臣察覺的時候，所有的克沙佩加王族都被帶走了。這全怪臣領導無方，實在不知如何向殿下交代。無論怎樣的處罰臣都甘願承受。」

聽著聽著，克里斯托瓦爾的表情益發苦澀。對他們而言，克沙佩加的王族——尤其王女埃莉諾，是穩定統治克沙佩加領地的必要『道具』。雖然甲羅武德的確擁有壓倒性的戰力，能夠隨意處置克沙佩加領地，不過麻煩總是愈少愈好。

「你說不只王女，所有人都被帶走了？真是無法相信，你居然會被那個懦弱的克沙佩加軍擺了一道……」

冷靜下來思索的克里斯托瓦爾忽地產生疑惑。他和多羅提歐交情已久，雖然他多少有些年紀，不過多羅提歐可是排得上甲羅武德軍前五強的人物，完全想不出任何他會栽在那些只能算獵物的克沙佩加兵手裡的理由。在抱頭苦思的他身邊，同樣也在思考的卡特莉娜抬起頭開口：

「……我想，就算克沙佩加兵派出千人攻城，也不可能從多羅提歐手中奪走王族。那麼，引發這起事件的……就是『其他國家』的人了吧。」

「混帳，是這麼回事啊！嘖，還以為他們要行動也是之後的事了，竟然在最後關頭跑來湊熱鬧！」

聽完姊姊這麼說，克里斯托瓦爾苦著臉沉吟。他們想到了一種相當棘手的可能性，假設搶走王族的是舊克沙佩加貴族，那還不成問題。麻煩是麻煩，不過也好解決，只要發揮戰力優勢再度壓制就好了。然而，若這是其他國家出手干預的結果，情況就會一下子變得複雜。現階段把王族這個『正當性』拱手讓人只會造成麻煩。

他們當然也預想過早晚會遭到他國干預，但是對花上大量時間精心準備，然後以閃電戰術展開行動的甲羅武德王國來說，居然有能夠如此迅速應對的國家，完全出乎他們的意料之外。

「……可以想到的就是『孤獨的十一國』拐彎抹角來插手，要不就是羅卡爾國家聯盟的殘黨？」

克里斯托瓦爾的低語被卡特莉娜搖頭否定。

「不管怎樣，問題在於我們為了控制克沙佩加的貴族，早就放出你和埃莉諾要結婚的消息了，讓她逃掉可會顏面盡失啊。」

卡特莉娜五官端正的臉上焦躁地蹙起眉，這件事對她這個出策的政務輔佐來說不愉快到了極點。此時，一直靜靜低垂著頭的多羅提歐開口介入他們的對話：

「臣惶恐，但臣認為他們並不屬於那些勢力。」

「哦？你會那麼說應該有根據吧。」

克里斯托瓦爾狐疑地催他說下去，但在開口之前，多羅提歐先徐徐將腰間的劍連同劍鞘取下，恭敬地舉到克里斯托瓦爾面前。

「……這又是什麼意思？」

「從現在起，臣所說的話毫無虛假，但如果殿下有那麼一點懷疑……請立刻在此將臣的頭顱砍下。」

聞言，克里斯托瓦爾用力咬緊牙關，卡特莉娜也挑了挑眉。既然多羅提歐賭上了性命發言，那麼，反過來說——

「發生的事情，會令我們如此難以置信嗎？」

多羅提歐默默點頭肯定，依然捧著劍。克里斯托瓦爾思考片刻，然後拿起劍，當場拔劍出鞘。雖然做工粗獷，但是看得出精心保養的刀刃正反射渾厚的光芒。

「哼，我不會到這個地步還懷疑你的話，但是你的覺悟我收下了。別顧慮太多，說吧。」

「承蒙殿下慈悲，不勝感激……說起王族逃走後，臣也用飛空船追了上去……他們卻乘著上半身是人、下半身是馬的怪異幻晶騎士，沿著大道逃走了。」

克里斯托瓦爾深深吐出一口氣，硬是把「怎麼可能」這句話吞了下去。期間，他拔出的劍也沒離開過多羅提歐的脖子，克里斯托瓦爾沒有愚蠢到都這個地步了還懷疑他的話。

「我總算明白你賭上人頭的原因了……那是什麼玩意兒？在古代就已經絕跡的『魔獸』嗎？」

「恕臣冒昧直言，它很明顯是經由人手創造出來的幻晶騎士，速度簡直如戰馬一般快得非比尋常。若是沒有飛空船，恐怕連追也追不上吧。」

克里斯托瓦爾不禁皺起眉頭。他們的量產機狄蘭托不論在進攻與防守方面都非常完美，唯一的缺點就是腳程太慢，擁有戰馬特性的對手可以說是它們的天敵。聽到這裡已經夠離譜了，沒想到多羅提歐接下來才要進入正題。

「敵人還不只如此。我們曾試著用飛空船接近捕捉王族，不料卻碰上有著許多手臂、身纏火焰、猶如鬼神的敵人『飛到空中』，以從沒見過的強大武器破壞飛空船……」

「……慢著，給我等一下，多羅提歐！你到底在說什麼!?」

陷入沉思，聽著多羅提歐報告的克里斯托瓦爾注意到報告內容變得荒誕無稽，連忙開口打斷。

「臣說的當然是敵人的幻晶騎士。我們甚至還沒『降落』，反而是那傢伙飛上天空，單槍匹馬就差點弄沉我們的飛空船。此外，它的法擊一擊便足以撼動黑騎士，因此不得不放棄追捕……如果殿下懷疑這些是臣的脫罪之詞，就請用那把劍……」

「嘖！真囉嗦，別再提那個了！但是那種東西……還真是難以想像。」

就算是克里斯托瓦爾也不禁發出呻吟。多羅提歐賭上性命所做的報告不可能有一絲虛假，但是他內心某處還是覺得這一定是搞錯了什麼。在陷入混亂的克里斯托瓦爾身邊，卡特莉娜注意到某個事實：

「……它或許是比黑騎士更強大的幻晶騎士。先不提詭異的外型，這表示那個國家擁有相當的技術能力。多羅提歐，你莫非認為那不是『成功發展新技術的國家』，而是『原本就擁有那種技術的國家』？」

或許她也沒把握，於是低語般地詢問。多羅提歐點頭肯定道：

「再補充一點，逃走的王族中還有前王弟費南多大公的家人——馬蒂娜・歐魯特・克沙佩加……她是從『弗雷梅維拉王國』嫁過來的公主。何況他們逃往的方向是『東方』，正是那個國家所在的方位。」

「你是說『魔獸守衛』？鄉下土包子跑來湊熱鬧了啊。」

他們料想過許多可能的敵國，但就是沒有弗雷梅維拉。畢竟該國隔絕於西方諸國之外。雖然之前曾經去找過麻煩，不過後來很快就沒了興趣。

「說不定是基於親緣，又或者是想掠奪克沙佩加的領地。更嚴重的問題是，逃走的王族與足以對抗黑騎士的強大戰力會合了。我想他們的數量應該沒有那麼多，但還是不容樂觀。」

卡特莉娜覺得有必要修正原本規劃的戰略。他們得知了敵人的身分，這件事對未來會有何影響還是未知數。目前可以肯定的是，他們距離克沙佩加領地的徹底統治又慢了一步。

聽到這個消息的克里斯托瓦爾盛氣凌人地轉過身，走到寶座上重重坐下。看上去明顯變得情緒化，但那表情隱含的心情絕對不只有憤怒。

「……呵呵哈哈哈！這不是變得有趣起來了嗎？超越黑騎士的敵人啊！反正不管打倒多少克沙佩加兵都不過癮，本王子正覺得無聊啊。」

他身後的卡特莉娜露骨地皺起眉。她的弟弟身為王族，但是比起執掌政事，他的個性更好戰粗暴，總是尋求『值得擊敗的敵人』也算他的壞毛病。

「克里斯，這不是讓你找樂子的時候。」

「我知道啊，王姊。只要找出敵人，派兵擊垮他們就好了。戰爭是我的拿手領域，之後就交給妳了。」

克里斯托瓦爾有如出閘猛獸一般倏然起身。他是侵略軍總司令，而這一點在侵略方針變成駐紮的此刻也沒有改變。相對地，卡特莉娜掌管各方面的政務，在戰事上很難阻止克里斯托瓦爾的行動。

「如此一來就要趕快進攻東方領地……趁早擊潰他們才行，沒時間拖延了。王族還活著，而且正策劃準備反擊，這個消息如果傳開，各地的反抗行動也會變得更加激烈吧。」

他的表情顯得生氣勃勃，看起來簡直不像在述說對我軍不利的條件。既然王族被救回去了，對方鐵定會盡快將消息傳開。畢竟克沙佩加會崩潰得這麼快，其中主要的原因就是身為向心力的王族不知去向。那麼，反之亦然。

「道具就該像個道具乖乖讓人使用。竟然膽敢反抗，這個罪就讓妳們跟那些從山另一頭來的土包子一起，拿命來償還！」

能擊潰敵方的抵抗與起死回生的策略，對他而言可是至高無上的喜悅。眼看克里斯托瓦爾一副現在就要出兵的樣子，多羅提歐卻提出一句話制止了他：

「請等一下。東部布署的黑騎士數量減少，已知的敵人則更為強大。殿下就這樣直接前往是否有些不妥……」

那是銀鳳騎士團大肆活躍的結果。儘管該地目前仍在甲羅武德王國的支配下，兵力卻不足以進行討伐。克里斯托瓦爾的心情一下子變糟了，而在他的情緒掉到谷底以前，卡特莉娜無奈地開口：

「克里斯，調派一些駐紮在南北的黑顎騎士團過去。事到如今，也把前克沙佩加的戰力用上吧。就算比不上黑騎士，它們好歹也是幻晶騎士。」

「搞得這麼麻煩。不過，想在該國插手以前一口氣擊潰他們，也需要湊足兵力才行。」

克里斯托瓦爾沉吟著，又坐回寶座上。

甲羅武德王國的方針至此決定，寫著他命令的書信很快地被送到克沙佩加領地各處。而接到命令的黑顎騎士團——最精銳的甲羅武德軍隨即向東部進攻，追著克沙佩加的王族慢慢縮小了包圍網。

◆

結束報告的多羅提歐離開謁見廳，步伐沉重。該傳達的訊息都傳達了，可是他犯下重大失誤的事實依然不變，還要勞煩主君親自出馬。這是他最不能原諒自己的事。

「……老爸。」

「古斯塔沃，我聽說了，你也戰敗了啊。」

養子古斯塔沃迎向消沉沮喪的養父。他自己也在與銀鳳騎士團的戰鬥中受到不小損害，等於父子都栽了跟頭。

「對不起，真是太難看了。殿下說了什麼？被臭罵一頓嗎？」

「這陣子沒有我倆出場的餘地了。殿下要我們暫且等候，直到需要我們的時刻到來。」

多羅提歐坐上去的椅子發出嘰嘎一聲，他嘆了口氣。坦白講，他的處分算是被延後了。這次的失敗雖說不可原諒，但是考慮到將來時局，可能也捨不得處決他這個優秀將領，所以在東部的問題解決之前要他閉門反省。

「跟我打的敵人相當不好對付，克沙佩加那些稻草人根本就比不上。現在正需要我們的劍吧。」

「現在必須忍耐……早晚一定要再度賭上性命，洗刷汙名。想來那個鬼神也不會就此安分下來吧。」

那破壞神般的身影掠過腦中。它的存在勢必會為甲羅武德王國帶來巨大災難，多羅提歐對此深信不疑。他已決定留下來的這條命該如何使用了。

在父子倆意志消沉的時候，一名部下現身，告知他們有不速之客來訪。

「抱歉在您休息時打擾。馬多尼斯卿，方便說幾句話嗎？」

「你是……高加索卿……是嗎？我記得您應該駐留在本國，怎麼會跑到最前線來？」

來者是甲羅武德王國中央開發工房長『奧拉西歐・高加索』。多羅提歐起身應對，納悶地偏著頭，不明白身為非戰鬥人員的他，怎麼會跑到稱得上最前線的克沙佩加領地來。

「沒什麼，只是不才如我為了多替陛下盡一份心力，就必須不斷接受挑戰。為此還希望各位提供來自戰事現場的意見。」

身為將領，同時也是騎操士的多羅提歐，未必能理解技術人員的思考模式，可是確實感受到對方相應的誠懇。正好他也處於禁閉狀態，有的是時間，於是點頭接受了他的要求。

「既然高加索卿有此要求，我必當盡力協助。那麼，您想詢問哪方面的情報呢？」

奧拉西歐一聽之下，瞬間扭起嘴角破顏而笑，張嘴吐出黏膩執著的話語：

「……我聽說飛空船被打下來了，希望您能仔細告訴我當時敵人的模樣……」

此時，多羅提歐從眼前的奧拉西歐身上，感受到和以往遇過的人都截然不同的、一股令人不愉快的熱情與氣魄。

# 第八章 亡國的王女篇

# 第三十三話　銀鳳旗飄揚

舊克沙佩加王國東方領。自歐比涅山地綿延而來的這塊土地多為森林所覆蓋，地形跌宕起伏，在廣大的森林中，開拓了一條連結克沙佩加各領地的主要道路『汎克謝爾大道』。

「……就算馮塔尼耶陷落了，這個森林的氣氛也沒變呢。」

從貨車裡探出頭的馬蒂娜一邊迎著疾風皺起眉頭，一邊眺望周遭的景色。林木繁茂的風景彷彿對這個國家所受的苦難一無所知，一如往常地平靜。離馮塔尼耶愈遠，她心裡累積的鬱悶也愈來愈輕。目前於甲羅武德王國東方護府統治下的那個都市，過去曾是她先夫費南多大公的領地。沒錯，她們前些日子被囚禁的拉斯佩德城既是她以前所住的城堡，也是她身為大公的先夫被殺的地方。就算她是個再怎麼堅強的女性也是有極限的，如果繼續被關在那個地方，不難想像早晚會再也忍受不了而做出傻事。

「終於要開始踏出第一步了。我一定會從那些傢伙手中奪回這個國家，費南多（親愛的）……請你守護我。」

她有個使命，是國王義兄和王弟丈夫託付於她的使命，馬蒂娜飽含沉重決心的低語消散在吹過森林的風中。她的低語照理說沒有任何人聽到，只不過，在待機室理應陷入熟睡的外甥，呼吸不自然地亂了一拍。兩架澤多林布爾以及它們拖曳的貨車沿路不停奔馳，朝著坐鎮於前方雄偉的歐比涅山稜前進。

西方曆一二八一年，這動盪不安的一年在西方漫長的歷史中也值得特別一提。

位於澤特蘭德大陸西部的各國——『西方諸國』中名震四方的大國『甲羅武德王國』突然發起對鄰國的侵略行動，此即後世稱之為『大西域戰爭』的開端。

甲羅武德王國首戰便投入壓倒性的戰力，轉眼間佔領了與其接壤的羅卡爾國家聯盟，更進一步乘勢侵入『克沙佩加王國』。甲羅武德王國和克沙佩加王國都是聞名西方的大國，雙方幾乎可說勢均力敵。當初，周邊國家也都認為那將會是場持久戰，然而甲羅武德王國憑著多項技術革新創造出的強力幻晶騎士，更投入人類史上首次的實用航空兵器『飛空船』，使戰況呈現一面倒的局勢。

結果跌破了許多人的眼鏡。開戰後不過半年的時間，克沙佩加就迎來了滅亡的結局。

「里思哥，這輛馬車到底要往哪裡去啊?該不會打算越過山脈吧?」

伊莎朵拉活動著坐了一整天馬車而略顯僵硬的手腳，詢問身邊的埃姆里思。自馮塔尼耶逃脫之後，這幾日白天幾乎都在不停地趕路。考慮到澤多林布爾的速度，他們應該已經移動了相當長的一段距離，繼續像這樣朝東方前進的話，確實會越過歐比涅山地而抵達弗雷梅維拉王國。再考慮到埃姆里思的身分，暫時到他的國家避風頭也是很有可能的。

「不，不能給那邊添麻煩。因為我跟老爸說好了。我們的目的地在更近一點的地方。」

「我承認這些人馬騎士的速度很快啦，可是你留在國內打算怎麼辦？這樣黑騎士很快就會從四面八方包圍過來呢。」

見伊莎朵拉憂鬱地垂下眼簾，埃姆里思莫名有自信地挺起胸膛，斷然說道：

「放心吧，伊莎朵拉。我們不是毫無對策就跑出來，當然有在著手準備反擊！……銀鳳騎士團會負責準備！」

「里思哥，你好歹也說是你下令請他們策畫的吧……」

伊莎朵拉不明白他的自信來自何處，心裡仍感到不安。她這麼想著，將視線轉向齊頭並行的馬車。那上面載著正採取待機姿勢，單槍匹馬就擊退飛空船的六臂鬼神。她發現自己懷抱著某種期待——既然他的部下們能夠操縱那麼可怕的兵器，想必還有什麼超乎想像的手段吧。

不久後她就會知道，銀鳳騎士團究竟在這個地方幹了什麼好事——

很快地，他們前方出現了與森林不同的色彩，是緊鄰汎克謝爾大道興起的驛站城市『米謝利耶』。之前不停全速奔馳的澤多林布爾眼見城市就在面前，也終於開始放慢速度。米謝利耶由粗糙的城牆所環繞，城牆上高掛的旗幟飄揚。那並非甲羅武德王國的旗，而是描繪銀色鳳凰紋章的旗子。澤多林布爾像是回應似地揮舞旗子後，城門也馬上開啟迎接他們。

「啊嗚嗚，真的好累……小澤也很努力了呢！」

「在跑的雖然是它們沒錯，駕駛的我們也很累啊。」

澤多林布爾通過城門，發出疲憊的進氣聲。在城內注意到這點的人們探頭看向這邊的期間，澤多林布爾抵達了停機場。騎操士奇德和亞蒂看起來都是一副筋疲力竭的樣子，分開貨車後，機體就那樣拖著搖搖晃晃的腳步進入工房。這兩架在長途旅行中被操得不成樣子的機體，勢必需要好好整修一番。過來接手的騎操鍛造師們開口慰勞著雙胞胎，同時動手將貨車上載著的幻晶甲冑也搬下來。

「里思，這個城市沒問題嗎？雖然我們這麼順利就進來了，表示不在甲羅武德的統治之下……」

「放心吧，伯母。妳看到旗子了吧？銀鳳旗是我們的標誌。」

貨車上待機室的門打開了，馬蒂娜從裡面探出臉，周遭一下子湧上來的喧囂聲讓她瞇起眼睛。鍛造師們操縱幻晶甲冑來回奔走，忙碌地進行卸貨，停機場旁的工房裡看得到正在組裝的幻晶騎士，這裡充滿了馮塔尼耶早已失去的活力。

在擺脫幽禁生活、見到睽違已久的熱鬧景象而深受感動的她們身後，伊迦爾卡奏出結晶肌肉特有的的音色站了起來。

「我去把伊迦爾卡交給工房的人，請少爺先帶大家到宅邸。」

埃姆里思舉起手表示瞭解，然後領著馬蒂娜等人準備走向市鎮中央。沒走幾步路，一輛馬車便分開眾人來到他們面前。停下來的馬車上一個男人飛也似地衝出來，他名叫莫德斯托・雷頓馬奇男爵，在東方領一隅擁有一小塊領地，是小貴族之一。

「喔喔！馬蒂娜殿下，您平安無事啊。雖然埃姆里思大人有提過……啊啊!!」

他一發現猶豫地躲到馬蒂娜背後的人物，也不管身處路邊，立刻屈膝深深行了一禮。

「埃莉諾王女殿下，難為您歷經此番苦難。見到您平安無事真是太好了。」

埃莉諾・米蘭妲・克沙佩加，是戰死的國王奧古斯狄所留下的遺孤，也是克沙佩加王族血統的唯一繼承人。聽見雷頓馬奇男爵激動的感嘆聲，周圍的人們也恍然大悟地跪地行禮。

養在深閨的埃莉諾不習慣面對這樣直接的行動表示。馬蒂娜代替困惑的她向周圍宣告：

「雷頓馬奇大人，還有各位都請起身。諸位的心意令我愧不敢當，但自從被救出來後，經過長途強行軍才來到這裡，王女殿下也累了。希望能帶我們先安頓下來。」

「是，這可真是失禮了。臣來為您帶路，這邊請。」

站起來的雷頓馬奇男爵請她們坐上馬車，吩咐馬伕駛向城市中央。

「馬蒂娜殿下也是一路趕過來的吧，您不累嗎？」

「……是有一點，但一想到國家現況，可能也沒有休息的餘裕了。我是想馬上討論今後的方針……」

在她拖著疲憊的身軀有所行動前，埃姆里思突然插嘴道：

「雷頓馬奇大人，不然就繼續我們上次的『買賣』吧！反正大家都齊聚在這裡了吧？」

「是啊，他們都等不及了。關於你們送來的『那個設計圖』，我們這邊也有些問題想問。」

片刻後，他們抵達了市中心一棟別具規模的建築物門口。雷頓馬奇先吩咐僕役們帶王女和伊莎朵拉到房間打理，自己則帶著埃姆里思和馬蒂娜前往進行作戰會議的場所。已經有一大群人在裡面等著了。

男爵一進入會議室便大聲宣布：

「各位聽著，有好消息。在這裡的『銀鳳商會』救出了馬蒂娜殿下與伊莎朵拉殿下，甚至連埃莉諾王女殿下也救出來了！」

歡聲震撼整間會議室。前陣子甲羅武德放出的『第二王子克里斯托瓦爾將與王女埃莉諾成婚』的消息，帶給倖存的貴族們相當大的打擊。對無力反抗的他們來說，這樁婚事的成立，比王族血統斷絕更為鮮明、殘酷地宣告克沙佩加的敗北。

如今得知王女從甲羅武德的魔爪中被救回來了，能教他們不感到驚訝與喜悅嗎？在歡聲雷動的會議室中，馬蒂娜看著一張張臉孔，露出訝異的表情問：

「諸位怎麼都聚集在這個地方……」

這間會議室裡的人都是舊克沙佩加王國東方領的貴族。馬蒂娜身為費南多大公妃，在東方領地的人脈很廣，現場的貴族多半與她有交情。此外，他們還有另一項共通點，就是貴族位階比較低。

「關於這點，就由臣簡單為您做個說明。」

負責帶路的雷頓馬奇男爵開始說明事情的來龍去脈——抓住克沙佩加王族的甲羅武德王國，很快就將侵略的魔掌伸向國內各地，他們的下個目標是國內留下的大貴族。原本在王都陷落之際就有許多人跟著國王戰死，而倖存者在混亂的國內更是孤立無援，一個接一個被黑騎士打敗。雖然有部分向敵國表示恭順試圖求得一命，不過那些人的軍備和財產幾乎都被沒收，也失去了身為貴族的力量。甲羅武德王國就是如此強勢且徹底地執行他們的侵略。

在大貴族幾乎都被清除掉的情況下，低階貴族反而多半被放著不管。排除掉所有貴族不但要花很多工夫，統治機構徹底崩潰對甲羅武德王國來說也不利。結果變成對弱小貴族進行定期巡視，僅僅維持表面掌控的情況。

「……就在那樣被壓制的局面中，有一群人對我們提出了很有意思的『買賣』。」

雷頓馬奇男爵別有深意的視線前方，埃姆里思正得意地拍著胸膛。在馬蒂娜臉上疑惑的表情轉為受不了時，埃姆里思像個惡作劇的孩子露出一個大大的笑容，隨即端正表情與姿勢，開玩笑地裝出恭敬無比的舉止說道：

「承蒙介紹，我們名叫『銀鳳商會』，只是碰巧路過的貿易商。遠從山另一頭的東方來到此地，見克沙佩加王國似乎遇上什麼麻煩，明知這是多管閒事，還是看不下去而伸出援手。」

聽見他這番語調無比平板僵硬的台詞，就連一向有話直說的馬蒂娜，也難得停頓了好一會兒答不上話來。

「你說商會……？不，再怎麼說都太假了吧？你們怎麼看都是里奧哥派來的援手吧。」

「噢！但是老爸說不管多假，這種事就是先講先贏的樣子！」

「那真是……里奧哥的用心真是令人感激涕零……」

馬蒂娜只能嘆息以對。帶著如此超乎尋常的幻晶騎士部隊，她的外甥依然強調不是因為『邦交』關係前來。她是可以理解故意這麼做的苦心，但是準備了如此做作的說法，還是讓人覺得無言。

「臣等能夠像這樣聚集在一起，也都多虧他們商會的幫忙。」

來到東方領地的銀鳳商會，不斷持續著對甲羅武德軍名為『進貨』的攻擊行動。而多次損失戰力，最後再也忍無可忍的甲羅武德軍則實施了集中戰力的對策。結果在東方領地的巡視頻率明顯下降，同時也疏忽了對弱小貴族的監視。

「接著，商會……埃姆里思大人為了拯救王女殿下前往馮塔尼耶，並且在後方發出要我們集結的通知。如今既已完成使命，臣等將略盡棉薄之力，但望早日復興國土。」

在場的貴族們也點頭附和。即使看出他們臉上表明的決心，馬蒂娜仍緩緩搖頭回答：

「我很感激你們的心意，但就算說要復國，又打算怎麼做呢？說來令人不甘……我方的幻晶騎士『雷斯瓦恩特』性能遠遠劣於他們的黑騎士，就算能好好打一場也沒有勝算。我方連一次也沒贏過，總不能全靠里思他們吧？」

依多次交手之後的經驗看來，狄蘭托與雷斯瓦恩特的戰力比是三比一，這已經是兩軍的共識了。也就是說，為了能確實擊敗一架狄蘭托，得要三架雷斯瓦恩特一齊進攻才行。

不過實際上沒那麼單純，甲羅武德軍的橫列壁陣型戰術更擴大了戰力差距。面對敵國難以靠數量取勝的密集陣型，使得克沙佩加軍連戰連敗。而給予他們最後一擊的則是飛空船的存在。那種在空中來去自如、前所未見的兵器，徹底顛覆了一切既有的戰術和戰略規則。

「哼哼，要戰鬥的的確不只我們……不提這個。伯母還有在場的各位，我們畢竟是商人，所以希望你們能買些商品。」

埃姆里思興高采烈地走到眾人前方，打了個響指，一名嬌小的少年彷彿迫不及待似地出現在會議室中。他搖曳著銀紫色頭髮，可愛的臉龐上浮現明亮笑容。銀鳳騎士團團長艾爾涅斯帝以淡然的語調開口說道：

「恕我冒昧，接下來就由我來替各位介紹銀鳳商會的新商品。首先確認一下，目前最大的問題有兩個——與敵方騎士的性能差距和對付飛空船的手段，這兩者都不是雷斯瓦恩特應付得了的。」

不知何時來到艾爾背後的艾德加和迪特里希，沉默卻手腳俐落地組裝好黑板，動作莫名熟練。艾爾接著迅速在黑板上貼出幾張紙，然後輕柔一笑：

「因此我們銀鳳商會為各位準備了解決方案，請看看事先發給各位的『設計書』。像這樣……」

艾爾的藍色眼眸綻放著令人毛骨悚然的光芒，看起來非常高興的樣子，他開始進行可說是工程師老本行的簡報。

◆

「聽你剛才的說明，只要使用『這個』，我們也能參與戰鬥。不過，問題還不只如此。」

艾爾結束了說明後，會議室裡的克沙佩加貴族們仍是一臉嚴肅地沉吟。考慮到至今為止無力反抗的戰況，銀鳳商會的提議確實很有可能成功，但弱小貴族特有的警戒心讓他們沒辦法輕易點頭答應。

「最大的問題還是時間吧。『這個』的設計非常出色，不過還是需要花上一段時間製造，我實在不認為讓王女殿下逃掉的甲羅武德還會給我們多少時間準備。假如配置趕不上的話，就只有被擊潰一途了。」

「請放心。我們已經預料到這一點，安排手段拖住敵人腳步了。那樣應該多少能爭取一點時間。」

面對全場接連提出的疑問，艾爾也都毫不猶豫地給出答案。這時，馬蒂娜開口了：

「還有一點。敵軍從其他領地調過來的戰力，或許我們可以設法擋下來，可是原本就駐守在東方領地的戰力也不能小覷。萬一他們來巡視的時候發現我們在做這種東西，也找不到藉口開脫了吧？」

馬蒂娜的疑問再實際不過了。對此，艾爾綻開一個特別燦爛的笑容回答她：

「請您放心。以前『進貨』的時候就已經把東方的敵人清除得差不多了，而且以後還會繼續進貨。」

「這、這樣啊……」

在場的諸侯們很清楚銀鳳商會現身以來的種種壯舉，其所作所為甚至讓他們被甲羅武德軍稱作死神，因此艾爾這番話絕不是逞強。

「怎麼樣？伯母，我們銀鳳商會販賣的商品是『安全』和『戰力』，契約先暫時簽到搶回這個國家為止吧！」

「……呵、呵呵。真受不了這笨蛋。有何不可呢，交易成立！」

見埃姆里思天不怕地不怕地帶著爽朗笑容如此宣稱，馬蒂娜終於恢復平時的從容與笑容。兩人的笑臉很相似，令人實際感受到他們之間牽繫的血緣關係。

就在埃姆里思和馬蒂娜決定簽下穩固的『契約』時，他們身後有一名意外的人物喊暫停：

「請等一下，少爺。您和馬蒂娜夫人確實是有血緣關係沒錯，不過事關國家存亡。既然我們自稱為『商人』，就不能只憑善意提供協助。必須請他們準備相應的報酬才行。」

開口的人是艾爾。埃姆里思因為他脫離談話走向的發言而慌忙說道：

「喂，銀色團長，你怎麼突然提這個！商會只是藉口，我們沒有……」

「不，你先別插嘴，里思。他沒說錯，我就接受吧。認為我們只是在依賴你們的好意，也讓人不痛快啊。」

馬蒂娜態度堅毅地面對艾爾。為了已故的國王和丈夫，她也必須保護埃莉諾並復興國家，而銀鳳商會已經可以說是他們不可或缺的力量了。她很清楚埃姆里思的脾氣，但更瞭解組織不會只憑人情關係就行動的道理，勞動應該得到相符的報酬。

她目不轉睛地觀察眼前的嬌小少年，他率領強大又奇妙、名為銀鳳商會（騎士團）的集團；外表看上去是個年幼的孩子，卻有辦法駕著異形的幻晶騎士潛入城裡大鬧，她一點都不敢小看這個少年。艾爾對上她強烈的眼神，緩緩開口：

「我們想索取的代價是『幻晶騎士』。今後靠我們的戰力破壞的『敵軍幻晶騎士』所有權都歸我們。」

「…………啊？就那樣？」

「是的，這就是所有條件。」

馬蒂娜快速地在心中打起算盤。現階段確實得依賴他們的戰力，不過我軍的戰力早晚會變成核心。在那之前把他們打倒的敵人當作行動的報酬，而那畢竟是敵方戰力，對她來說也不痛不癢。歸根究柢，光是去思考協助復興國家所應支付的合理報酬，就是一件很蠢的事了。比起更有常識的要求，他的條件可說非常微不足道。

「好吧，『只有那樣的話』完全沒問題，我們也沒有異議。」

儘管覺得有點可疑，她還是點頭答應下來。鬆了口氣的馬蒂娜沒有發現，剛才還在大聲抗議的埃姆里思說到一半就閉上嘴了。

「好！這樣交易就成立了。就這麼說定囉……那就把敵人一個不剩、徹徹底底地砍殺破壞，全部變成我的東西！」

艾爾也點點頭，陶醉的笑容中蘊含猛烈的毒辣殺意。這時，與艾爾一同行動並漸漸瞭解他個性的埃姆里思，在戰慄的同時，理解了一件事——

（不是說『銀鳳商會的東西』，他一口咬定說是『我的東西』……不會錯，艾爾涅斯帝這傢伙當真打算把敵機一架不剩、全據為己有!!）

他忍不住想出聲制止，想一想又打消了念頭。反正只要打倒敵人那就沒差，艾爾和他的伯母也都同意這一點，那不就好了嗎——

就這樣，舊克沙佩加王國殘黨軍與銀鳳商會之間締結了契約，這場戰爭的走向自此也更加難以預料。

◆

「輸家就該像個輸家，乖乖服從命令就好了。竟敢讓我們多費工夫。」

黑色隊伍沿著汎克謝爾大道前進，每一步都撼動了腳下的石板路面。威勢逼人的黑色集團彷彿與周遭的自然景色成反比，他們的真實身分正是從克沙佩加領地北部派來的黑顎騎士團，裡面包含四十架狄蘭托和徵調來的二十架雷斯瓦恩特，共組成一個大隊的規模。

「大隊長，您還是別開口比較好，小心幻晶騎士的擴音器會收到不必要的訊息啊。」

一名位任大隊副官的男子跟上大隊長駕駛的狄蘭托，低聲勸告他。前幾天，他們收到一份指令，指令本文最後還附有卡特莉娜王女和克里斯托瓦爾王子的連署，表示這份文件的重要性不下於詔令，是現階段最高級的重要命令。上面指示他們追捕逃跑的克沙佩加王族並殲滅反抗勢力，其中王族逃走的消息屬於最高機密事項，因此只有大隊長和這個副官知情。其他騎士們都只被告知是要來平定東部動亂而已。這也難怪，畢竟王族逃走——不如說是被搶走——的事實，將嚴重降低甲羅武德軍士氣，反之也會讓克沙佩加的殘黨振奮起來，招來不必要的麻煩。

「我知道，別那麼囉嗦……真是，讓小姑娘逃走的是誰啊？還特地派我們光榮的黑顎騎士團來善後……」

大隊長厭煩地趕開副官，關掉擴音器。黑顎騎士團在甲羅武德軍中也算特別優秀的精英集團，比其他騎士團更常被賦予重要任務，結果卻必須替人善後，當然不會覺得高興了。

不久，大隊抵達了大道旁的一座城寨。這座同時也被當作關口的城寨，在戰爭初期的階段就為了避開飛空船的威脅而被放棄。大隊保持著警戒，進入無人的城寨。

「完全被拋棄了啊，物資果然被搬得一點都不剩。算了，等到後面的輜重部隊會合之後，就開始黑騎士的整備作業。放出哨兵！我們暫時在這裡停留。」

大隊長下達指令後，士兵們便一齊展開行動。由於不是戰鬥失利而導致的撤退，城寨完全沒有受損，可以馬上使用。他們也開始因為一路南下的長途征戰感到疲勞，所以決定利用這裡的設施進行整備，好好休息一番。

繼本隊之後，運送物資的輜重部隊也緩緩入城。物資充裕，城寨裡的設備也很齊全，游刃有餘的他們一絲不安也沒有。在這樣的狀態下，逐漸失去戒心也可以說是很正常的吧。他們沒有任何疑問，只專注於養精蓄銳。

——事件就發生在他們進駐這座城寨的第二天半夜。

包圍城寨的城牆上有哨兵來回巡邏。即使被賦予任務，哨兵也是漫不經心，一眼就能看出是在敷衍了事。油燈的光芒在城牆上晃蕩，無精打采地前進。忽然間，光芒消失了。一個、兩個，原本分散在城牆各處的光芒逐一被黑暗吞沒。

取而代之的，是出現在城牆上的黑影。它們的腳下胡亂倒著哨兵的屍體，掉在地上的油燈映照出黑影的真實身分，是身高二・五公尺的全身鎧甲——幻晶甲冑『夏多拉特』。

夏多拉特從城牆上觀望內部。由於這城寨本來是歸克沙佩加軍所有，所以他們已事先調查好內部構造了。它們謹慎地四下張望，在弄清楚甲羅武德軍現在的情況後，便迅速交換了簡單的手勢開始行動。

半夜裡，一陣驚天動地的爆炸聲驚醒了甲羅武德軍。

「這、這騷動是怎麼回事!?」

在接收來的房間裡睡覺的大隊長提著劍衝了出來，對附近的人大聲問道。一個部下連忙跑到他面前回答：

「報告長官！是、是敵襲！敵人在城寨裡放火了！」

「你說什麼!?哨兵在幹什麼!?……不，這些之後再說。快派人去滅火！其他人去迎擊敵人，別讓他們活著逃出這裡!!」

大隊長看著眼前支支吾吾的部下，內心湧生極其不妙的預感，催促著部下趕快行動。

「這、可是……敵人穿著像是小型幻晶騎士的奇妙裝備，人類士兵根本不是他們的對手！而且他們一瞬間就越過城牆，早已逃到外頭去了。」

「怎麼可能，那是什麼!?……可惡！傳令騎操士，駕駛幻晶騎士前去追擊！不能就這樣放過他們！」

接到命令的騎操士立刻展開行動。幾架狄蘭托和雷斯瓦恩特站了起來，為了追擊襲擊者出動了。襲擊者逃往大道旁的森林，在茂密的森林裡行動，對體型龐大的幻晶騎士來說相當不利，而這點就對幻晶甲冑有利了。不過在白天也顯得昏暗的森林裡，到了晚上根本伸手不見五指，對方逃得再怎麼快也有限度。

狄蘭托啟動背面武裝，朝森林射出法彈。激起的強烈爆炎將融入黑暗中的幻晶甲冑身影映了出來，憤怒的幻晶騎士們於是展開猛烈追逐。就算幻晶甲冑可以跑得比馬還快，巨大的幻晶騎士速度還是在它之上，只見兩者的距離漸漸縮短。這期間狄蘭托也不斷使用背面武裝放出法擊，雖然在樹木遮蔽下無法直接命中，還是不能跟丟在火焰中隱約可見的目標，幻晶騎士部隊加快了腳步。

——但卻不知在夏多拉特的鎧甲底下，搭乘者臉上正浮現不懷好意的笑容。

夏多拉特並不是毫無目的地逃竄。它們到了某個地點後壓低身子，從纏繞在樹林間的『機關』下方穿過去。狄蘭托氣勢洶洶地追趕而來，只顧著注意幻晶甲冑的前進方向，沒注意到腳邊的陷阱。緊接著，它絆到某個東西，狠狠跌了一跤。還來不及保護正面，就臉部朝下狠狠摔了個狗吃屎，壓扁了鎧甲、順著慣性往前滑行了一段距離。

後方的幻晶騎士連忙緊急剎車，但仍為時已晚，好幾架機體來不及反應，被陷阱絆住，悽慘地跌成了一堆。

「怎麼了，腳邊好像有什麼……這是、他們綁了鋼索!?」

「可惡的賊人！居然在森林裡設下陷阱！」

原本就因為夜色視野不佳，又身處不利幻晶騎士移動的森林中，要發現這樣不起眼的陷阱幾乎不可能。期間，幻晶甲冑仍漸漸從他們的視野裡消失，但是就算繼續追上去，也一定還有陷阱等著吧。他們根本沒辦法在還要分神注意陷阱的情況下追上目標，憤怒的叫罵聲響徹了整座夜晚的森林。

「以、以上就是被賊人逃掉的詳細經過……」

返回城寨的幻晶騎士部隊指揮官冒著冷汗向大隊長報告。聽到這些的大隊長氣歪了臉，破口大罵道：

「可恨的賊人！還真是準備周到啊……到底是哪方人馬!?算了，滅火的進度如何？」

「是，那邊也讓幻晶騎士加入滅火的行列，但是敵人似乎使用了『魔獸油』縱火，目前火勢還沒控制住。」

魔獸油是從一種生活在歐比涅以東的魔獸身上採來的特殊油脂。一旦點火就會猛烈燃燒，還有難以撲滅的特性。可說是這種破壞行動的常用道具。

「混帳東西……真是愈聽愈令人厭惡。那麼有哪裡、又有什麼東西被燒了？」

「是，根據報告，我們損失了一部分軍糧，尤其敵人專挑幻晶騎士用的預備零件下手。」

聽到這裡，大隊長的忍耐終於到了極限，差點要拿周圍的東西出氣，只是在部下面前勉強忍了下來。

軍糧被燒了是很大的問題沒錯，但失去幻晶騎士的備用零件是更加嚴重的問題。黑騎士在戰鬥時雖然強大無比，同時也有重裝備對腳部造成龐大負擔的缺點。它有能夠支撐自身重量的最低耐久力，但為了發揮百分百的性能，就必須頻繁地維修保養腳部才行，其中容易出問題的就是結晶肌肉。甲羅武德軍的主力幻晶騎士狄蘭托，採用繩索型結晶肌肉，而遭到破壞的物資中，有大量備用的繩索型結晶肌肉。

「怎麼會，這下可會嚴重妨礙行軍進度啊！……這可是殿下親口下達的命令，怎麼能說那種喪氣話！」

大隊長和副官面面相覷。遠征部隊並不會頻繁地收到補給，得靠手頭上的物資撐過一段不算短的時間才行。

「沒辦法。對了，徵調來的雷斯瓦恩特有一般的結晶肌肉備品吧，就用那個改造。還要通知鍛造師他們，可得趕緊準備『繩索型結晶肌肉』才行。」

剩下的問題就是以往的結晶肌肉不能直接用在狄蘭托上面，還是得用一般的結晶肌肉為基礎，再靠人力準備繩索型。

這樣臨時變通的處置，結果就是隨行的整備隊除了原本的工作以外，還多了製造繩索型結晶肌肉的任務，在此次行軍期間又增加沉重的負擔。

夜襲造成的損害集中於物資，人力、戰力方面的損害很小，所以甲羅武德軍只比預定稍晚一些就再度上路了。而理所當然地，敵人對於他們的破壞行為不會只有一次就了事。

第二次事件，發生在他們沿著大道前進的時候。

一陣有如利用攻城兵器放出的巨大箭雨，突然從道路旁的森林射向甲羅武德軍隊伍。幻晶騎士部隊雖然緊急進行防禦，但箭矢瞄準的卻是錙重部隊的馱馬，一旁的士兵也被捲進巨大箭矢的威力之中。襲擊者沒有理會憤怒的幻晶騎士展開的反擊，甚至沒怎麼確認戰果就馬上逃走了。

再一次，森林裡仔細周到地用鋼索布下陷阱，使幻晶騎士不得不半途放棄追擊。

由於馬匹被殺，他們的腳步慢了下來。因三番兩次的襲擊而進入更加嚴密的警戒狀態，進一步拖慢了他們的腳步。損害已經嚴重到無法忽視的地步，而甲羅武德軍也不認為敵人的襲擊會到此結束。當全軍忿忿地決定『下一次絕對要反咬一口』時，襲擊者又乾脆換了個場所，把矛頭指向其他部隊。

成為目標的是準備把物資送給侵略部隊的補給部隊。他們行進的克沙佩加領地北部，理應屬於甲羅武德王國的控制範圍，因此在警戒較為薄弱的狀況下，補給部隊遭受出其不意的火攻而損失慘重。

「嘖，沒完沒了的，可恨的傢伙！那些傢伙的目標是補給線啊。明明都用飛空船壓制他們了，看來還有些夠膽量的傢伙。」

過去他們的補給線能夠如此順暢，主要歸功於飛空船這項戰力。從上空可以很容易發現幻晶騎士的行動，實際上也有好幾次事前擊潰舊克沙佩加軍奇襲的前例，想突破甲羅武德王國的勢力範圍根本和自殺沒兩樣。反觀現在，襲擊者不使用幻晶騎士，而是利用類似小型幻晶騎士的機體。要從上空發現巧妙運用森林擋住身影的他們實在非常困難。

甲羅武德軍簡直束手無策，期間，補給部隊又遭受好幾次襲擊。他們唯一能做的對抗方式是增派更多的護衛給補給部隊，結果雖然減少了被攻擊的次數，補給速度變慢卻是在所難免。

補給的停滯帶來比他們想像中還要嚴重的影響，進攻中的黑顎騎士團因此陷入慢性物資不足的窘境。幻晶騎士本來就是一種消耗大量物資的兵器，更何況是高頭大馬的黑騎士。想靠手頭上的物資撐過去也有極限，只會加重隨行維修部隊的負擔罷了。

過去一直都是單方面壓著克沙佩加軍打而驕傲自滿的甲羅武德軍，不知何時開始，軍隊內部開始瀰漫一股神經質的緊繃氣氛，使得行軍更加遲緩，理應暢通無阻的前途隱隱看見暗雲翻湧。

在與沿路前進的黑顎騎士團有段距離的小山丘上，有群人正在觀察他們的行動。

「……敵人的警戒也愈來愈嚴密了。是時候收手了吧，已經確實達到拖住他們腳步的效果了。」

藍鷹騎士團的騎士諾拉這麼低語著。在她身後排著好幾架夏多拉特，機體上施加了從遠處難以看出的偽裝，靜候於一旁的部下們點頭回應。諾拉參加銀鳳騎士團的活動並習得幻晶甲冑的操縱，又因為其身手受到青睞，於是讓她率領負責破壞任務的部隊。

這陣子對甲羅武德軍的襲擊全是她們搞的鬼，間諜原本就擅長擾亂和隱密任務，與幻晶甲冑的組合更是如虎添翼。

「之後就是銀鳳騎士團本隊和貴族們的工作了。我們趕緊歸隊，為下次任務做準備吧。」

她冷澈的眼眸轉向東方之地。黑影們為了接下來即將正式展開的對決，迅捷如風地穿過森林而去。

◆

另一方面，黑顎騎士團大隊儘管受到幾次襲擊而損失慘重，還是好不容易抵達了下一個目的地。軍隊已不見當初的氣勢，在默默地前進的大隊面前，一堵彷彿切斷森林和道路的城牆愈來愈清楚了。那是從北部通往東部的門戶——大都市『潔德翁要塞』。

這座城市因位在與弗雷梅維拉王國的通商路線『東西大道』，以及直通南北的『汎克謝爾大道』交叉口上而廣為人知，也因此由堅固的城牆所圍繞，設計成擁有高度防衛能力的都市。

「……全隊立刻停止行進。」

物資缺乏加上重度疲勞，就算是黑顎騎士團這樣的精銳部隊，再繼續進軍下去也很危險。

可以想見在這樣的情況下，來到有可能成為據點的城市有多麼令人安心。就在他們即將抵達城門口時，大隊長下達了停止行進的命令。對詫異地上前詢問的副官，大隊長操縱的狄蘭托指向『那個東西』。

「……那裡掛著的為什麼不是『我軍的旗』？不，是說『那面旗』到底是屬於誰的？」

潔德翁要塞都市的城牆上高掛的旗幟迎風飛揚，上頭繪有銀色鳳凰展翅的圖樣。『旗』是宣告所屬勢力的標誌，也可以用來識別敵我，如今沒掛甲羅武德王國的旗幟只代表一件事。

「……愚蠢。只不過救回了一個小姑娘就敢得意忘形！」

大隊長憤而啐道，隨即命全軍準備戰鬥。既然對方的反叛之意已經很清楚了，那麼他們該做的也只有一件事。

「大概以為披著堅硬的殼就驕傲起來了，在黑騎士面前還是不堪一擊！士兵們也正鬥志高昂，可別以為我們會手下留情！」

因至今為止的破壞工作而吃盡苦頭的黑顎騎士團，找到了一吐怨氣的出口，全軍士氣高漲，主要也是由於不得其門而入的安全據點被占領而感到忿忿不平。長距離移動下來理應感到筋疲力盡的他們，氣得連疲勞都忘了，只見隊伍迅速擺出陣形，散發出懾人的氣魄逐步逼近。

「準備對城戰！前列，破城鎚預備！徹底摧毀那些愚蠢之輩!!」

在最前列組成橫列壁型陣式的，是舉著小型破城鎚的狄蘭托。擁有龐大輸出力的狄蘭托不需用一般大小的破城鎚也能破壞城牆，因此衍生出讓所有機體一起手持縮小型破城鎚，對城牆進行攻擊的戰術。

面對洶湧而來的黑色浪潮，潔德翁要塞沒有任何反應。畢竟克沙佩加的量產機根本就不是黑騎士的對手，這是從以前到現在不斷反覆上演的事實，所以克沙佩加也不在野外應戰，從一開始就擺出依靠城牆防禦的守城陣。這是在每場對克沙佩加之戰都見過的、一如既往的光景，因此黑騎士們毫無警覺地向城牆靠近。直到進入了魔導兵裝的攻擊範圍內，這時才終於看見了城牆上克沙佩加的幻晶騎士。前行的狄蘭托毫不在意，就算挨魔導兵裝幾次攻擊，對狄蘭托的重裝甲來說也不痛不癢。

因此，最早發現異狀的是在後方待機的大隊長。

「那是……什麼？不是稻草人（雷斯瓦恩特），『形狀不一樣』！」

潔德翁要塞的幻晶騎士在城牆上列陣，它們與雷斯瓦恩特有著截然不同的外觀。機體周圍圍上一圈厚重的追加裝甲，那奇妙的『圓桶狀』讓它們形成與城牆一體化的尖塔。

在大隊長訝異的視線中，那些神祕的幻晶騎士將背上突出的『四支』魔導兵裝一齊伸向前方，看來是引進了甲羅武德軍稱之為背面武裝的技術。從裝甲間隙又伸出了握著魔導兵裝的手腕，合計共持有六支魔導兵裝的幻晶騎士在城牆上一字排開。才剛理解了這件事的瞬間，大隊長的腦海裡浮現了與至今所想的截然不同的結局——

「他們不是不接近，而是不需要接近嗎!?糟了，那些黑騎士會……」

他的叫聲遲了一步，下一秒，牆上的幻晶騎士便一齊放出法彈，比起一般裝備更強大的火力、更大連發量的魔導兵裝持續射擊。猛烈的法彈暴風雨落在黑騎士頭上，築起了巨大的火焰之牆，幾乎要把地面連同黑騎士燒成灰燼。

不僅如此，城寨裡的投石器抓準這個時機也開始發動攻擊。黑騎士光是要應付猛烈法擊就進退不得了，又陸續受到從不同角度落下的巨石直擊。即使狄蘭托有一身引以為傲的重裝甲，也無法不進行防禦以求從猛烈的石彈底下撤退，號稱無敵的橫列壁型陣第一次出現了破綻。

狄蘭托當然也不是乖乖挨打，它們也啟動了背面武裝應戰。法彈雖然直接命中了站在牆上動也不動的克沙佩加幻晶騎士，但由於那層極為厚重的裝甲保護，讓它們被打中幾發也毫髮無傷。兩者之間在遠距離的法擊戰能力上有著明顯的差距。

「該死，那是什麼啊！魔導兵裝居然還繼續射擊!?」

遭受投石器與魔導兵裝兩種飛行武器的攻擊，陷入苦戰的甲羅武德軍開始感到不對勁。魔導兵裝雖然是強力的武器，但是每次使用都會消耗大量魔力。若是使用多把魔導兵裝並且持續攻擊的話，魔力儲蓄量很快就會見底，然而他們的法彈卻不曾停歇。很明顯地，敵人想必用了什麼機關。

「混帳東西，因為近身戰打不贏，從一開始就不打算接近嗎!?要小聰明……這下可不妙，損傷太嚴重了。暫時先讓全軍撤退！傳令！」

大隊長額頭冒出青筋，大吼著發出命令。雖然狄蘭托有著一身重裝甲，但是敵人的攻擊卻猛烈得勝過裝甲強度，機動性低的狄蘭托在抵達城牆邊之前可得付出龐大的犧牲。他們來到這裡的目的是進行長期侵略作戰，就算不考慮這一點，敵人三番兩次的奇襲也帶來嚴重的疲勞，在一次會戰中可以容許的傷害量並不多。

這時，甲羅武德軍從這場戰爭開打以來，才第一次在攻城戰上嚐到了敗北的滋味。

眼見黑顎騎士團後退，克沙佩加軍的士兵們在潔德翁要塞的城牆上慌忙行動著。

「甲羅武德軍撤退了！維多隊，停止射擊！」

「不知道什麼時候還會回來，步兵趁現在趕快填充投石器！」

「魔導兵裝不要收起來。維多隊保持現在的配置進行威嚇，等待魔力儲蓄量恢復！」

一字排開的幻晶騎士繼續架著魔導兵裝，魔力轉換爐發出劇烈的進氣聲。這些外形像桶子一樣的幻晶騎士叫做『雷斯瓦恩特．維多』，是依照由艾爾涅斯帝所提案，再由銀鳳商會送到各地的設計圖製造出來的機體。它們以舊克沙佩加軍的制式量產機雷斯瓦恩特為基礎，只加上背面武裝與大量的魔力儲存式裝甲等簡單改裝。

這個改裝的重點，在於覆蓋機體、稱作『華爾披風』的大型追加裝甲。不僅有堅固外裝的功能，整體更是由魔力儲存式裝甲所構成。有了這些，就能保存超過一架雷斯瓦恩特的魔力儲蓄量。雷斯瓦恩特・維多超常的龐大魔力儲存量與多門火力，是專攻遠距離的超特化型機體。但是很遺憾地，由於是緊急改裝，可以明顯看出調整不足的部分，再加上華爾披風龐大的重量，使機體幾乎無法行動，成了守城專用的機體。但就算是這樣的失敗機體，也足夠嚇阻不知道實情的甲羅武德軍。

「看啊……那些甲羅武德的傢伙離開大道了！我們成功保護了這個城市，我們贏了！」

見黑顎騎士團就那樣撤退離開城牆周圍，士兵們之間先是一陣躁動，然後轉變為譁然，最後爆發出歡呼聲。

在鼓譟的士兵中，幾個指揮官級的人較為冷靜地看待狀況。

「好不容易得來的勝利啊。不過，只是趕跑了一次而已，他們的損傷也沒有多嚴重，早晚會再攻過來吧。若是他們能因此提高警戒，暫時安分點就謝天謝地了。」

缺乏機動力的雷斯瓦恩特・維多非常適合據點防守，反之則完全不適合在前線進攻。雖然甲羅武德軍的威脅還未遠去，但他們還是暫時沉浸於眼前的勝利之中。

◆

潔德翁要塞的捷報乘著快馬傳達到各地。這個消息對從救回埃莉諾以來，節節高升的反抗作戰局勢來說，無疑打了劑強心針。

過去只有銀鳳騎士團才有辦法正面對抗甲羅武德軍，但是全靠他們出馬還算不上真正的勝利。雷斯瓦恩特‧維多這項武器的加入，使得舊克沙佩加貴族們也相繼趕赴戰場。這些小貴族們的叛亂行動撼動了甲羅武德軍的東方護府，讓東方再度變成『戰場』。

此外，雷斯瓦恩特‧維多張起的防衛線，徹底拖住了黑顎騎士團從南北往東方領進軍的腳步，而且因為先前持續受到幻晶甲冑的奇襲，甲羅武德軍的損害比預料中高出許多。他們的計畫被打亂了，被迫不斷改寫侵略的時間表。

甲羅武德軍原本預定短期間內擺平東方的動亂，卻因為計畫遭受挫折不得不整頓戰力；至於只有雷斯瓦恩特‧維多這項新武器的舊克沙佩加殘黨軍，也處於無法立即行動的狀況。如此一來，戰場形成某種危險的均衡，在大西域戰爭中迎來短暫的平靜。

西方曆一二八一年，時序即將進入秋季，也是從甲羅武德王國宣戰後約半年，這場戰爭正準備揭開新的一幕。

# 第三十四話　王女的煩惱

舊克沙佩加王國東方領地中最東方之處，還有個名叫米謝利耶的城市存在。

從市內各地蓋起來的工房，可以窺見過去以驛站而聞名的這個城市最近發生了很大的變化。

日夜不休持續工作的工房裡，籠罩著一股不同於單純鍛造作業的熱氣，熱氣的源頭來自工房裡某架到處活動的『機械』。這種純粹用來作業的機械總高度約二・五公尺，粗糙的外觀一點也不像是人類穿戴的鎧甲，它以駕駛者的魔力作為動力，用繩索型結晶肌肉驅動全身——這機械正是幻晶甲冑『摩托力特』。在場的鍛造師們多半使用摩托力特進行作業。

「喂！那邊的！有個魔力用光的傢伙，讓他去休息一下！再忙也不要太勉強，倒下了更麻煩啊！……剛開始慢慢來就好，到時候再討厭也會習慣！」

一道宏亮的吼聲貫穿充滿工房裡的噪音，接著從四面八方又傳來大聲的回應。如果不去管那些還用不慣幻晶甲冑的克沙佩加鍛造師，他們很快就會到達極限。剛才發出吼聲的人就是在巡視的過程中，發現了過度勉強自己的鍛造師才出聲勸誡。更令人驚訝的是，他還能在巡視的空檔進行手邊的鍛造工作。雖說他也像其他人一樣使用幻晶甲冑作業，但是仔細一看就會發現，他駕馭的機體明顯異於他人。

首先是同時擁有精密作業用的靈巧雙手，以及做粗活用的強健雙手，合計共四隻手臂。再來是稱作『鐵欄杆』、用來保護駕駛者的外裝上，增設了裝著各種工具的架子，腳邊則裝上放了螺絲及鐵片等材料的箱子。也許是為了支撐機體重量，可以看出腳部的設計結實粗壯，以保證安定性。操縱這架矮胖結實四臂機體的某人，以令人無法置信的速度進行著作業，實在是非常奇妙的光景。

這就是他——銀鳳騎士團騎操鍛造師隊長的老大，即達維・霍普肯專用的幻晶甲冑，通稱『重機動工房』的英姿。

弗雷梅維拉王國裡，也就屬銀鳳騎士團的鍛造師在鍛造作業上使用幻晶甲冑的比率最高。起初他們也是直接使用摩托力特，但是不久之後為了追求更高的效率，紛紛開始對各自的幻晶甲冑進行改造。其中又以老大誇口說「塞進了大半工房裡會用到的物品」的『重機動工房』最為搶眼。機械吊臂能輕易舉起靠人力無法處理的大型零件，並將其牢牢固定，使作業容易進行；和『夏多拉特』機體上一樣的靈活五指，則如實重現了矮人族纖細的技術。強大的動力則是為金屬材料加工的好幫手。

另外還搭載了焊接用的魔導式焊槍。除了需要大規模高爐的作業外，從金屬塑形到組合，幾乎都可以用這一架機體搞定。還真是做出了相當離譜的東西。

「老大——！可以借一步說話嗎——？」

老大正充分活用那四隻手臂，持續進行作業時，一道聲音穿過嘈雜的工房叫住了他。

「噢，這不是銀色少年嗎？等一下，我把這裡處理完就收工!!」

老大對身邊的人下了些指示，自己的工作也告一段落後，便踏著沉重的步伐走出工房。叫他出來的人——艾爾則在等待的期間，興致盎然地觀察工房裡鍛造師們的樣子。

「嗯嗯，看來摩托力特的引進很順利呢。」

「哼，他們剛開始都說沒看過這種東西，還一副不情不願的樣子，看我用重機動工房稍微露了一手就變聽話了。總之，現在就讓他們緊急製造幻晶甲冑，早點習慣。作業用的機型做起來很簡單，應該很快能湊齊數量吧。」

畢竟我有好好嚇唬過他們了啊——老大這麼說，艾爾聽了之後滿意地點點頭。幻晶甲冑的量產速度比幻晶騎士快上許多，不用多久就可以湊足數量了吧。他們打算藉由引進、量產幻晶甲冑，扭轉舊克沙佩加殘黨軍的劣勢。

「進度看來是沒什麼問題，我們這邊也先一步進入下一個階段的作業吧。首先是……」

「噢，我就想你差不多該提起那個了。我去要了雷斯瓦恩特的詳細設計圖。」

見老大拿出一疊紙啪噠啪噠地揮舞，艾爾帶著苦笑說：

「真不愧是老大，手腳就是快得沒話講。」

「謝謝誇獎喔。哎，跟你的交情也不算短了嘛。而且啊，就算我對戰鬥一竅不通，也知道雷斯瓦恩特不做些修改的話根本沒辦法好好打一場，再怎麼說都只比我們的加達托亞強一點而已。」

收下老大遞過來的圖紙，艾爾點頭表示肯定：

「沒錯，最終還是需要設計性能足夠的新型機。反正也沒什麼時間了，我想直接沿用『卡迪托雷』的設計。」

「……那個好歹算是我國的『特產』吧？就算是友好邦交國，也不能這麼隨便洩漏機密啊？」

「其實我得到國王陛下（老爺）的許可，說可以全依照我的判斷放手去做。」

「國王陛下（老爺）也搞錯能許可的對象了啊……」

靈巧地操縱重機動工房摸著自己鬍鬚的老大，深深嘆了口氣。

「也不是說直接拿來用，只是以卡迪托雷的構造當成基礎，讓雷斯瓦恩特來個大變身而已。可是從現況來看，時間的限制影響很大，還不曉得能不能那樣慢慢準備。」

「唉，這又是個難題。不趁現在把這裡的鍛造師好好操一頓，大概又要過沒日沒夜工作的日子了。」

老大看起來一點也不覺得困擾，反而露出好戰的笑容用拳頭敲了敲手心。再怎麼說他也是喜歡敲敲打打、無可救藥的怪人之一。

「還有一個，『我們要用』的武器也想請你們製造。」

「你也客氣一點，這可是久違的困難訂單。所以，你口中的那東西是什麼？」

「和幻晶騎士的戰鬥準備差不多這樣就好了，但是還有其他問題。再怎麼說我們都得對付那些飛空船，所以我想先準備至少一種『地對空裝備』。」

艾爾所說的話讓老大感到意外。因為他聽說在拯救克沙佩加王族的途中，艾爾和伊迦爾卡曾經差點擊破飛空船。

「你和伊迦爾卡還需要那種東西嗎？」

「不，這是為了我和伊迦爾卡以外的人所準備的。老實說，迪學長之前好像因為放走了船感到很後悔。只要可以稍微刺中船的程度就好，讓對方知道『在空中並不是絕對安全』也算一種牽制的手段。」

聽完艾爾的說明，老大表示理解而答應下來。但他再厲害也完全想不出，有什麼武器能夠對付飛在天上的船。不過，如果是到目前為止做出這麼多奇怪裝備的艾爾，要發明那種東西或許還算簡單。總之，讓這些想法實現就是他的工作了，他也從沒想要否定這一點。

「……接下來，需要的就只有時間了。到底是我們先完成新型機和地對空裝備，還是對方準備好先攻過來？來吧，大家一起全力奔跑。是會被追上還是成功甩開他們，接下來就是真正的戰爭(祭典)了。這不是很令人期待嗎？」

找到明確的目標，艾爾可愛的面容上露出心滿意足的笑容，但在老大眼中，卻彷彿惡魔露出了地獄般的笑容。

◆

米謝利耶的工房區規模逐漸擴大，在四周圍繞的市中心，有座逃到這個地方的克沙佩加王族所居住的宅邸。它過去屬於某個商人所有，後來由於戰火波及而被拋下，再被貴族們徵收利用。以前住在這裡的商人生意大概做得不小，宅邸規模就鄉下地方而言算是相當豪華了。除了王族以外，同樣以這個城市為據點的銀鳳商會也住在這裡。

馬蒂娜望著窗外熱鬧的米謝利耶街景，嘆了口氣低聲說：

「看到他們那麼有活力的樣子，幾乎快忘記克沙佩加已經亡國的事實了呢。」

熙來攘往的街上，人們充滿活力，沒有一絲亡國的悲壯感。這些動力源自於試著奪回這個國家的居民和士兵們的共同意志。

「為了回應他們的努力，我們還有一件非解決不可的重大問題，也就是決定有關這次反抗作戰的先鋒，早晚會帶領克沙佩加王國重生的路標……『國王』。」

她的話讓同桌啜著茶的埃姆里思抬起頭來問道：

「要成為國王的果然是埃莉諾嗎？從血統來說是正確的沒錯，但是原諒我有話直說，我實在不認為她擔得起國家重任。不對，在那之前，她根本沒辦法帶兵打仗吧。」

「……這我也知道，但就是因為在這種狀況下，才有不得不遵循正統的道理呀，里思。」

埃莉諾是先王奧古斯狄的獨生女，而且也已經滿十六歲成年了。根據這個時代的慣例，她被認定為王位第一繼承人。就正當性而言，國王確實非她莫屬——這一點讓馬蒂娜傷透了腦筋。

「話是那樣說沒錯。那最重要的艾莉怎麼了？傷都好了嗎？」

「不太好。不，身體是好得差不多了，可是一直關在房裡不出來。」

聽埃姆里思這麼問，坐在旁邊的伊莎朵拉緩緩搖頭。原本就沒什麼體力的埃莉諾在拉斯佩德城的幽禁生活中心力交瘁，逃到這裡來之後便一直臥床不起。雖然隨著時間過去慢慢好轉，但她還是不願意從房間裡出來。

「嘖！伯母，這件事我可不會認同。就算遵循正統，要一個柔弱的小姑娘站到前線打仗，可不是腦袋正常的人做得出來的事！」

「不管怎麼說，這就是所謂的王族，是繼承這血統之人的義務。有時候必須壓抑自身的感情，為了國家和人民站出來才行。也要讓埃莉諾……明白這一點才行。」

準備再度開口的埃姆里思被馬蒂娜用手勢制止了。她也明白埃莉諾的苦衷——身陷戰事、失去父親，再加上身為王女的立場等重擔壓垮了她，把她困在房間裡。見馬蒂娜的臉上充滿苦惱，埃姆里思把接下來的話吞了回去。她對還是一臉無法接受的埃姆里思表明了決心：

「里思，女王這個地位對那孩子負擔太大，我也明白，但是在混亂中領導人民……必須立於眾人之前，戰勝之際才能被人民認可為正當的王位繼承人。想讓那孩子成為『女王』，只能這麼做了啊……！」

馬蒂娜垂下眼簾。這是死去的國王託付給她的唯一義務，又或者該說是離別之禮吧。這其中不難窺見『國』與『王』之間，還有血緣中複雜的勢力關係，而且這不僅是她的意思。自從逃到這裡以來，貴族們同樣將王女的存在視為旗幟。無論她願不願意，身邊的人都不會坐視不管。

「伯母……就算這樣，對艾莉還是有點、不，是很大的負擔。真的會那麼順利嗎？」

「當然不會讓她一個人承擔這一切。我是打算實務上由我們來輔佐，助她一臂之力。」

房裡充滿令人喘不過氣來的沉默。最後，埃姆里思搔搔頭嘆了口氣。他雖然是別國的人，但再怎麼說也是王族的一員，這些話他也不是不明白。即使現狀遠遠不是他能接受的，但也只能答應。

「伯母是認真的啊……好吧，說了一堆真是抱歉，但是妳要怎麼做？別說要站在前方帶領大家，她不是連房間都不肯出來嗎？」

「也對。我們也用盡各種方法說服她了，但說實在情況不怎麼樂觀。可以的話……我還想再一次請求銀鳳商會的協助，希望你們幫那孩子打打氣。」

終於，埃姆里思臉上恢復了往常大膽無畏的表情——

「就交給我們吧！」

這裡是銀鳳騎士團使用的工房，埃姆里思環視聚集而來的夥伴們，用周圍都聽得到的音量大聲說道：

「……因為如此，所以想借助各位的力量！幫艾莉找回勇氣。跟她說有我們在，根本不用擔心之類的話吧！」

接受馬蒂娜的委託後，他馬上找來銀鳳商會的成員說明經過並請求協助。要接下說服王女這種大任務雖然令他們感到困惑，但這點驚奇對銀鳳商會而言已經是家常便飯了。眾人立刻振作精神，展開熱烈討論：

「那就仔仔細細跟她說明我們第二中隊的輝煌戰果……」

「不，應該由我們鍛造師向公主介紹新型機的美妙性能……」

「可是對方是公主殿下吧？說這些她聽得懂嗎？」

在大家你一言我一語的談論中雖然想到了好幾個點子，但是卻沒有令人眼睛為之一亮的具體方案。見談話告一段落，原本一直安靜傾聽的艾爾說話了：

「這個嘛，首先就向殿下說明我們銀鳳騎士團的戰果吧。不過，這些事她應該已經聽說了。如果這樣殿下還是不肯從房裡出來，我們最好準備一些其他的話題。」

說著，艾爾迅速整理自己的想法：

「……對，應該稍微蒐集一點情報。少爺以前曾在這個國家留學過吧？那麼，您沒聽說過王女殿下對什麼樣的話題感興趣嗎？」

被他一問，埃姆里思皺著眉頭盤起雙臂，說：

「感興趣的話題啊……這可考倒我了。老實說我幾乎都待在伯母那邊，沒跟艾莉說過多少話。唔唔……喔，對了！如果伊莎朵拉心情不好的話，只要陪她練劍，她的心情馬上就會好起來。很好，就用金獅子載艾莉去兜兜風，心情一下子就會開朗起來吧！」

「駁回。嗯，不應該問少爺的。我們改變一下思考方向吧。和她年齡相近的女性意見也很重要，亞蒂，有沒有什麼想法？」

「讓公主殿下打起精神就好了是嗎？交給我吧！嗚呵呵，公主殿下非常漂亮可愛呢，而且像艾爾一樣小小隻的。我早就想和她說說話，最好也抱抱她……」

「不行，駁回。總覺得這個點子非常糟糕。」

就連艾爾也不禁想吐槽——那是妳讓自己打起精神的方法吧！但他最後還是打消念頭。接著換坐在不滿的亞蒂旁邊的奇德反問他：

「那艾爾你有什麼好點子嗎？」

「……如果是幻晶騎士或幻晶甲胄，只要聽聲音就能知道大致的問題點和解決方法了。」

「這些人不行了，沒一個派得上用場……」

面對完全沒有收穫的現況，奇德忍不住仰天長嘆。這時他旁邊的亞蒂敲了下手心說：

「那奇德你……對了！你不是對公主殿下立誓效忠嗎？現在正是展現帥氣一面的時候啊!!」

在場所有人的視線瞬間集中到奇德身上，其中甚至能感受到物理性的壓力。他忍不住退後幾步。

「呃！妳幹嘛現在提這個!?……那、那個，大家聽我說，這是…………是那樣沒錯啦。」

傻笑著想唬弄過去的他，手臂被某個人抓住了。他嚇了一跳轉過頭去看，眼前是露出溫柔微笑的艾爾。

「這樣啊……那人選就確定了。這是團長命令，你要好好鼓勵王女殿下喔，奇德。」

「喂，那樣太卑鄙……!?啊啊好啦，我知道了！可惡，結果怎樣可不關我的事喔!!」

知道自己逃不掉的奇德自暴自棄地喊道。就這樣，他隻身踏上了艱困的戰場。

不久後，奇德隨著伊莎朵拉，從銀鳳騎士團當成據點的宅邸一隅，走向通往王女埃莉諾房間的走廊。

「想啊，快點思考……如果是艾爾，只要把他丟進工房裡心情自然會變好；亞蒂的話只要有艾爾在心情就會變好……啊啊，可惡，那兩個傢伙根本沒辦法當作參考嘛！」

奇德整個人憔悴到不行，嘴裡還唸唸有詞地胡言亂語。他本人因為身負重任而拚了命絞盡腦汁，但在一旁的伊莎朵拉眼裡看來卻非常令人不安。話雖這麼說，但他是銀鳳騎士團推薦的人選，更擁有將埃莉諾從拉斯佩德城救出來的實績，現在只能交給他了。兩人各懷心事，很快就走到了王女的寢室。

「到了。準備好了嗎？」

「……我們騎士團裡的傢伙每個都太樂觀了啦，我根本不記得鼓勵過任何人……咦？啊，沒問題，我會加油。」

他的回答聽起來絕對不像沒有問題的樣子，但伊莎朵拉無視這點，敲了敲門。說明來意後，等在起居室的侍女們便習以為常地接待他們。

王女生活的地方分為兩個房間。兼任護衛的侍女們主要在前面的房間待命，而王女則是在裡面一點的房間。

在等待王女換裝打扮的期間，侍女們好奇的眼神全像針一般扎在伊莎朵拉帶來的少年身上，畢竟很少看到這個地方有除了貴族以外的人來訪。從五官來看，年紀應該與王女相近。身材修長，穠纖合度的均衡體態上套著皮革製的輕鎧甲，完全是典型的騎操士裝扮。最讓人好奇的是，他全身散發出一股走投無路的氣息。

「歡迎，伊莎朵拉。今天也……咦？那、那個，阿奇德先生……？」

王女埃莉諾很快地現身，當她一看到伊莎朵拉身邊的人物就露出驚愕的表情。在她一成不變的閉關生活裡唯一稱得上變化的，就是伊莎朵拉每天來拜訪、談天的時間。因為同性而且年齡相近，伊莎朵拉算是她最能敞開心扉的親人。

不過到了最近，在母親的授意下，伊莎朵拉也愈來愈頻繁地提到要她成為女王的事情，為此這段時光也漸漸令她難以放鬆。即使如此，她還是沒理由不歡迎伊莎朵拉來訪。

站在因意外的相遇而不知所措的她面前，奇德動作僵硬地行了一禮。自從逃到米謝利耶之後，這還是他們第一次見面。當時是在拉斯佩德城昏暗的燈火下，如今則是在明亮的陽光下相會。抬起頭的奇德露出難以形容的表情，視線在空中飄移不定。擺脫幽禁生活、正在進行療養的埃莉諾，逐漸恢復以往被譽為克沙佩加之花的美貌，而且這無關房間的明亮度，眼前的景象對少年來說就是有點太耀眼了。

埃莉諾不明白他的內心糾葛，困惑地對伊莎朵拉投以詢問的眼神。她滿不在乎地聳聳肩說道：

「妳不能繼續這樣悶在房間裡。妳是奧古斯狄陛下的女兒，有義務瞭解這個國家的現狀，所以才請較能說服你的人過來。」

伊莎朵拉就那樣強硬地坐了下來，並且用眼神示意奇德也坐下。他做好心理準備，然後以像是故障的幻晶騎士一般的僵硬動作走向座位。見她的態度一反常態地強硬，埃莉諾的臉色變得憂鬱不安。

「為什麼？伊莎朵拉……我說過好幾次了，我實在沒辦法承擔一國之主的重任……」

「才沒那回事，現在貴族們正準備向甲羅武德反擊。那是因為妳——因為王家的血統繼承者回來的關係，帶領他們正是身為王族的義務。」

王家的血統——伊莎朵拉所說的話，喚醒了埃莉諾腦中的某個記憶。

——揚言要利用她身上流著的『克沙佩加王家的血統』，那個桀驁不馴男人的臉孔。那樣的說法實在不像對著人類所說，而是像處理掉不能用的工具一樣，宣判她的死亡。她突然感到一陣寒意，慢慢環抱住自己。

「又要……戰爭嗎？真的贏得了嗎？」

誤以為她那句話是因為沒有自信而說出口，伊莎朵拉強調：

「放心，埃莉諾，我們也不是一直在原地踏步，還得到新的力量打過幾場勝仗了，所以……」

接下來的說明就是銀鳳商會成員——奇德的任務。可是伊莎朵拉回頭一看，奇德只是認真地傾聽，依然保持沉默。

「當時王都也有很多騎士，可是不只父王，騎士們也都……！即使有勝算，不，無論如何只要一開戰就會有許多人犧牲、流下許多血。下次就變成伯母或妳，就連里思哥哥也不曉得能不能全身而退……」

低聲訴說的埃莉諾臉上浮現明顯的恐懼。她低下頭，拒絕再多說一句話。伊莎朵拉困惑地伸出手——

「……埃莉諾王女殿下。」

她的騎士先一步平靜地開口了。埃莉諾帶著依賴的眼神抬起頭來。

「最好別有任何人犧牲，這點我打從心底贊成，但是有的問題如果不去戰鬥、不抵抗的話就無法解決。一旦遇上那種情況，我們騎士就會拿起劍。」

奇德直直地盯著埃莉諾。儘管稍微露出一點本性，語氣也明顯變得粗魯，但也許是被他的氣勢壓過去了，所以沒人指責。

「如果他們拿劍砍過來，就應該拿劍砍回去才對。堅定意志，勇於面對挑戰。而能不能獲得成果則是其次。」

「就算……會有犧牲也要做好覺悟，你是想這樣說嗎……？」

埃莉諾至今為止的人生中，大概從來沒有人這樣對她直言不諱。複雜的感受湧了上來，她淚眼盈眶地仰視著奇德開口：

「若是你因為戰鬥而犧牲的話……怎麼辦？連要我不必擔心、說好會保護我的父王都……就那樣……!!」

她悲傷得說不出話，只是將臉埋進手裡，伊莎朵拉則靜靜在一旁守候。奇德為難地搔著頭。

不只是他，弗雷梅維拉王國的騎士對戰鬥不會有絲毫的猶豫，凡事講求以迅速、準確的判斷解決。這是受到生長的環境影響，也是國民普遍具有乾脆俐落行事風格的原因。這對出身於其他國家，而且還是慣養在深閨中的公主來說很難想像吧。

該說是歪打正著嗎？他正因為完全不瞭解對方，反而成功將王女心中最大的不安找了出來。奇德讓自己稍微冷靜下來後，斟酌著一字一句地說：

「意思就是……那個，因為妳不知道才會那樣想的吧。」

想到最後，奇德無視瀰漫在房裡的陰鬱氣氛，堅定地說：

「埃莉諾殿下，我們到外面去吧！」

他沒頭沒腦的一句話，不只埃莉諾，連伊莎朵拉都一臉錯愕地抬起頭看他。

「一直待在房間裡的話，就完全看不到這個國家現在的樣子，還有我們是不是真的能戰鬥吧？妳可以討厭戰爭，可是我希望妳親眼看過、瞭解以後再下判斷，所以我們去看現在的……這個國家的樣子吧！」

對他來說，這是理所當然的結論。除非必須立刻做出決定，否則行動前蒐集情報就是戰術的基礎。撇開這個方法不談，奇德也算是行動派的人，他向埃莉諾伸出手展現自己的誠意。

她呆呆地看著伸過來的手，這是他第二次向她伸出手了。第一次帶她離開了石造的牢獄，第二次則帶她走出心裡的牢籠。兩者的共同點，或許都是將她從不自由釋放出來吧。

她沒有煩惱多久，就決定再相信他一次。相信著無關旁人的打算或企圖，只單純為了幫助她而行動的、她的騎士。

就這樣，在騎士的護送下，公主踏出了一步，走向外面的世界。

這連奇德本人也不知道從哪裡來的氣勢，只持續到走出房門外為止。

他硬撐著才沒跪倒在地。剛才的發言幾乎都是憑一股氣勢脫口而出，回想起來，那對王族可說是大不敬。他差點抱頭想躲避現實，不過現在有比那個更嚴重的問題——

「阿奇德先生？怎麼了嗎？」

——就是以現在進行式牽著王女小手的事實。雖說是為了把她從房間裡帶出來，不過為什麼必須牽著手才行？連他自己也打從心裡覺得——氣勢真是個可怕的東西。

「啊、喔喔，沒事，我會好好帶妳參觀。首先……」

當他轉過頭，就發現將耳朵貼在牆上偷聽的妹妹與兒時玩伴。

「……………………啊！」

視線交會後，奇德一臉錯愕，而兩人則露出了別有深意的微笑停止動作。他們的視線集中在奇德和埃莉諾之間牽著的手上。

「狸們災這裡乾嘛啦！」

「奇德，你的語氣變成從來沒聽過的口音了耶!?哎，你先冷靜下來。原來如此，我非常瞭解啊，奇德。誰叫公主殿下那麼可愛呢？當然會想幫助她嘛!!男生都夢想成為護送公主的騎士嘛！」

「嗚哇那種說法讓人超火大，我生氣囉，亞蒂！該說不是那個意思，還是說跟妳品味雷同讓人無法接受……啊啊，不對我不是要說這個。啊啊可惡!!」

在想不出藉口的奇德身旁，亞蒂擅自做出了結論。艾爾則是笑容滿面地看著他們倆。

「放心，我當然也會幫忙！把騎士團的大家集合起來，讓王女殿下瞧瞧我們的厲害！呵呵呵，嗯，總覺得幹勁一口氣湧出來了!!」

「嗚啊啊是很可靠沒錯啦……但是為什麼偏偏……啊——可惡……」

抓住他小辮子的亞蒂變得異常興奮，甚至比奇德本人更加興奮。他也懶得多做解釋，只能仰天長嘆。

奇德身旁傳來呵呵的輕笑聲。他嚇了一跳轉過頭，是埃莉諾在笑。她身上已經不見剛才沮喪的氛圍，儘管臉色還有一些憔悴，卻散發出更活潑、精神充沛的光彩。

「阿奇德先生說得沒錯，悶在房間裡就什麼都看不見了呢。房間外面明明這麼熱鬧。」

如果沒有亞蒂鬧他的話，奇德說不定也會跟著一起笑，不過現在的他只能勉強擠出一個僵硬的笑容。

「來吧，奇德，不要愣在那裡。身為騎士就要好好護送你的主人。我去叫大家集合。」

「對啊，我們快走吧！啊，公主殿下和艾爾站在一起也很不錯……好棒，好可愛！」

「亞蒂，妳真是到哪裡都沒變耶……」

一行人吵吵鬧鬧地帶著埃莉諾前往參觀。關於他們銀鳳騎士團還有新型幻晶騎士，應該告訴她的事情太多了，結果他們決定先帶埃莉諾去工房。順帶一提，在前往工房的路上，奇德還是一直牽著她的手。

「嗯，太好了。看來艾莉也打起精神啦！」

王女一行人離開後，從房裡走出來的伊莎朵拉向眼前站得莫名挺直的某個人說話：

「里思哥你也是喔，偷聽可不是什麼好習慣呀。」

「嗯？我怎麼可能偷聽，我是堂堂正正在聽！只是怕妨礙他們交談，所以待在隔壁房間而已！」

「……可以接受那種歪理的，一定只有你自己吧……」

無話可說的伊莎朵拉只能搖搖頭，又很快振作起來。兩人也追著王女他們的腳步而去。

# 第三十五話　王女的策略

戴凡高特——這座過去曾是克沙佩加王國首都的城市，如今成為甲羅武德王國設在克沙佩加領的統治中樞『中央護府』所在地。他們保留王城，當作甲羅武德王族的住處。

在這裡的甲羅武德王族有兩人。一人是侵略軍總帥・第二王子克里斯托瓦爾，另一人則是政務輔佐・第一王女卡特莉娜。

卡特莉娜正在前王城一隅優雅地享用芳香的紅茶，身邊甚至沒有服侍的僕役。雖然稱不上茶會，卻是只屬於她的時間。過了好一會兒，她出聲向只有一人的『參加者』問道：

「妳要不要也來一杯？是從本國送來的茶。這裡的雖然也不錯，但還是熟悉的香氣比較讓人平靜。」

「不必了，顧慮我這樣的人也沒什麼意義啊。」

一名女性不知不覺間出現在桌子對面，正是凱希爾・歇塔康納——銅牙騎士團團長。她拒絕了王女的提議，而且未經許可便坐到空位子上。卡特莉娜對她的無禮不以為意，兀自享用熱茶。在她擱下茶具的清脆聲響後，卡特莉娜彷彿閒話家常似地開口切入正題：

「東方領地……關於克沙佩加領東部地區發生的事情，妳應該很清楚吧？」

「是，知道了一些。畢竟掌握情報就是我們的使命嘛。」

也許是只憑一句話便猜出了談話的走向，凱希爾毫不掩飾嫌麻煩的態度這麼回答。她也可能早在被叫到這個地方來的時候，就預料到卡特莉娜會這樣問了。

「克沙佩加的殘黨突然在戰場上投入新型幻晶騎士，追捕王族的部隊因此被絆住了腳步。這件事雖然令人不快，不過更大的問題在於幾乎得不到東部那邊的消息了。先前就有危險份子在鬧事，想必造成了不小損害吧。」

卡特莉娜的笑容鎖定了不動聲色、一語不發，猶如雕像般徹底扮演傾聽角色的凱希爾。

「……銀鳳商會，聽說他們是這麼自稱的。」

「小的知道。」

「是嗎？那就好。雖然他們自稱商會，誰知道是哪方人馬呢。聽說就是他們給了殘黨新型的幻晶騎士，同時他們也是危險份子的真面目。」

各地貴族揭竿起義，使東方領地的甲羅武德軍陷入混亂，情報傳遞工作也遭遇困難。藉由蒐集外洩的零星資訊，卡特莉娜才大致掌握了東方領地的狀況。

「雖然不能置之不理，但實際上就算要出手，敵人的新型機好像相當難對付。何況再拖下去的話，克里斯大概也忍不住了，搞不好突然就會帶著部隊衝過去。」

「是……那真是令人頭痛，您的心情我能理解。」

卡特莉娜做作地嘆口氣，而凱希爾只是敷衍地應了一句。

「於是才想請妳和銅牙騎士團出動，找出銀鳳商會的據點並殲滅。依銅牙騎士團的能力……這正是你們的拿手好戲吧。」

凱希爾腦中開始衡量敵人潛在的危險與銅牙騎士團的既有戰力，結果得出『極其危險』的答案。

（好了，就算不是強硬下達命令，好歹也是王族的要求。該怎麼巧妙蒙混過去呢……）

再怎麼煩惱也不能閉口不言，就在她準備開口時，卡特莉娜打斷她低聲說：

「如果這次的任務成功……就給妳一部分的克沙佩加領地當作獎勵吧，當然也會附帶相應的爵位。」

凱希爾咯吱一聲咬緊牙關，全身緊繃，表情愈來愈扭曲。那雙昏沉的眼眸實在不像面對王族該有的眼神。

「您……此話當真？真的可以保證嗎……」

「呵呵，妳懷疑我啊？這也難怪。我犒賞符合我期待的人一向是不手軟的，而且妳會那麼積極侵略克沙佩加，也是為了贏取領地而非功績……並且振興『因為失敗而垮台的』歇塔康納家，我有說錯嗎？」

凱希爾沒回答，只裝模作樣地端正姿勢。

「請交給我，卡特莉娜殿下。我等銅牙騎士團將竭盡全力完成這項任務。」

「那太好了。我很期……」

她滿意地說到一半，在她稍微移開視線的空檔，凱希爾的身影便消失了。

「……算我服了她。這麼一來，銅蛇之牙或許能捕捉到獵物也說不定。戰爭不全是正面進攻的，希望克里斯也多少學習一些手段。」

卡特莉娜喚人進來收拾冷掉的紅茶。該做的工作還有很多，因為東方的混亂正在動搖克沙佩加領地全體的統治，接下來她得逐一平定那些混亂才行。她不禁心想，真希望弟弟對政治能再更感興趣一些。

◆

在舊克沙佩加王國，說到工房建造的幻晶騎士，原本是指制式量產機『雷斯瓦恩特』。但現在於米謝利耶市各地工房內正在製造的，卻是完全不同的機體。

在維修台上的巨大骨架——金屬骨骼中相當於人類肋骨的部分，為了收納駕駛座而大大敞開，腹部則裝著機體的心臟——魔力轉換爐與魔導演算機。從裸露的心臟部位延伸出無數條銀色金屬線——銀線神經，再連結到布滿全身的灰白色纖維——結晶肌肉中。

這些半成品中也有幾近完成的機體，留下了些許雷斯瓦恩特的影子，大上一圈的健壯體格展現出其強大的力量。從擺明了重視近身戰的設計，不難看出它是為了與重裝備的黑騎士對抗而誕生的。

在組裝到一半的巨人周圍，穿著幻晶甲冑的鍛造師們慌忙地奔走。利用力氣遠大於人類的幻晶甲冑，他們可以輕鬆且快速地搬運沉重的零件，以超乎常理的速度進行作業。在銀鳳商會的支援下，將舊克沙佩加王國的量產機徹底翻新。儘管這個計畫的進行有些倉卒，但整體作業還算是順利。要從頭開始建造新型機，理應是相當浩大的工程，但正因為有『卡迪托雷』這樣的完成品可供參考，設計本身在極短時間內就完成了。當然也有艾爾躍躍欲試地參與的因素在內。

硬要說起來，作業方面碰到最大的障礙，是克沙佩加的騎操鍛造師還不適應操作方式的問題。畢竟是以與既有的機體完全不一樣的技術，由弗雷梅維拉製造的新型機，他們操作幻晶甲冑這種嶄新的工具也需要時間適應。話雖這麼說，但這些問題也是習慣了就可以順利解決。為了迎接反擊的時刻到來，他們團結一致地投入作業中。

從新型機的製造區往深處走去，那裡還有一組人馬正在進行不同作業，是艾爾、老大還有巴特森——銀鳳騎士團的成員們。老大操作的四臂幻晶甲冑『重機動工房』舉起巨大的零件靈巧地組裝。旁邊的巴特森則像個助手似地忙碌，對各式各樣的零件進行加工。

「唔唔，是大了一點，也沒什麼複雜的機關。我們做起來雖然不費工夫，反倒是用的人比較傷腦筋吧，我看比背面武裝更難搞。」

「也對，騎操士大概也用不慣這個吧——」

矮人族們正在組裝某件由複數軌道所構成的奇特裝備。整體尺寸相當大，就算考慮到是由幻晶騎士來使用，也幾乎超過手持的大小了。

「唔唔，問題果然在那裡啊。可以修改的……就只能在魔導演算機上加裝輔助功能了。我明白了，那邊由我處理。」

艾爾望著裝備。構造本身算是既有技術延伸的產物，但能在這麼短的時間內做到這個地步，不難看出老大技術的純熟。老大鍛造師的手腕可說是一流，而在魔導演算機——構築魔法術式的領域則是艾爾最為傑出。銀鳳騎士團至今能夠創造出各式各樣的特殊裝備，這兩人功不可沒。

「做到某個程度，就由我完成測試吧……看『地對空裝備』這樣一天天逐漸完成，真想跟飛空船打一場呢。就不能剛好飛來一艘讓我們試射看看嗎？」

「……這裡只有銀鳳騎士團的人（我們）就算了，那種話如果被當地人聽到可會抓狂啊。」

老大靈巧地操縱重機動工房擺出受不了的樣子。想到這個國家因飛空船所受的傷害，的確是讓人笑不出來。艾爾將食指舉到嘴唇前，露出淘氣鬼似的笑容表示要保密。

如此這般，就在他們進行作業時，一位訪客現身了。是抱著裝有輕食料理籃子的亞蒂。

「大家辛苦了——肚子餓不餓？來吃些點心吧！」

「喔，要吃要吃。」

「真不好意思，正好覺得有點餓了。我們就不客氣啦。」

老大從重機動工房下來喀啦喀啦地活動肩膀，對著設計圖低頭沉吟的艾爾也放下筆。期間，巴特森動作迅速地把桌子收拾乾淨，讓亞蒂放籃子擺出料理。老大迫不及待地伸手去拿分成小份量方便食用的料理，咬下一口後喃喃地說：

「…………好吃得令人意外啊。」

「老——大——為什麼說意外啊!?我也跟媽媽和緹娜阿姨好好學過做菜了！才不會做什麼怪東西!!」

眼見趁機坐到艾爾隔壁的亞蒂生氣了，老大連忙舉雙手投降道：

「好好，算我說錯話。那個叫緹娜阿姨的是誰？」

「是我的母親。嗯嗯，亞蒂的手藝愈來愈進步了呢，很好吃喔。」

艾爾像是在打圓場似地開口稱讚，讓亞蒂笑逐顏開地抱住他，艾爾則習以為常地繼續吃他的東西。老大輪流看著這兩個人，然後發出象徵『真搞不懂你們』的嘆息。

「……少年的母親啊。妳覺得那樣可以的話，我也無話可說啦。」

「那樣大家都不吃虧，有什麼關係？」

看巴特森不以為意地張口大嚼，老大也只是聳聳肩，繼續享用料理。

米謝利耶的工房街不分晝夜地運作著。不曉得是工房運營需要或是原本的習慣影響，他們手邊的作業也沒有停止過。夜更深了，艾爾突然舉起雙手歡呼道：

「很好，魔法術式大致上也完成了！之後就是和實物的動作配合，邊動邊調整……哇！」

一雙從背後伸過來的手，一下子抓住他擺出萬歲姿勢的手。不必想也知道，手的主人是來當艾爾助手的亞蒂。

「來～艾爾，今天就到這裡吧。我知道你很努力，不過一直埋頭苦幹也不好喔。正好告一段落了吧？」

「嗯……也對。今天就先休息，明天早上再開始吧。」

無論下場戰鬥或者製造裝備，一旦放著艾爾不管，他就會沉迷其中而停不下來。阻止不懂得適可而止的團長，也漸漸成了團長輔佐亞蒂的工作。艾爾好歹有些自覺，所以搔搔臉頰，老實地答應了。

「噢，今天也到這個時間啦？那我們也準備收工吧。」

「好——老大你辛苦了。」

同時，他們的對話也變成老大他們收工的信號，這是最近日復一日的光景。他們簡單整理一下之後，便朝當作宿舍使用的宅邸走去。既是最大戰力也是裝備開發者的銀鳳商會獲得了充足的設備，團長艾爾更分配到了一間單人房。

亞蒂理所當然地跟在前往自己房間的艾爾後面，然後跟著他一起進房間，又極為自然地跟到床上。艾爾只能無奈地抱頭說道：

「……亞蒂。我覺得我每天都在說同一件事。妳也有分到房間，乖乖回自己的房間睡吧。」

「是這樣沒錯！可是聽我說，艾爾，就算這裡是邦交國，也不能讓你這樣的重要人物獨處！我身為銀鳳騎士團的一員，又是團長輔佐，自願擔任護衛！……所以一起睡吧。」

「我不明白為什麼最後會跑出那個結論……」

艾爾莫名有些傻眼，但也沒再繼續追究。因為這實在是太常發生，而且提醒她也沒用。亞蒂不客氣地鑽進被窩後，不只是緊貼著他，還直接輕輕地把他摟進懷中。

「唔呵呵，艾爾抱起來果然很舒服。被治癒了……讓人好平靜，可以好好睡一覺呢～」

亞蒂將他摟得緊緊的，唰唰地撥弄他的頭髮。艾爾輕嘆口氣說：

「這孩子真是……是不是太寵妳了？不管過多久都改不掉愛撒嬌的習慣。不要以為我會一直像這樣剛好可以當抱枕，我以後可能也會一下子長高啊。」

「嗯——？等你真的長得比我高的時候再說吧。」

「……過分。」

艾爾賭氣地翻身開始裝睡。亞蒂也不在意，還是很高興地摸著他的頭，輕聲說了一句晚安後便閉上眼睛。片刻後，床上終於傳來兩人的平穩呼吸聲。

◆

夜更深了。流動的雲掩住微弱的月光，這是個陰暗的夜晚。在彷彿連草木都陷入沉眠的森林裡，巨大的影子奔馳而過。它們全身漆成融入夜裡的暗黑色，體型比周圍的樹木還要高出一個頭，幾乎沒發出任何聲響，如風般掠過林間。巨大的黑影最後穿過森林，確認前方城鎮亮起的燈火。距離沉睡時分尚遠，城鎮至今仍喧鬧不已。巨人潛伏在森林中，用輕微的動作指向前方。

在它的指引下，許多人影有如從森林中滲透出來一般現身。融入黑夜的裝束，悄然無聲的動作，和巨人一樣朦朧灰暗的人影也安靜地走向前去。

就算再怎麼熱鬧，等到深夜米謝利耶也會陷入沉睡吧。從市內仍有動靜的情況可以看出這個城市的熱鬧程度。影子們避開那些明亮的部分，從一個暗處飛快跑到另一個暗處去。沿著家家戶戶的屋頂、冷清的小巷子還有其他暗處前進。它們的目標是城市的中心，那裡有克沙佩加的王族與銀鳳騎士團當成據點的宅邸。

在幾乎所有人都入睡的深夜，入侵建築物的人帶著冰冷的夜氣現身了。雖然四周有派人看守，可是對徹底藏匿行蹤的影子而言沒有意義。宅邸原本就不是專為防衛所建的，他們躡手躡腳地走過寂靜的走廊。用手勢對彼此示意後，就在建築物裡各自散開。

一個全身穿著漆黑裝束、有如黑暗本身動了起來的入侵者，無聲無影地在宅邸中奔跑，不久便抵達了某個房間。他靜靜地打開門，窺視房裡的模樣。裡面分成兩個房間，靠近門口的房間還看得到燈光和幾名侍女的身影。她們既是侍女，同時也是裡面那位人物的護衛。這房間大概屬於某位有身分地位的人物吧？影子在黑色頭巾底下輕輕竊笑著。

他悄悄從懷裡拔出短劍。塗黑的劍刃上淬了強力的毒，稍微擦過就會致人於死。他就那樣從門打開的縫隙間進入房裡——沒發出一點聲音，卻產生了些微空氣的流動，光是這樣也讓侍女們察覺入侵者的存在了。入侵者瞄準起身正準備張口大喊的侍女們擲出短劍——他一次擲出好幾把短劍，卻依然劃過正確無比的軌道，刺進侍女們的喉嚨。

短劍上淬的毒迅速收割了侍女們的性命。入侵者原本擔心著侍女倒下的聲音會吵醒房間的主人，不過他的擔心是多餘的。

他拿起身旁的照明用具走向深處，靠近床鋪確認靜靜沉睡的人物。不會錯，這就是舊克沙佩加王國的王女埃莉諾。

確認這一點的入侵者從懷裡拿出布和小瓶子後，將沾了小瓶子中液體的布壓到埃莉諾嘴上。她微微掙扎了一下，又很快停止了動作。小瓶子裡裝的是強力麻醉藥，這麼一來，就算移動的過程多少有點粗魯，她也不會醒來。

入侵宅邸的影子們接到的命令是一旦發現王女，就盡可能活捉，無法活捉的情況下則將其殺害。如果能夠順利帶走的話，任務就圓滿達成了。影子的頭巾底下加深了笑意，他正準備撤離房間——卻遇到意料之外的情況。

突然，一道強烈的『雷鳴』撼動了宅邸裡的每一個角落，簡直有如晴天霹靂。影子警戒著停下動作、側耳聆聽，努力想把握周遭狀況。這一天雖然飄著淡淡的雲，天候卻很穩定，不可能突然發生雷鳴。異常情況加上突然發生的現象，表示它的真面目是『魔法現象』。想到這裡，他立刻就要衝出房間逃離現場——

來者在此時踹開房門，如暴風般氣勢洶洶地闖進房間，堵住了他的去路。那是奇德。他看到影子扛著的『人物』後，隨即發出猛獸一般的低吼：

「喂，你想把誰『帶走』？」

黑影沒有回答他的問題，反而看也不看地擲出短劍當作回應。對這多說無益的突襲，奇德不慌不忙地揮下手中的銃杖。早已構成魔法術式的『雷擊矢』迸散出好幾股威力較小的紫色電光打落了短劍，並在影子來不及移動之前咬住他全身，令他動彈不得。這些攻擊全避開了王女，精準地擊中目標。

儘管影子也是訓練有素的老手，不過全身受到電擊還是撐不了多久。他身體痙攣、跳著奇怪的舞蹈，扛在肩上的王女也掉了下去。看到這一幕的瞬間，奇德全力動了起來，利用發動『身體強化』產生的充沛力量對影子使出猛烈踢擊。只見影子的身體彎成了『く』型，活像被蠻牛衝撞一般飛了出去，撞到牆上後便再也不動了。

被粗暴地甩到地上的王女仍沒有醒過來的跡象。奇德臉色大變地抱起她，把手放在她嘴邊確認呼吸。

「……太好了，沒事啊。」

感受到輕微吐息，奇德不禁鬆了口氣。看來她性命無虞，只是睡著了而已。他猜想，大概是被迫吸進藥物而陷入沉睡的吧。

「……到底是什麼人打進來了啊？不管怎樣，待在這裡好像不太妙。」

要保護失去意識的王女，只有他一個人恐怕不夠。奇德小心翼翼地抱起王女後，前去與銀鳳騎士團會合。

將時間稍微往前回溯。

在另一個房間也有漆黑的影子入侵。他靜靜地看穿黑暗，確認房間的擺設，在物品丟個滿地的雜亂房間盡頭有張床。靠近床一看，床單鼓起『兩人份』的弧度，睡眠中的呼吸也很輕。看清楚目標睡得正熟，他便從懷裡拿出短劍。只要用這把淬了劇毒的短劍一揮，睡著的人恐怕還不知道發生什麼事就會陷入永眠了吧。他謹慎地走近床邊，高高舉起致死之刃——

剎那間，床單呼地一聲掀了開來。即使被掀開的床單遮住視野，他還是不慌不忙地刺出短劍。手裡只感受到割開布料的輕淺手感，沒有劃中肉的感觸。床單落到迅速往後退開的影子前方地面，後面站著剛才還睡在床上的人——亞蒂。

她毫不掩飾非常不高興的樣子，逼問入侵者：

「……喂，你是誰？不是來叫我們起床的吧。人家跟艾爾明明睡得好好的，竟敢來打擾……！！」

入侵者沒回答，只無聲地擲出短劍。只要刀刃稍微擦破一點皮膚就算他贏了，但是在它抵達目標以前，亞蒂就揮下手中的銃杖。她習慣在睡覺時也把武器放在馬上能拿到的地方。

接著，她強大的演算能力在短短幾秒內組成魔法。一道『雷鳴』毫無預警地伴隨著耀眼光芒震撼了整棟建築物。亞蒂不客氣地放出了中級魔法『雷擊標槍』。這道連中級魔獸都能夠打倒的激烈雷擊劈中短劍，連帶打中入侵者，把對方轟了出去。

「打擾別人治癒時間的傢伙，看我用雷擊懲罰你！」

不只銀鳳騎士團，由於弗雷梅維拉王國的騎士偶爾也要對付夜行性的魔獸，因此會接受睡眠中警惕四周動靜的訓練。入侵者雖然就人類而言算是老手，但還是比不過野獸。

「亞蒂，我們還得問出情報，不可以突然就殺掉他喔。」

從床鋪另一邊下來的艾爾用勸說的語氣提醒她。她不滿地開始調查被打飛出去的入侵者。雖然燒得焦黑且不停痙攣，姑且算是活著。

「沒問題。這傢伙運氣好像不錯，他還活著喔。雖然失去意識了。」

她似乎被惹得很火大，粗魯地踹了瀕死的入侵者一腳。

「是嗎？那之後就交給『專家』處理吧。剛才的雷鳴應該正好也叫醒大家了，我們去巡邏看看有沒有其他被害者或入侵者。」

「嗚嗚，難得可以跟艾爾一起睡……好啦。真是的！這筆帳我絕對不會忘記……!!」

艾爾快速打理好，然後就帶著不停猛吠的亞蒂離開了房間。

在深夜裡響起的這道雷鳴，足夠把整棟宅邸的人都吵醒。銀鳳騎士團的騎士們更是各個馬上抓起劍從床上一躍而起，不愧是弗雷梅維拉王國出身的騎士，不論是清醒或是把握狀況的速度很卓越。沒多久，他們就做好了戰鬥準備。

入侵者再怎樣也不敢出現在騎士團員們住的大房間，所以先挑警備薄弱的單人房下手。對入侵者來說，最大的不幸就是這棟宅邸雖然有他們的目標克沙佩加王族，同時也是銀鳳騎士團的據點。他們的行動在三更半夜裡仍顯得迅速且毫不留情。當融入黑暗的影子們暴露在魔法燈火中，團員們二話不說，馬上一擊解決了他們。

從房間衝出來的團員們集合起來，並在不知不覺間組成隊伍。

「艾德加！這邊沒事，第一中隊有受害嗎!?」

「幸好沒有。一開始的雷鳴是艾爾涅斯帝他們房間發出的？」

「應該是……對了，王女殿下呢!?」

「哼！她當然沒事啊！」

聽見聲音轉頭一看，出現在眼前的是陪著馬蒂娜和伊莎朵拉的埃姆里思，他趾高氣昂地這麼說。小心地抱著埃莉諾的奇德，也跟他們在一起。

「看來大家都平安無事，接下來就看人類以外的成員是否也沒事了。」

最後帶著亞蒂前來會合的艾爾環顧四周，確認情況。銀鳳騎士團裡每個人都聽得懂他的意思。下一秒，艾德加就帶著第一中隊拔腿衝向工房。

「唉呀，看來他很在意呢。那麼，王族們就由第二中隊保護……感覺角色好像顛倒了。總之，加把勁上吧。」

迪特里希聳聳肩後，就開始對中隊員們下達指示。

◆

影子不只潛入宅邸。如銀鳳騎士團所料，米謝利耶市內的工房也出現了他們的身影。

工房裡充滿了冰涼的空氣。看到維修台上成排的幻晶騎士，入侵者們竊笑著。他們分頭行動，手腳俐落地陸續潛入駕駛座中。幻晶騎士的駕駛座即使設計各有不同，但型式幾乎都差不多，操縱方法也是。所以他們毫不猶豫地，拉下啟動機體的魔力轉換爐輸出控制桿。

——然而，什麼反應都沒有。魔力轉換爐的輸出既沒有提升，幻晶騎士也很快就發生魔力用盡的現象，停止了動作。入侵者們慌張地反覆操作控制桿，可是魔力轉換爐仍是一聲不吭，連魔導演算機也沒有任何反應，機體依然沉默。入侵者覺得奇怪，以為這架機體壞掉了，但不只他，附近也沒有同夥成功行動的跡象。沒有人啟動得了幻晶騎士，簡直令人匪夷所思。

由於這次的作戰以隱密性為最優先，因此他們沒帶幻晶騎士就潛入了這裡。如果在這裡搶不到幻晶騎士，戰力就會不足。他們用盡辦法想啟動機體，殊不知這成了致命的漏洞。

鏘的一聲，從敞開的胸部裝甲傳來沉重的金屬聲。入侵者連忙抬起頭，視野被作業用幻晶甲冑『摩托力特』高大的身軀給擋住了。坐在上面的艾德加咬牙切齒地瞪著入侵者開口：

「……艾爾涅斯帝擔心得沒錯。你們也真蠢，以為同樣的手法還能再用第二次嗎？」

入侵者當場拔出短劍試圖抵抗，不過被鐵拳無情地擊潰了。使用結晶肌肉的幻晶甲冑臂力足以致人於死，但艾德加看起來不怎麼在意。『幻晶騎士遭劫』——這一幕與過去的記憶重疊，讓他的心情差到極點。

周圍的幻晶騎士旁也發生和這裡相同的光景。為了預防萬一而穿好幻晶甲冑的第一中隊，逐一排除入侵者們，很快就『打掃』得乾乾淨淨。結束之後，艾德加對中隊下令：

「第一中隊全員乘上座機！這些入侵的不一定都是人類，我們去城市周圍警備！……這將是漫長的一夜。賭上銀鳳騎士團的——不，賭上第一中隊的名聲，我們的機體絕不會再被搶走第二次!!」

大家團結一心，可靠地大聲應和。他們各自乘上停放在工房裡的愛機後，從腰間拔出『銀之短劍』插進紋章式認證裝置。通路開啟，魔導演算機立刻回應。魔力轉換爐發出轟鳴聲，開始供給巨人的動力來源——魔力。鋼鐵巨人陸續從睡眠中覺醒，開始尖銳地吐息。在騎操士的控制下，它們的軀體先是震了一下，接著響起結晶質肌肉的摩擦聲站了起來。

第一中隊隊長機——純白騎士阿迪拉德坎伯踏過工房的地板，雄壯威武地邁開步伐，身後跟著隊員們駕駛的卡迪托雷。第一中隊穿過工房的門，趕赴保護城市的戰場。

「……難道所有人都失敗了嗎!?」

在米謝利耶附近的森林裡，盯著望遠鏡的凱希爾發出呻吟。潛入米謝利耶的黑衣集團——其真實身分正是她所率領的『銅牙騎士團』。這支隸屬甲羅武德軍的間諜集團接到第一王女卡特莉娜的命令，前來舊克沙佩加殘黨當成據點的城市進行活動。

縱使冠以『騎士團』的名號，他們還是和一般騎士不同，是受過特殊訓練的間諜。適合少數、長期的滲透作戰，這樣的破壞工作應該是他們的拿手好戲才對。

但是，從望遠鏡看出去的景色粉碎了她們的自信。昏暗的天色中，純白騎士襯著街景傲然而立，像是它部下的幻晶騎士也站在一旁。不但沒看見她部下成功搶到的機體，回到她身邊的部下更是一個都沒有。

凱希爾焦急地用力握緊望遠鏡。

「怎麼能就這樣把失敗的報告帶回去啊，這可是好不容易抓住的機會……！你們給我做好覺悟，要上了!!」

緊張打破了寂靜。在她的指示下，漆黑的巨人從森林中站起來。它擁有黑色塗裝的裝甲和修長軀幹、莫名細長的手腕與尖銳突出的手指——這就是銅牙騎士團的無貌亡靈『維滕多拉』。幾年前，她們在弗雷梅維拉王國執行任務時受到近乎滅團的損害，多虧有當時得到的『紀念品』，才得到認同而被允許回到本國，還得到了新開發的幻晶騎士，重新組成騎士團。

蠢動亡靈們發出的躁動，也傳到保護城市的第一中隊耳裡。

「……果然躲著啊？一架也別讓它們通過!!」

阿迪拉德坎伯拔出劍，同時展開可動式追加裝甲。機體上刻著白色十字圖樣的卡迪托雷也舉起盾牌，隨隊長一齊拔劍出鞘。

黑影穿過森林跑過來。艾德加從幻象投影機中看見敵人的動作，不禁睜大眼睛。它們的機動性簡直非幻晶騎士所有，雖然略遜於半人半馬的澤多林布爾，但速度還是相當驚人。因應銅牙騎士團的任務性質，維滕多拉被設計成擁有與一般騎士截然不同的功能。修長軀幹中內藏的繩索型結晶肌肉提供強大的力量，又轉化為壓倒性的速度。

剛逼近第一中隊眼前，亡靈就靠著速度和力量高高躍起。它們的動作讓人感覺不到龐大的重量，輕盈得猶如特技演員一般。第一中隊勉強壓下心中的驚愕，連忙架起盾牌抵擋來自頭頂的威脅。

「喝啊啊啊啊啊啊啊啊啊!!」

維滕多拉沒有配備武器，只有手上那對尖銳的爪子。看準這點的第一中隊，立刻採用距離上較為有利的劍應戰。就在他們以為自己搶得先機的前一刻，維滕多拉啟動了肩甲裡的特殊裝置，使手臂猛地伸長。這項名為『伸縮突腕爪』的隱藏武器，令第一中隊的騎士們遭受意料之外的遠距離攻擊。

他們完全被打了個措手不及。極近距離內的近身戰中，對距離的誤判足以致命。許多機體來不及閃避或防禦，隨即發出金屬的悲鳴，卡迪托雷的鎧甲迸散出火花飛了出去。沒有理會被打得陣形大亂的他們，維滕多拉的騎操士們操縱機體在空中翻了個身後落地，運用全身彈性抵銷了落地的衝擊後，立刻起身發動追擊。

「這群傢伙雜耍的技術還真是厲害，不過這種程度……！」

面對『伸長手腕』的攻擊，艾德加也同樣感到驚訝，但是他靠著過人的反射神經做出了對應。阿迪拉德坎伯啟動了兩肩周圍的可動式追加裝甲，在消耗大量魔力的同時強化本身構造。裝甲的表面迸散出激烈的火花，將維滕多拉的攻擊錯開了。然而，亡靈的攻擊並沒有到此結束，畢竟對方有兩隻手臂，另一隻手臂馬上就襲向了剛發動完防禦措施的阿迪拉德坎伯。

可動式追加裝甲才剛擋下伸縮突腕爪的第一擊，距離太近，甚至來不及閃避。維滕多拉剛才這擊其實是兩手並用的組合招式，讓它的騎操士確信自己將成功取勝。維滕多拉的機體雖然纖細，但大量使用繩索型結晶肌肉的伸縮突腕爪，卻有從正面貫穿幻晶騎士外裝的威力。

對方的活路幾乎都被封死了。如果是一般的騎士，結果大概會如他所料般迎向終局吧。但再一次地，艾德加發揮了他非比尋常的反應能力。

看見另一隻手臂動起來的同時，他迅速伸出持盾的手擋在攻擊路線上。阿迪拉德坎伯的盾為了不影響可動式追加裝甲，是做成較小的尺寸，這樣的機動性在這一瞬間派上了用場。伸縮突腕爪正面撞上盾牌，發出鋼鐵扭曲的異聲陷了進去。胸中的定論遭到推翻，讓維滕多拉的騎操士一時之間反應不過來。而這份遲疑，在對付艾德加這樣的騎操士時也夠致命了。他就那樣架住維滕多拉的手臂，收起可動式追加裝甲。

「就讓你見識見識阿迪拉德坎伯的力量吧!!」

艾德加吶喊著踩下踏板，化為鐵塊的阿迪拉德坎伯朝維滕多拉發動了猛烈的衝撞。維滕多拉為了貫徹機體的輕量化，外裝非常薄弱，面對重量和肌力都勝過自己的對手簡直毫無招架之力。黑色裝甲喀啦喀啦地扭曲，結晶碎片散落四周。

狠狠砸向地面而半毀的維滕多拉就此沉默，艾德加緊接著補上追擊。阿迪拉德坎伯踏出一步揮下手上的劍，隨即將敵人薄弱的身軀一刀兩斷。

完全破壞敵人之後，艾德加確認起周圍的狀況——第一中隊的騎士們似乎陷入了苦戰。敵人最初的奇襲非常有效，再加上覆蓋黑色鎧甲、以高速來回奔馳的亡靈用肉眼難以辨識，在黑夜中是相當難纏的對手。

「看來需要一點照明啊。」

艾德加喃喃說著，然後啟動了可動式追加裝甲，把裝在內側的魔導兵裝舉起。瞄準器在黑夜中鎖定目標的身影，剛好在旁邊與卡迪托雷扭打成一團的亡靈，正在他的狙擊範圍內。他立刻扣下扳機，射出的炎彈精準地鎖定亡靈，鑽進它體內炸出一朵爆炎之花。被破壞的亡靈當場倒下，化為火炬熊熊燃燒著。

戰場正中央冒出的明亮光源，使亡靈們的身影在黑暗中顯露出來。剝開黑暗的外衣後，第一中隊這才清楚看到它們無貌的外觀。

「敵人動作敏捷，不過也很脆弱。不要被騙了，冷靜下來應戰！」

既然能輕易掌握敵方位置，第一中隊的反擊也開始奏效了。亡靈原本就脆弱的機體逐一毀於幻晶騎士劍下。乘勢追擊的第一中隊並不需要多少時間，就將敵人全部打倒了。

◆

黎明即將來到，米謝利耶市內恢復了夜晚的寂靜。許多亡靈的殘骸倒在城鎮周圍，第一中隊仍在持續進行警戒。

宅邸中，第二中隊的成員們在各處站崗守衛。克沙佩加的王族則被引導至宅邸中央，那裡佈下了艾爾、奇德、亞蒂以及埃姆里思等鐵壁般的防禦。

「外面的戰鬥也停下來了，我們贏了嗎……發動夜襲，再加上把艾莉當成目標，真是些卑鄙的傢伙。我不喜歡這種陰險的手段！」

「畢竟是戰爭嘛，少爺。暗殺敵方重要人物也可以減少麻煩和損害。不過，打起來不過癮倒是事實，應該派出更多幻晶騎士對戰才對。」

「我有時候也覺得你的想法很奇怪。」

埃姆里思受不了般瞪著旁邊的艾爾，他別開視線敷衍道：

「咳咳！這些暫且不提，過去以硬碰硬為主的甲羅武德王國到了這個階段，也開始從暗處發動夜襲作戰。奇襲看似很有效果，其實卻是孤注一擲的作法，看來他們也相當焦急了。」

「……我們明明還沒拿下東方領地，他們也會急嗎？」

透露出緊張、疲憊神色的王族之中，唯一還保有從容的就是馬蒂娜。艾爾的說法令她感到疑惑。

「因為我方投入塔型機戰力，使他們沒辦法像過去一樣用戰力壓制了。我猜他們是想在事情變麻煩以前做個了斷吧？因為時間拖得愈久，就對我方愈有利。」

實際上，雷斯瓦恩特的次世代機正如火如荼地趕造中，他們的戰力也隨著時間不斷增加。雖然無從得知甲羅武德掌握到什麼地步，但敵方的焦急程度可想而知。

「這個嘛，至少強大到他們視為威脅的程度了。剛才的事件足以證明——」

聞言，馬蒂娜驚訝得睜大眼睛，改變了對現狀的認知。這次深夜的襲擊事件便以艾爾的低語宣告落幕。

那天早晨，銀鳳騎士團檢視了城市周遭昨夜的戰況。

他們從幻晶騎士進行戰鬥的地區回收許多架維滕多拉的殘骸。潛入宅邸和工房的間諜們與銀鳳騎士團交戰後，結果不是死亡就是被捕。

在確認戰果的過程中，唯獨少了銅牙騎士團長『凱希爾・歇塔康納』的名字。

# 第三十六話　黑顎騎士團，始動

玻璃破碎的清脆響聲迴盪室內。

這裡是設置克沙佩加領中央護府的舊王都戴凡高特，立於城市中央前王城的寶座大廳裡，甲羅武德軍總帥——第二皇子克里斯托瓦爾，正怒目瞪視著剛剛收到的報告。

「對付小姑娘和幾個小賊，到底要花多少工夫和時間!?這樣還算我甲羅武德的精銳嗎!?」

自從他下令黑顎騎士團追擊克沙佩加王族並剿滅危險份子後，已經過了三個月，這段期間的成果正記載在緊握於他手裡、被捏得皺巴巴的報告書上。主要內容有兩點——

首先是進駐東部地區的部隊現狀。克里斯托瓦爾稱之為『賊』的反抗勢力，切斷了各地的戰力，舊克沙佩加貴族的倖存者們更陸續揭竿而起。由於他們配備遠距離戰專用的新型機，使得黑騎士陷入苦戰，更別說進行鎮壓了。

另一件則是關於從南北調派到東部地區的黑顎騎士團。當初勢如破竹的行軍因為小型幻晶騎士神出鬼沒的妨礙行動而被拖住腳步。此外，遠距離專用的塔型新型機，其可怕的據點防禦能力也讓他們陷入苦戰，各地都受到敵人的行動擾亂——報告書上詳實地記載以上內容。

報告書結尾點出，像首戰那樣單論性能優劣的壓制作戰已經行不通了。要攻下東部地區並非易事，需要更長的時間整頓戰力。也難怪克里斯托瓦爾氣得怒火中燒，畢竟他原本就沒什麼耐性。克里斯托瓦爾不顧侍從們慌慌張張地收拾他順勢丟出而碎裂四散的玻璃杯，勉強穩住紊亂的氣息，平靜衝動的情緒。

「這就是所謂的狗急跳牆嗎？真是難纏……！」

克里斯托瓦爾重重將手肘支在王座上，像是在瞪著什麼似地凝視著空中一點。他並不是逃避現實，而是清楚看見了自己的敵人。

「難搞的不是小姑娘，是賊人……不對，該死的原型機！給他們更多時間就糟了。」

王女的脫逃與舊克沙佩加的殘黨突然開始運用新兵器，這一切行動的背後都隱約可見——魔獸守衛（弗雷梅維拉）的影子。他心中掠過一絲苦澀。假如要跟甲羅武德王國也採用的『新型幻晶騎士』發祥國打起來，確實很有威脅性。話雖這麼說，但誰又想像得到他們的存在會對戰況造成這麼大的影響。

甲羅武德軍在首戰便採取閃電戰攻擊。他們的全新戰略構想為，利用飛空船先破壞敵人中樞，再利用新型幻晶騎士的強大輸出力作為後盾，對克沙佩加的侵略做好萬全的準備。事實證明，他們只差一步就能完全統治克沙佩加領了。可是看看現在，不僅王族被搶，軍事上也受到壓制，戰局正面臨勝負即將扭轉的關鍵時刻。

「不能再這麼拖下去了……得做好孤注一擲的心理準備啊。」

考慮到以上狀況，克里斯托瓦爾做出了決定。

他的視線落在攤開的克沙佩加領地圖上。南北與東方交界處放著許多代表黑騎士的棋子，而東方則放著王冠形狀的棋子——代表克沙佩加王族。

他抓起放在地圖各處的船型棋子，當然是代表著他們的王牌『飛空船』，然後喀的一聲將棋子敲在地圖上的某一點。船型棋子所擺的位置下，寫著配置東方護府的都市——「馮塔尼耶」幾個字。

「現在該回歸老方法了……準備傳令，我要移動守衛中央的部隊。把鋼翼騎士團叫回來！用剩餘的最大戰力一口氣打下東方，準備出陣，由本王子親自率兵出征!!」

克里斯托瓦爾命令一下，隨侍在旁的人們急忙飛奔而出。他沉浸在激動的情緒裡，扭曲著臉繼續瞪著地圖，心中充斥著預感——東方之地將有一場激戰等著他。

很快地，第一王女卡特莉娜像是接替士兵們般趕了過來，臉上難得出現焦慮的神色。

「克里斯！我聽說了，你打算直接帶兵打過去？你要認清自己的本分！軍隊總司令怎麼能輕舉妄動……」

克里斯托瓦爾罕見地打斷了她的話：

「……王姊，妳好像派出部下在策畫什麼吧？我是不會說什麼啦，不過狀況看起來沒有好轉，看來是失敗了吧？」

卡特莉娜一時啞口無言。她沒料到派出銅牙騎士團的行動失敗一事，會讓不諳策謀的克里斯察覺。

「我們浪費太多時間了！已經到了耍小手段也沒用的階段。現在不行動，情況只會愈來愈惡化。」

對於這一點，不瞭解戰事的卡特莉娜也不得不點頭同意。反之，克里斯托瓦爾正因為善於作戰、身具將領的直覺，才能夠敏銳地嗅出危機。他眼中閃著堅定的光芒，明白再怎樣也勸阻不了弟弟的卡特莉娜輕嘆口氣後，靜靜地指向地圖上一點說道：

「逃走的王族和魔獸（弗雷梅維拉）守衛在這個地方。他們似乎將一個叫作米謝利耶的小驛站城市當成據點。」

銅牙騎士團雖失敗了，但並非一無所獲。至少得到舊克沙佩加殘黨軍據點所在這項情報。

克里斯托瓦爾瞥了一眼姊姊的指尖後，露出凶惡的笑容開口：

「算我服了妳。謝了，王姊。出征啦！先到馮塔尼耶去，然後把米謝利耶的賊人徹底擊潰!!」

就這樣，克里斯托瓦爾率領著鎮守中央護府的黑顎騎士團本隊，啟程前往東方護府馮塔尼耶。該地自受到銀鳳騎士團襲擊、王族被搶走以來一直緊閉的城門，如今則為了迎接克里斯托瓦爾到來而敞開。

接著又在短短一個星期之後，馮塔尼耶久違地染上戰爭的氣息。與克里斯托瓦爾一同來到這個城市的黑顎騎士團主力——相當於一個旅（百餘架機體）的戰力，開始一路向東進軍。

◆

黑騎士們踩踏著石板道路前進。在他們上空有甲羅武德王國的殺手鐧——飛空船的身影，數量有十艘。『鋼翼騎士團』擁有的飛空船大半都集結在此，這是一次名副其實集結總戰力的進攻。

——甲羅武德軍，全軍始動。

如此龐大的軍勢完全無法避人耳目，消息很快就傳到了在米謝利耶的舊克沙佩加殘黨軍，以及銀鳳騎士團耳中。

持續東進的甲羅武德軍，與守護東方領地的舊克沙佩加殘黨軍，兩者早晚勢必會碰頭。

沿汎克謝爾大道前行的甲羅武德軍前鋒，眼看就要抵達歐比涅山麓了。東方領地愈遠離中央地帶，地勢便更加險要，而這點在『雷頓馬奇男爵領地』此處也不例外。

雷頓馬奇男爵領地的大部分領土，位在歐比涅山脈延伸出來的山地間，是塊交通不便，也不適合農業發展的貧瘠土地，可是卻因此成為守護東方的樞紐。男爵領地內為數不多的幾條主要幹道上，都設置著大規模的城鎮和關口，平時擔任商人們通過山道的驛站，此外山巒起伏的地形也兼具天然要塞的功能。

「……真教人感觸良多，沒想到我們竟然在履行原本的職責。」

截斷山谷的城牆上並列著一整排圓筒狀、像是『塔』一般的物體。那是由其外形而得到『塔之騎士』暱稱的『雷斯瓦恩特・維多』。由於此種機體是直接改造量產機而來，所以生產得極快。國內殘存的舊型量產機大多接受過改裝，也分配了相當數量到各個重要的關口駐守。

「閣下，塔之騎士（維多）隊配置完成了……還有，要撤退至馮塔尼耶的人也在剛才出發了。」

「這樣啊。你也可以走了，我不會究責。」

有兩個男人在城牆上對話。其中一人是雷頓馬奇男爵領的領主——『莫德斯托・雷頓馬奇男爵』，在他身旁的另一個人則是率領雷斯瓦恩特・維多部隊的直屬騎士團長。

「閣下自己都不走了，說什麼笑話呢？我們正是為了在必要時刻成為盾而存在這裡的，怎麼能隨便夾著尾巴逃走？相信留下的士兵們也有相同的想法。」

聽見騎士團長的回答，雷頓馬奇男爵露出苦笑。甲羅武德大軍壓境在即，就算他們獲得了雷斯瓦恩特・維多這項戰力，但憑一介小貴族的力量，還是無法與之抗衡。

「……再一下子，再一下子就好。那個銀鳳商會設計的最先進配備現在也在生產中，但還需要一點時間才能完成。」

以米謝利耶為據點的最先進幻晶騎士目前仍在持續製造。反過來說，是不得不多做幾架，他們的力量還不足以對抗甲羅武德王國。

因此明知是以寡敵眾，他還是選擇留下。他事先便將我軍在戰況上的不利告知全軍，允許他們撤退到米謝利耶，等待東山再起之時。即使如此，大半士兵還是留在這裡的事實，明確體現出他們身為軍人的自豪。

「那麼，為了不讓受封這塊土地的祖先蒙羞，我們得更加努力妨礙他們啊。看來不速之客也到場了。」

不用等男爵說，在場所有人也察覺到了。

黑鐵巨人們拖曳著排出的熱氣步步進逼，順著狹窄的山道進入谷地，擺出一貫的橫列壁型陣莊嚴肅穆地前進。它們手上握著長柄槍，槍尖從正面指了過來。染成黑色的鐵壁與守護關口的石造城牆，隔了一段距離，彼此針鋒相對。

甲羅武德軍面對堅不可摧的地形也毫不慌亂，甚至沒停下腳步，那過於冷靜的態度令雷頓馬奇男爵軍感到不寒而慄。即使坐擁地利，他們也漸漸地被敵軍氣勢壓過。騎士團長收起望遠鏡，中氣十足地向變得怯懦的部下喝斥道：

「不要怕！你們駕駛的新型雷斯瓦恩特擁有無人能及的防衛能力！想想各地同胞們至今的

奮鬥！沒什麼好怕的。在那些傢伙靠近城牆前就將他們燒個精光!!」

雷斯瓦恩特・維多簡直是甲羅武德王國主力幻晶騎士狄蘭托的天敵。近戰的戰鬥能力雖然是狄蘭托占上風，但是為了接近敵人，城牆的存在就成了最大的難關。塔型幻晶騎士擁有空前絕後的據點防禦能力，能夠在敵軍接近之前，就擊毀機動性低的狄蘭托。而那正是之前得以遏制甲羅武德軍進一步侵略的原因。

維多的騎操士們漸漸恢復冷靜並重新振作士氣。眾人強而有力地吶喊附和，身纏『華爾披風』的塔型機體一齊展開魔導兵裝，準備迎擊。瞄準器對準了肅然前進的黑鐵之壁。騎士團長也上了自己的維多後，使用機體的擴音器大聲下達指示：

「當敵人進入射程範圍後，給予各機應戰的許可！別讓那些傢伙越雷池一步！」

有如荊棘圍牆一般突出的魔導兵裝鎖定了黑騎士。騎操士們緊張得用力握緊操縱桿，微微發抖的手將震動傳到了背面武裝上，甚至讓準星跟著微微晃動。

男爵軍準備好迎擊的光景，甲羅武德軍也清楚看見了。黑騎士面對連身穿厚重裝甲也無法掉以輕心的魔法砲擊，動作有了變化。他們雖然還是繼續前進，但是陣形變得跟以往不同。

「那些傢伙……居然沒採取密集陣形？」

一向以橫列壁型陣為主輾壓敵軍的黑騎士，動作有了變化。他們將部隊分成幾個小集團，各自保持距離前進。

「他們也有在動腦筋啊，是打算不讓我方的法擊集中火力嗎……」

見到對方舉動的騎士團長很快明白過來，苦澀地低語。若要用魔導兵裝擊破狄蘭托的重裝甲，關鍵在於將法彈集中。甲羅武德軍也瞭解到維持適合近身戰的密集陣形非常不利，才讓目標分散開來的吧。

無論如何，男爵軍要做的事唯有一件。當狄蘭托踏進射程範圍內的那一瞬間，城牆上毫不留情地射出了法彈暴雨。閃耀著橘色光芒的破壞之矢落在分成小隊的甲羅武德軍頭上。爆炸與火焰的帷幕包圍住狄蘭托部隊，淹沒它們的身形。

若是在過去，甲羅武德軍會選擇繼續強行前進，但是它們卻再次做出不同的反應——一看到飛過來的法彈後，就迅速地向後退去。

見狀，騎士團長忍不住咂舌。由魔法現象構成的法彈受『有效射程』限制，因為存在於空間中的魔力來源——乙太會干擾法彈的前進。超過了這個有效射程的法彈會加速崩解，最後完全消失。

脫離了維多有效射程的狄蘭托，也不擺出防禦姿勢就堂堂擋開了法彈。在他們的重裝甲面前，開始崩毀的法彈根本稱不上威脅。在城牆上觀測的士兵大聲將結果告知全軍，最後法擊停了下來，戰場歸於平靜。

緊接著響起了喇叭與銅鑼的聲響，這次是甲羅武德軍發出的。收到後方傳來的指示，狄蘭托再次轉退為進。他們原本就很緩慢的步伐，現在看來更加謹慎地一步步踏進魔導兵裝的有效射程內。這次男爵軍並沒有發動法擊，城牆上的觀測班緊盯望遠鏡，拚命想掌握敵我之間的距離。傳令兵也頻繁奔走，增加聯絡密度。

「不要輕舉妄動，等觀測班的指示進行法擊！」

「還沒、還沒……現在被躲開也造不成多大威力，等到敵軍進入無法逃脫的距離再攻擊！」

男爵軍不得不謹慎行事。裝備多門魔導兵裝而獲得強大法擊能力的雷斯瓦恩特・維多有『兩個』致命的缺點。其中一個不用說，就是低下的機動性，另一個則是魔力儲蓄量的回復速度太慢。全體由魔力儲存式裝甲構成的『華爾披風』能夠產生超常的魔力儲蓄量，但是運轉的魔力轉換爐卻維持原樣。一旦用光了魔力，就得花上一段極長的時間回復。這樣的空檔在戰鬥中也足夠致命了。

為了確實集中法擊打倒狄蘭托，要避免把子彈浪費在無謂的地方。

「可惡，那些傢伙在吊人胃口。」

不只變更了陣型，甲羅武德軍的舉動也變得異常謹慎。賭上彼此的性命，衡量距離與魔力、攻擊與防禦，像是走鋼索一般地運用策略。黑騎士又前進了一步——沒有攻擊。然後再前進一點——還是沒有法彈飛來。

這時，黑騎士停止了前進。它們在有效射程內，但是距離還是太遠。率領男爵軍的騎士團長為了是否該攻擊而陷入天人交戰。敵人還不夠靠近，也擺出隨時能夠後退的姿態，應該一不做二不休地發動牽制攻擊嗎？這與其說是集團戰，更像是一場瞄準彼此弱點的白刃交鋒。成為戰場的谷中充滿了飽含緊張感的膠著氣氛。

凝滯的戰場上忽然刮起一陣帶來變化的風，擾亂了僵持不下的戰況。這陣風並非自然的產物，隨著風而來的還有上空一片遮住了陽光的陰影——那不是雲的影子。雲霧朦朧的天空中浮現出一塊有如汙漬，比雲層更陰暗、輪廓更清晰的巨大黑影，男爵軍不須花多少時間就想到那是什麼。既然已看得到影子，就表示本體已經接近到肉眼清晰可見的距離了。

——飛空船。

甲羅武德軍所擁有的戰力不只有黑騎士，還有他們毀滅克沙佩加王國的王牌——鋼翼騎士團。親眼目睹十艘飛空船的雷頓馬奇男爵，發出憤恨的呻吟。

飛在天上的船不受地形影響，悠然地越過山脈、無視城牆來到關口正上方。對飛空船而言，雷頓馬奇男爵引以為傲的天然屏障根本沒有意義。根據過去的經驗，男爵軍的士兵們輕易就能想像飛空船接下來的行動。男爵與騎士團長急得口沫橫飛地叫道：

「……糟了！塔之騎士隊瞄準飛空船！別讓他們降落!!」

維多將準星轉向上空時，耳邊傳來了最糟糕的腳步聲——黑顎騎士團配合飛空船的接近再度開始前進。這次的行動毫無謹慎可言，而是以排山倒海之勢向前推進。若不立刻迎擊，他們很快就會碰到城牆。陸路與空路的夾擊，使男爵軍的思考暫時陷入麻痺。

「塔之騎士隊瞄準飛空船，忽略黑騎士也行！……我們早已沒有退路，那麼就算是為了身後的同胞，能打下一艘是一艘!!」

他們走了一步『死棋』。理解到這點後，雷頓馬奇男爵反而毅然決然下達了指令。這本來就是一場豁出性命堅持留守的戰爭，如今也沒什麼好惋惜的了。

維多隊忍耐著黑騎士逼近的恐懼，一齊仰頭望去，然後對悠然停在空中的飛空船展開法擊。從地上發出的橙色雨點被吸入空中，在上空綻開爆炸的火花。

然而，飛空船還是若無其事地繼續前進。這個世界上首次實際應用的飛行兵器——飛空船，當然是以面對『地面的敵人』為前提設計的。因此，如同將航海用船隻整個翻過來似的船體，它平坦的底部周圍以鋼鐵補強，成為堅固的裝甲。設計用來抵禦法彈的裝甲就算挨了幾發也不痛不癢。這時，其中有幾艘忽然急遽切換角度開始下降。幾乎沒有減速地掠過城牆上空。

雷斯瓦恩特・維多擁有和射控系統連動的瞄準功能，不過說穿了也是仰賴人力瞄準。機體本身是倉促趕工而成，騎操士們更沒有受過射擊飛行物體的訓練，運氣好而打中的法彈也無法穿透裝甲。在這樣的狀態下，飛空船開始強行空投幻晶騎士。底部裝甲陸續開啟，繫著鎖鍊的機體一架架飛躍而出。

它們有著甲羅武德軍標準的黑色塗裝，底下的身姿卻修長纖細。那些不是狄蘭托，而是銅牙騎士團的『維滕多拉』。

維滕多拉在空中脫離鎖鍊，這高度要是由狄蘭托躍下，就會因為自身重量而摔毀。諜報行動專用的特殊構造，使維滕多拉得以利用全身的彈性抵銷衝擊力道，就那樣降落在城牆上。

維滕多拉全身的結晶肌肉發出高亢刺耳的聲響，同時猛地撲向維多。即使維多的機體周圍有『華爾披風』這樣強大的防禦，其重量也成了自身的枷鎖，使得近距離的移動變得遲緩，極不適合近身格鬥戰。看在輕量化的維滕多拉眼裡，簡直像烏龜一樣笨重遲緩，機動力的差距可說是一目瞭然。加上『華爾披風』上各處都有展開魔導兵裝的空隙，維滕多拉輕易地繞到背後去，以驚人的準確度逐一擊破這些弱點。有些拿著刺突劍，有些則直接用突擊伸腕爪攻擊，葬送掉一架又一架維多。

「塔之騎士隊依各自的判斷應戰！丟掉披風也沒關係，打倒一個是一個！」

沉重的金屬聲喀啦喀啦地響起，是雷斯瓦恩特・維多拋棄了華爾披風。為了因應最糟糕的戰況，披風上還設有拋棄用的機關，而現在正可謂最糟糕的事態。

一旦捨棄塔型的優勢『華爾披風』，剩下的就只是一架附帶背面武裝的平凡雷斯瓦恩特了。儘管維多用魔導兵裝猛力發射並奮勇應戰，但是格鬥性能很明顯是由維滕多拉佔上風。保護城牆成排矗立的塔之騎士，就像斷了的梳齒般一架又一架倒下。

被逼入絕境的男爵軍又接收到另一個宣告破滅的預兆——腳下傳來劇烈的震動，黑騎士終究還是抵達城牆邊了。它們捨去長槍，換上小型破城鎚後就開始敲擊城牆。黑鐵巨體中遍布的繩索型結晶肌肉隆隆作響，鋼鐵製的堅固城門也不敵全力揮下的小型破城鎚，馬上就扭曲變形。

受到好幾次撞擊後，城門變成像是波浪般歪七扭八的形狀，最終還是超過耐力極限而被攻破了，破滅的腳步聲接著響起。在揚起的沙塵中，黑騎士開始接二連三地湧入。防禦被攻破的雷斯瓦恩特·維多在打倒敵人之前，就成了小型破城鎚下的亡魂。無論是法彈還是劍戟，在黑騎士的裝甲面前都顯得軟弱無力。

男爵軍已經失去能夠力挽狂瀾的戰力了。

「……這就是甲羅武德軍真正的實力……」

眺望正慘遭蹂躪的關口，雷頓馬奇男爵不禁雙膝一軟、跪倒在地。沒有駕駛幻晶騎士的他不被當成目標，因此在這團混亂中還能安然無恙，不過這也是時間早晚的問題。黑騎士們正陸續入侵關口，幻晶騎士鎮壓完畢之後，步兵很快就會蜂擁而入吧。

「王女殿下、馬蒂娜殿下，恕臣力有未逮……埃姆里思大人，接下來的事情就拜……」

雷頓馬奇男爵最後的話語，被黑騎士轟然作響的腳步聲蓋過去了。

黑顎騎士團將雷頓馬奇男爵領地夷為平地之後，又彷彿什麼事都沒發生過一般，再度開始進軍。

◆

雷頓馬奇男爵領破滅的消息乘著快馬，很快地傳到米謝利耶。

「這樣啊，敵人本隊行動了！那次夜襲暴露了我們的據點，敵人攻來我想也是時間早晚的問題……」

聽到消息的埃姆里思一臉嚴肅地沉吟。銀鳳商會還需要一點時間，才能完成正在進行的新型機配備。從甲羅武德軍的進軍速度來看，能不能趕上還很難說。

「必須做好心理準備，在緊要關頭由銀鳳騎士團（我們）出面阻止呢。」

有了澤多林布爾的腳力，這提案也能化為現實。就在他前往工房打算做些準備的時候，馬蒂娜出現在他面前。

「伯、伯母……」

埃姆里思見到伯母的模樣而啞口無言。她穿的不是平時的禮服，而是重視活動與機能性、類似男性用的服裝，外面再套上皮製護具。她身上的裝束明顯是為了戰鬥而設計。

「我接到消息了，戰爭似乎近在眼前了呢，不能白白浪費雷頓馬奇卿幫我們爭取的時間。

畢竟我們是為了必定到來的戰役，特意停留在這個城市的。」

「那當然。我根本不打算輸！不過伯母妳穿成那樣，該不會想上戰場吧？」

見外甥擔心的樣子，馬蒂娜苦笑著搖頭說道：

「怎麼可能。戰鬥這事就全交給你們了，我也不認為我們派得上什麼用場。這只是有備無患，因為我也不想變成絆腳石。」

舊王都戴凡高特陷落的那一夜，她為只能逃走的自己感到懊悔不已。不，就算只是逃走，應該也能做得更好才對。

東方領地內已沒有比雷頓馬奇男爵領更適合防衛的地形，可以肯定甲羅武德軍早晚會蜂擁而入。那麼，就必須做好萬全準備，以避免重蹈覆轍。

「……好吧。之後就交給我們。絕對會趕出裝備，把那些傢伙狠狠痛扁一頓。不會再讓黑騎士或飛空船靠近伯母妳們！」

開戰至今，克沙佩加軍裡沒有一人能夠戰勝飛空船。面對包含飛空船在內的甲羅武德軍，銀鳳騎士團是唯一沒有敗給他們的騎士團，他們甚至賦予舊克沙佩加殘黨軍新的武器。

「嗯，里思。我相信你們。」

雙方都竭盡全力為了那一刻的到來做準備——時間一分一秒地朝著決戰之日勤奮地邁進。

◆

越過雷頓馬奇男爵領地後，就沒有任何東西會阻止甲羅武德軍的腳步了。『汎克謝爾大道』上設立的各個關口也都為了躲避飛空船的威脅，多半在戰爭初期就遭到放棄，連各領地內防衛用的戰力也幾乎被撤回。

「將戰力聚在一起嗎？那小姑娘還是一樣膽小。」

指揮這支『東方領地鎮壓軍』的，是甲羅武德王國第二王子克里斯托瓦爾本人。他乘著擔任旗艦的特別司令船，待在部隊的最後方，從旗艦上可以將甲羅武德軍的陣型一覽無遺。整齊進軍的黑顎騎士團狄蘭托部隊，以及上空有如雙翼展開般配置的鋼翼騎士團飛空船團——光憑這裡的戰力已經足以鎮壓一個中等規模的國家了吧。用來對付國不成國、只餘殘兵敗將的舊克沙佩加王國勢力，更可說是大材小用。

他沒有小看至今為止受到的損害，打算藉此機會將王族和魔獸守衛一網打盡，才出動了所有能動員的戰力。

「可是，像這樣什麼也沒發生也挺無聊啊。」

他的發言在飛空船的艦橋裡引起了一陣輕笑。殘黨勢力最後的反撲竟然是這副德性，未免太不光彩了，這是他們共通的感想。他們一路上如入無人之境，還因為順利過了頭，就連原本行動較為緩慢的狄蘭托部隊也比預定的進度快上許多。

之後花不了多少時間，甲羅武德軍就逼近米謝利耶。對方把目前所有的戰力全撤回根據地，表示這個原本只是驛站城市的米謝利耶，周圍密密麻麻地布署了塔之騎士吧？看來對方是準備迎擊己方的火力。既然它們在野戰贏不了黑鐵騎士，舊克沙佩加殘黨軍也只能選擇這種以守城為主的戰術。

克里斯托瓦爾的嘴角無畏地上揚。在雷頓馬奇男爵領一戰中，塔之騎士的各種弱點都早已暴露出來，對他率領的黑顎騎士團而言已經算不上威脅。

「好，全軍停止前進！趁現在休息、整頓軍隊。那些傢伙的死期也不遠了啊……！」

甲羅武德軍遵從他的指示，沿著道路展開並建立起簡易的陣地。能給敵軍最後一擊雖然提振了士氣，長途跋涉同樣也累積了許多疲勞。在正式開打之前還需要讓士兵休息，他們沒有理由感到慌張。先讓士兵回復體力，然後再以充足的精力擊潰敵人就好。

有一群人在遠處監視著甲羅武德軍陣營。潛藏在陣地周圍森林裡的幻晶甲冑——夏多拉特外裝塗上與景色混淆的迷彩。『藍鷹騎士團』自從甲羅武德軍離開馮塔尼耶後，就一直在監視行軍狀況。

甲羅武德軍根本無意隱藏自己的行軍動向。畢竟米謝利耶背靠歐比涅山地，已經無處可逃了，即陷入兵法中所謂的『背山之陣』。話又說回來，如此龐大的軍勢實際上也無法掩人耳目。他們大概認為既然如此就別躲藏，堂堂正正地威嚇著敵人前進。

藍鷹騎士團依然靜靜潛伏在森林中，精準地從進攻速度預測對方的行動。這全是為了掌握甲羅武德軍展開攻擊行動的瞬間。

經過一天一夜的歇息，多少回復了些體力的士兵們積蓄了十足力量，已經等不及想接到攻擊敵軍的命令。

「那些殘黨也真的嚇破膽了。不，搞不好沒剩幾個能帶兵的將領？」

休息期間有所防備的奇襲也沒發生，克里斯托瓦爾還一副很不高興的樣子。他以為被逼上絕境的獵物也會露出獠牙反擊，舊克沙佩加殘黨軍卻依然躲在城牆後方。

「大國的矜持在飛空船面前也蕩然無存了啊。哼，就算對上喪膽的敵人也不能掉以輕心。依照當初的作戰計畫進行，就預備位置！」

他終於對全軍下達了指令，甲羅武德軍在夜深時刻展開行動。他們的作戰計畫與過去攻打戴凡高特時所用的一樣，也就是利用飛空船進行夜襲。

在雷頓馬奇男爵領地攻防戰中，已經確定憑塔之騎士的法擊很難擊中飛空船了。但是，米謝利耶聚集了附近所有的戰力，就算是飛空船也沒辦法在白天大搖大擺地接近，於是採行夜襲戰術。想瞄準融入黑夜的飛空船，會比白天時更加困難吧。黑夜將會保護他們，並妨礙舊克沙佩加殘黨軍的耳目。

一旦順利接近、攻入敵人陣地之後，接下來的處置就簡單了。不論是克沙佩加的制式量產機雷斯瓦恩特，還是改造型塔之騎士雷斯瓦恩特・維多，在近距離的戰鬥能力都不高。只要能確實打倒塔之騎士，再讓本隊的黑顎騎士團從正面突破，就可以將敵方戰力一舉擊潰——這是能讓他們大獲全勝的計畫。

「鋼翼騎士團的各位，輪到你們出場了。揚起風，招來勝利吧！迅速侵入王都上空！」

船舷兩側染得漆黑的船帆乘上起風裝置所產生的風鼓了起來。飛空船隨著風聲滑過夜空，不斷朝夜深人靜的米謝利耶靠近。到了這個地步，米謝利耶也沒有絲毫動靜。雖說黑夜為己方帶來了優勢，但鋼翼騎士團騎士們也提防著多少會受到一些反擊，這種狀況已經超越了失望沮喪，甚至令人感到不寒而慄。畢竟克沙佩加王國可是在首戰就因為相同的夜襲，而失去舊王都戴凡高特，怎麼可能不多加戒備？

飛空船無視他們的困惑，依然順利地接近米謝利耶。勉強壓下些許的疑慮，鋼翼騎士團開始減低船的速度，並且慢慢下降，內部則開始準備空投黑鐵騎士——

——這時，地上突然出現微弱的閃光。

猛烈燃燒的炎彈拖著橙色的尾巴，那些是利用魔法射出的法彈。它筆直地朝上空飛去，並不打算擊中飛空船。

這個法彈有著獨一無二的特殊機關。其中央有實體的『芯』，是用魔法包覆密封的金屬容器再發射出去的。作為芯的金屬容器做得極為輕薄，在飛行中利用周圍的炎彈加熱而熔解，使內容物在一定的時間差後才會與火焰接觸。

密封在金屬容器內的是『金屬粉末』，在接觸到法彈以術式產生的爆炎與高熱後，出現了劇烈的『焰色反應』。陸續在夜空中綻放的耀眼光彈──這些發揮了與另一個世界被稱作『照明彈』的東西相同的效果。

在圍繞米謝利耶的森林裡，事先就佈下了藍鷹騎士團的間諜。在沒有雷達的這個世界中，只能仰賴人力組織的探知網──『結界』。他們日以繼夜地潛伏在森林裡等待，而現在終於完美地達成了任務。舊克沙佩加殘黨軍並非沒有警戒敵軍的夜襲，正好相反，這個時機正是他們引頸期盼的──『先發制人』的機會。

在夜空中誕生的人造星星燦爛奪目，揭露了潛入黑暗中的侵略者。

森林一隅就像呼應這團光芒一般騷動起來。混入夜色中的不只有藍鷹騎士團，更不是只有鋼翼騎士團，還有摩拳擦掌等待著這一瞬間的獵人們。

魔力轉換爐發出高亢的進氣聲，揭開重視隱密性而染成與森林相同顏色的布罩，露出了底下龐大的身影。由於額上伸出獨角、下半身是馬的身姿，其總高度甚至有十五公尺。背後還牽引著巨大的貨車，那是人馬騎士澤多林布爾。

「嗚呵呵呵呵呵，你們這些礙事的傢伙終於來了。都是為了要伏擊你們，害我最近都不能跟艾爾在一起！絕對不原諒你們!!為了要給艾爾的紀念品、奇德的勝利還有供我洩憤，看我把你們全打下來……！」

亞蒂在澤多林布爾的駕駛座上，口中吐出某種黑暗物質，握緊著操縱桿。她的愛馬(澤多林布爾)也彷彿回應著主人的殺意一般，從魔力轉換爐發出凶暴的嘶吼。在不曉得甲羅武德軍何時會襲來的情況下，澤多林布爾與身為騎操士的她也被命令在城市外圍待命，當然也就必須跟艾爾分開行動，不能一起吃飯，也不能一起睡覺。所以她現在吐出瘴氣般的壓力，殺氣騰騰地瞪著飛空船。

「哦——好可怕好可怕，不過我也贊成讓他們掉下來。為了保護艾莉，這場勝利絕不能讓給他們。」

在鬥志熊熊燃燒的亞蒂機旁，奇德駕駛的澤多林布爾也啟動了。後面還有更多人馬騎士陸續動了起來，他們是銀鳳騎士團第三中隊的人馬騎士部隊。

「終於來了！真是讓我們等好久……來吧，各位，讓我們開始工作吧！」

繼海薇之後，第三中隊隊員們也紛紛瞄準了幻象投影機上，被照明法彈映照出來的飛空船，接著啟動裝在澤多林布爾馬軀上的新兵器。

那是由好幾條軌道並列、用途不明的機械，上面有著與軌道相同數量的超大型鋼索捲線機。軌道上並排放著投擲用的長槍，全都固定在幾乎與地面垂直的角度。

「要上了喔！『垂直投射式連發投槍器』，發射!!」

亞蒂有點興奮過頭地叫喊完，裝設在軌道上的長槍一齊噴出劇烈的火焰，隨即朝上空飛去，周圍環繞著許多閃爍的火光。長槍藉由改變噴射動力，微調方向。尾端噴出熊熊火焰的長槍順勢劃破了夜空，突飛猛進。

這組機械的真面目，用這個世界的語言表示的話，稱為『攻擊用大型鋼索標槍』。若用地球語言表現的話，則是叫做『線導向地對空飛彈』。這種有線控制的遠距離武器是在幻晶騎士使用的標槍上加上控制推進、角度用的觸媒結晶，再連接上傳遞魔力與魔法術式銀線神經，打造而成的『魔導飛槍』。它就是艾爾發明的澤多林布爾用對空裝備『垂直投射式連發投槍器』。

浮在夜空中的飛空船，也注意到這些突然噴射爆炎飛來的神祕物體。利用起風裝置移動的飛空船能夠直線加速，但無法進行急速迴轉，根本不可能避開以極快速度不斷攀升，而且還有追蹤能力的標槍。

魔導飛槍很快飛到了銀線神經的長度極限，後端脫離了銀線神經後，失去魔力供給的魔導飛槍順著慣性繼續飛行。這時已獲得足夠速度與威力的標槍，就這樣一一刺進嘗試迴避卻失敗的飛空船側腹。飛空船的裝甲對上疾速飛來的標槍簡直毫無招架之力，即使預測到從地面來的法擊，卻萬萬沒料到會有物理性攻擊直接飛過來。

魔導飛槍摧毀裝甲板，直直刺入飛空船內部。有些貫穿了停放在機庫裡的狄蘭托，有些則摧殘著船體的內部構造。其中一支偶然刺進飛空船中央部的源素浮揚器，在有如狂風肆虐過後而半毀的船艙內，原本密封著的高純度乙太噴發開來，擴散到空氣中，使原有濃度開始下降。

下一秒，船身開始傾斜。利用高純度、高密度乙太的特殊性質，可形成被稱為『浮揚力場』的向上力場，它是支撐飛空船滯空的動力來源，也是源素浮揚器構造的原理。由於機器的密閉性遭到破壞，乙太的濃度下降，飛空船失去了支撐船身的浮揚力場。

剛才還悠然飄在空中的船體，就像航行到瀑布上的船隻一般急遽墜落，再怎麼試著產生風也無法讓船體向上。飛空船就那樣順著重力牽引不斷加速，最後朝森林撞去。將本身的位能轉換成破壞力的飛空船不得不回歸大地的懷抱，它激起塵土、發出低沉的巨大撞擊聲，壓倒性的破壞力使其嚴重毀損得面目全非，連搭載的狄蘭托也都與船體一同粉碎了。

「一艘～！還挺難操作的，不過行得通！再來、再來！我要就這樣把他們全部打下來！」

因為第一擊的成果而心情大好的亞蒂，高興地開始準備發射下一發。澤多林布爾搭載的大型捲線機全速旋轉，回收要連結魔導飛槍的銀線神經。期間，人馬騎士背後拖著的貨車上出現了許多幻晶甲冑，再度把堆積如山的飛槍搬出來。他們手腳俐落地將飛槍放上軌道，然後連上收回來的銀線神經接頭。

垂直投射式連發投槍器不具備自動裝填的機能，所以只能依靠人力重新裝彈，這項任務當然就是由行動敏捷且有著強大臂力的幻晶甲冑負責了。當準備完畢的幻晶甲冑大聲宣告結束後，它們又回到了貨車上。等到四周清空，魔導飛槍隨即再度拖曳著爆炎的尾巴朝空中飛去。

它的操作原理基本上和鋼索錨相同。在連接著銀線神經的階段，是由澤多林布爾的騎操士們控制飛行方向，因此一次可以發射的數量全看騎操士的能力。

在這裡的是艾爾親自傳授的雙胞胎弟子還有受過鍛鍊的第三中隊成員。許多標槍一支接著一支射向空中，為夜空中的星星增添耀眼的火光。

◆

飛空船的艦橋裡變得鴉雀無聲。誰也無法正確把握現狀，只知道有艦艇毫無預警地被擊沉了，而且那個方法還遠遠超乎他們的想像。支配天空的他們立場一變，淪為單方面被狩獵的獵物。諷刺的是，讓呆然杵在原地的船員們清醒過來的，竟然是魔導飛槍所發起的第二波攻擊。

船身再度遭受衝擊，貨艙裡成了慘叫聲此起彼落的地獄。

「可、可惡！可惡!!怎麼可能……居然是『陷阱』!?這怎麼可能……他們鐵定是瘋了！難道他們『在等』的情況就是被逼入絕境!?緊急通知騎士像，急速回頭！加速遠離那些光彈!!逃進黑暗中，這樣下去只會變成靶子！」

帶頭的鋼翼騎士團陷入了極度的混亂之中。從地面發射的『人造星』照亮了四周景物，噴出火焰的詭異長槍又不斷襲向飛空船。想在這種情況下保持冷靜根本不可能。

「盡可能迂迴前進，不要筆直向前！還有降低高度，硬來也沒關係，把狄蘭托放下去！」

聽到這樣的命令，飛空船的船員們甚至忘了複誦，忍不住回頭望向船長。他說要放下狄蘭托——在遭遇埋伏的危險情況下，他們實在不認為這是正常的決定。

「……讓降落地面的狄蘭托找出那個攻擊者破壞掉！反正這樣下去我們只有墜落一途。在那之前至少得報一箭之仇!!」

因為第一艘遭到擊墜的手法太過俐落，他們並沒有發覺，魔導飛槍的攻擊不一定每次都能擊墜飛空船，得要破壞中央區的源素浮揚器才行。不清楚飛空船構造的銀鳳騎士團並沒有瞄準弱點攻擊，只是被擊沉的飛空船運氣不好而已。

話是這麼說，但他們也無從得知事實真相。飛空船急速降低高度，同時向前突進。打算硬著頭皮將狄蘭托投下，待減輕重量後一口氣脫離戰場。還差一點就到達可以空投的高度——船員們瞪著高度計，同時如此祈禱。

「垂直投射式連發投槍器的威力真是不同凡響，可是好像不瞄準要害就打不下來，還有很多需要改良的部分吧。」

在如此大規模的戰鬥（祭典）中，機器人迷是不可能閉上嘴靜靜看著的。艾爾坐在愛機——鬼面六臂鎧甲武士『伊迦爾卡』的駕駛座上，眺望著魔導飛槍貫穿黑夜的軌跡與飛空船穿梭其中的表演。其中一艘的船體上插著好幾支魔導飛槍，但還是突破了重圍。艾爾於是鎖定那艘船，對伊迦爾卡下達命令。

伊迦爾卡啟動兩肩、腰間的魔導噴射推進器，隨即開始放出高亢的進氣聲。推進器帶著愈來愈響亮的轟鳴聲轉向下方，接著噴發出猛烈的爆炎。火焰刨開地面，赤紅火焰亂舞。這期間名為皇之心臟和女皇之冠的魔獸心臟仍不斷瘋狂吐出魔力，賦予鬼神源源不絕的動力。

下一秒，獲得強大推進力的伊迦爾卡騰空飛起。它完全無視空氣動力學等原理，憑著推進器驚人的噴射力打敗了重力，這顆纏繞火焰的流星一口氣飛到超越飛空船的高度。

「來吧，就讓你們見識見識伊迦爾卡的實力。我們準備了很多節目！首先請欣賞內建型鋼索錨『執月之手』！」

艾爾開心地敲響鍵盤後，伊迦爾卡背上的四隻手臂便切換了功能。固定手腕的裝置開始動作，刻意減弱強化魔法，解開了結晶肌肉和金屬骨架的連結。手腕內連接著編入銀線神經的鋼索，它也跟鋼索錨有同樣的效果。

很快地，手腕裡內建的結晶肌肉充當觸媒產生了劇烈的噴射。它跟魔導噴射推進器相同，是由大氣壓縮與爆炎所組成的噴射推進系統。脫離束縛的四架『執月之手』拖曳著猛烈燃燒的紅蓮軌跡破空而去，隨著艾爾的引導朝飛空船突飛猛進。擁有銳利整齊的指尖，並且應用強化魔法的『執月之手』輕易地插進飛空船的裝甲裡，再發揮它原本作為『手』的功能，抓緊飛空船的內部構造將自身固定住。

「抓～到你們了！這次可不會讓你們逃走喔!!」

艾爾興奮地再度敲響了鍵盤。收到指令的捲線機怒吼著牽引鋼索，將伊迦爾卡的軀體急速往船引導過去。等到距離夠近時，又進行了一次逆向噴射煞住勁勢，使伊迦爾卡猛地降落到船上。

——在飛空船艦橋裡的船員們目擊了這一切。

原以為只是照在飛空船上的影子，但仔細一看，那深邃漆黑的影子卻降落在眼前，清晰地切開傾瀉而下的月光。它爆出魔導飛槍也比不上的、震耳欲聾的巨響，有如咆哮一般的進氣聲甚至撼動了巨大的船體。在月光下浮現的異形發出咯吱咯吱的聲響伸長六隻手臂，纏繞在鎧甲上的赤紅色外衣隨著推進器的動作搖曳著。

內心萌生超越想像極限的恐懼，讓船員們的理性拒絕理解現況。這時，月光惡作劇似地照亮了鬼神的面孔——親眼目睹那充滿憤怒的惡鬼面甲，使船長的表情更為扭曲。

「怪、怪物……」

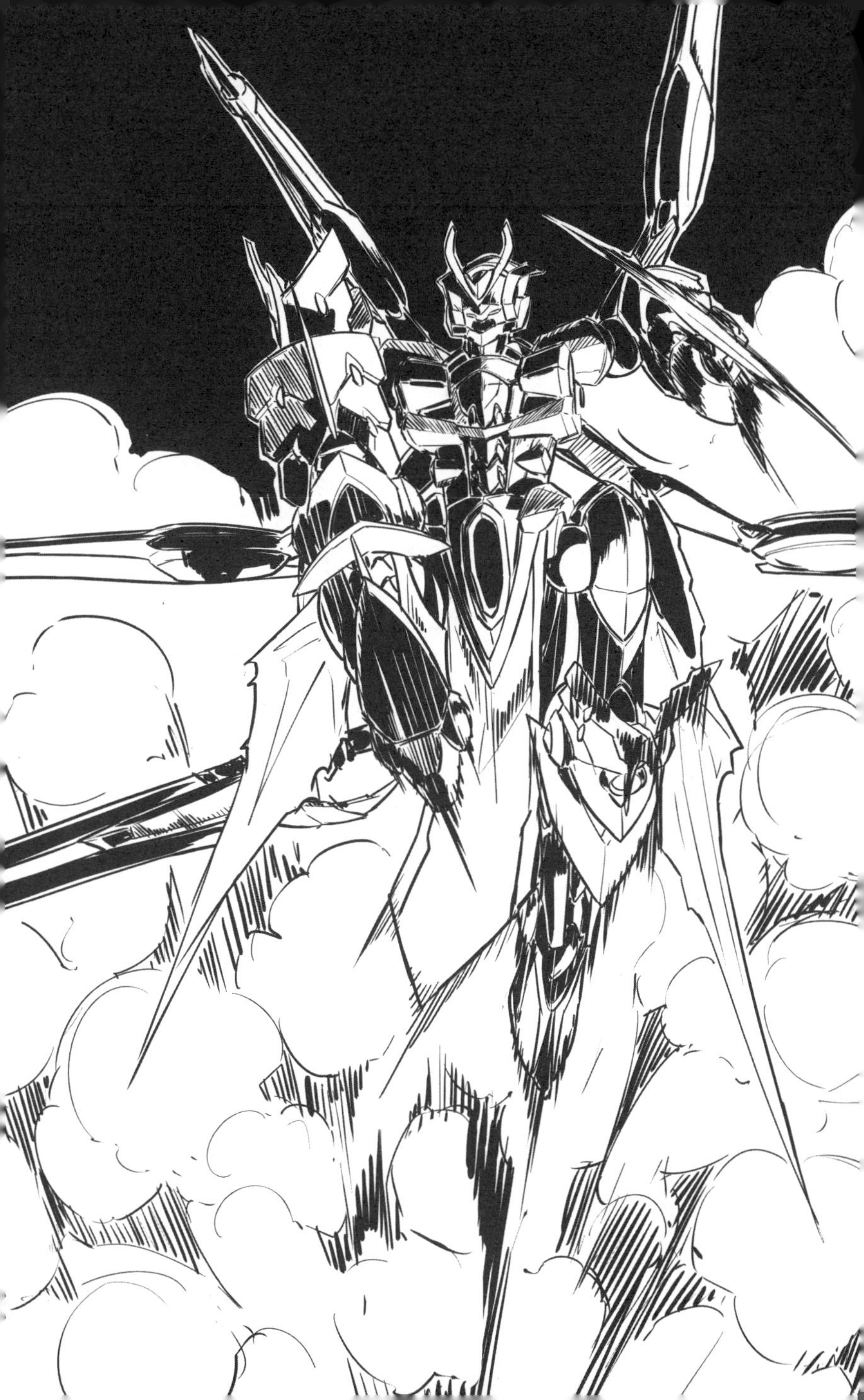

這句話成了他的遺言。出現在船上的鬼神毫不留情地舉起手上的大劍，狠狠往艦橋砍下去。受到飽含巨大破壞力的一擊，艦橋一瞬間就被壓毀，而大劍隨即分裂成兩半，從中出現刻有複雜圖樣的銀板，那是魔導兵裝。鬼神接著將龐大魔力源源不絕地注入插在船上的複合魔導兵裝『銃裝劍』裡。

隨後，銃裝劍放出耀眼的火焰法彈貫穿了艦橋的殘骸，刺進飛空船的內部。轟炎的衝擊將船內燃燒殆盡，無處可去的衝擊最終粉碎了底部裝甲，從下方噴出。

內部的源素浮揚器三兩下就被摧毀了，失去浮揚力場的飛空船開始傾斜。看到這裡的鬼神確定大功告成後，再度從船上躍起——

「先毀掉一艘。戰鬥（宴會）才剛開始，還有其他客人在等著呢……不加緊腳步可不行喔！」

四周還有其他被魔導飛槍逼得四處逃竄的飛空船。伊迦爾卡再度啟動魔導噴射推進器，果斷地朝著下一個獵物飛去。

被空中飛舞的長槍擊落、被貪得無饜的鬼神吞噬……即使鋼翼騎士團的數量確實在減少，其中也有幾艘船隻成功強行空投黑騎士。

才剛放下黑騎士的飛空船馬上落荒而逃。這裡已經成了飛空船的葬身之處，除了逃離以外別無選擇。

降落的黑騎士部隊顧不得迅速離去的飛空船，立刻在森林裡跑了起來。鋼翼騎士團在這一戰中受到了非同小可的損害，他們無論如何都要向造成這情況的原因報一箭之仇，畢竟他們已經沒有未來可言了。狄蘭托的機動性能欠佳，飛空船又是有去無回。放棄生還、化身為敢死隊的他們不久前勝券在握的心境為之一變，懷抱著悲壯的覺悟繼續前進。

黑暗包圍的森林裡只聽得見他們的腳步聲，和不時從遠方傳來的沉重墜落聲。鬼神與人馬騎士都只專注於空中的獵物，或許可以就這樣不被發現繼續前進。正當黑騎士的騎操士們心中燃起了一線希望時——

從黑暗之中，浮現出幾架幻晶騎士堵住他們的去路，可以從其昏暗朦朧的身影辨別出，這些是克沙佩加軍的制式量產機雷斯瓦恩特。

「哼，這種時候區區稻草人能做些……!?」

在看到它們擺出應戰架勢後，黑騎士的騎操士們感到了強烈的不協調感。雷斯瓦恩特敵不過狄蘭托這點，克沙佩加軍應該親身體驗過了。在這麼關鍵的場面，會特意派出這樣的機體嗎——

「來得好，黑騎士們，你們的命運就到此為止了……！」

不顧他們的疑問，某道低沉壓抑的聲音如此宣告完，神祕機體便跑了起來。克沙佩加的騎士操縱的並不是雷斯瓦恩特。外觀上雖然沿用原本的設計，卻進化得更加強大。

這一剎那，黑騎士們領悟到了，它們是克沙佩加的新型機。這樣的預測是正確的，它們是利用銀鳳商會提供的技術所開發出來的最先進機型——『雷馮提亞』的模型機。即使數量不多，但也足夠布署在米謝利耶周圍了。

「我們新的騎士不會輸給你們的黑騎士！就讓你們親身體會我們至今所受的恥辱吧！」

地面附和著騎士的怒吼開始晃動。雙方不耍小花招，奔跑著從正面互相衝撞。若是與至今的情況相同，克沙佩加的騎士們將會承受不住狄蘭托的攻擊而任人宰割。但是這時不一樣，雷馮提亞用大劍架住了對方揮下的一記重鎚。雖然雙腳陷入地面、機體發出受擠壓的聲響，但雷馮提亞還是穩穩接下了這一擊。

「怎麼可能!?竟然擋下黑騎士的攻擊！」

以銀鳳騎士團的卡迪托雷為設計基礎建造的這架機體，全身採用繩索型結晶肌肉，獲得了不負新型機之名的輸出力。論最大力量或許依然是重裝機狄蘭托勝出，不過，像過去那樣一面倒的差距已經不存在了。這個情況同時意味著數量較少的黑騎士居於劣勢。

相對於陷入動搖的黑騎士，因擋下一擊而士氣大振的雷馮提亞展開了猛烈的反擊。狄蘭托自傲的重鎚沒打中雷馮提亞，反而被複數的機體包圍，一架架被擊倒。從飛空船上順利降落的黑騎士們遭到各個擊破，數量確實逐漸減少。

隨著時間過去，米謝利耶周圍發生的戰鬥愈來愈少，最後只剩下散落在森林中，數量可觀的飛空船殘骸與黑騎士的屍體——鋼翼騎士團瀕臨毀滅。

由照明法彈照出的飛空船末路，從軍陣後方也能清楚看見。

原本預定在鋼翼騎士團突入後挺進的黑顎騎士團大驚失色，連要前進的事也忘了。他們看見天空霸者飛空船，一艘接著一艘墜落的光景。從這場戰爭開打以來就是戰無不勝、攻無不克的飛空船終於從漫長的美夢中醒來，深陷絕境中才領悟到——自己也不過是一種兵器，總有一天會被人破壞的事實。

黑顎騎士團有種身處於惡夢中的感覺，猶豫著不曉得該怎麼行動。

就現實問題而言，既然飛空船突擊失敗，只靠蠻力要打下米謝利耶就變得困難，前進將會伴隨著大量犧牲。話是這麼說，即使被敵人逼到這一步，但他們仍坐擁重兵，要承認敗北也沒那麼簡單。

稱得上致命的片刻躊躇，決定了他們之後的命運。米謝利耶市內四處點燃了燈火，排除了飛空船這項最大的障礙後，舊克沙佩加殘黨軍也沒有任何後顧之憂了。他們舉起反擊的火炬，展開行動。雷斯瓦恩特・維多組成隊伍，緩慢卻一步步確實地前進，並在中央以目前還為數不多的雷馮提亞為核心編成步兵戰力，擔任部隊主力。

在這軍團的最前方有個特別醒目的集團，正是由鬼面武士率領的弗雷梅維拉王國最強騎士團——銀鳳騎士團。吞噬了眾多飛空船的伊迦爾卡還不滿足，將下一個目標轉向黑騎士。

「反擊的狼煙升起了，這次輪到我們進攻！」

鬼神（伊迦爾卡）用銃裝劍代替儀杖舉起後揮下。以此為信號，舊克沙佩加殘黨軍一齊開始進擊。

# 第三十七話　米謝利耶的惡夢

遙遠的東方，從朦朧的歐比涅山脈背後，耀眼的光芒緩緩探出頭來。

背對著燦然生輝的朝陽，舊克沙佩加殘黨軍從米謝利耶市出擊。已經看不見悠然支配天空的飛空船，象徵甲羅武德軍勝利的黑色巨船，在魔導飛槍與鬼神的淫威下也只能化作廢鐵，已經沒有任何能阻擋舊克沙佩加殘黨軍的事物存在。他們氣宇軒昂地向前邁進，彷彿要一掃國家毀滅、被逼得走投無路而累積至今的鬱悶。

與那樣高昂的士氣恰恰相反，他們的腳步依然緩慢。雖然投入了最新型機『雷馮提亞』，但他們的戰力還是以『塔之騎士』為主。在行軍速度上甚至不如黑騎士。

此時，耳邊傳來敵方進軍漸漸逼近的地鳴，不安地僵在原地的黑顎騎士團這才回過神來。

「殿、殿下……敵人要來了！請下達指示！」

在駐留在甲羅武德軍最後方的旗艦上，艦橋裡所有人都將視線投向克里斯托瓦爾。鋼翼騎士團的滅亡徹底推翻了他們的戰術，要撤退，還是迎擊？能夠為他們指示方向的只有他這個指揮官了。

一滴汗從額上流下。既然計畫遭到破解，本來應該暫時撤退、重整旗鼓，但是他卻怎麼也無法下達這樣的命令。

甲羅武德軍最強的黑顎騎士團與前所未見的航空戰力鋼翼騎士團，已投入這等戰力卻無法給瀕死的對手最後一擊，如果就這樣撤退，叫他怎麼向留在舊王都的王姊交代？再說，黑顎騎士團的戰力依舊毫髮無損，又讓狀況變得更加複雜。還能繼續打——這個事實扭曲了他的思考。

「…………黑騎士隊採取橫列壁型陣形。敵軍本隊馬上就會過來，我們要開始反擊！各位驍勇善戰的甲羅武德騎士們，不要怕。敵人不過是群雜兵敗將，沒有人能在野戰勝過黑騎士。你們就盡情發揮實力，展現黑顎騎士團的力量吧!!」

思索片刻後，他下達了這樣的指令。甲羅武德軍遵從旗艦所發出的命令，拿出算不上旺盛的戰意準備迎擊。大軍沒有進入米謝利耶附近的森林裡，而是在平原上擺出陣形等待。剛健無比的黑鐵騎士舉起長槍一字排開，展現出至今威嚴仍絲毫無損的模樣。很快地，士兵們也揮開心底的疑慮，對於黑鐵光輝的信賴超越了他們心中的不安。

沒有怒吼，也沒有鎧甲的摩擦聲，不自然的沉默支配著全場。黑騎士們一動也不動地將槍尖指向森林。僵持不下的時間一分一秒過去，終於，森林暗處出現渾厚的金屬反光。那是全身圍繞著『華爾披風』，像是塔一般的身影，克沙佩加的主力機——雷斯瓦恩特・維多。

進入彼此視野中後，雙方沒有交談就直接展開了法擊。平靜的林木摩擦聲頓時被戰鬥的噪音取代。

「最前列，架好盾牌前進！把他們關在森林裡!!」

組成橫列陣的狄蘭托最前列隨即邁步向前。它們架著長槍與厚重的盾牌，裝備在黑騎士中也算特別堅實。他們一邊用盾牌擋下從森林深處如雨般傾瀉而來的法彈，一邊靠蠻力向前推進。

甲羅武德軍的戰術是在己方容易行動的平原布陣，並將敵人困在行動受限的森林裡，因此才讓原本就具有壓倒性防禦力的狄蘭托另外裝備盾牌，用完全依靠蠻力的戰法縮短距離。這策略是用以對抗擁有強大遠距離攻擊能力的塔之騎士。

捲入法彈暴雨中的林木被轟成碎片。在無止盡的凶猛爆炎中，狄蘭托不斷前進。就算機體再怎麼堅固，持續暴露在攻擊之中仍毫不退縮的模樣，足以看出黑顎騎士團訓練有素。

即使因毫不間斷的猛烈法擊而受到損害，黑騎士們還是眼看就要進入長槍的攻擊距離內了。塔之騎士的近身戰能力幾乎為零，只要靠得夠近，勝利就會是他們的。

「抓到了，克沙佩加的稻草人們！虐殺他們，突擊、突擊!!願甲羅武德王國榮光永在!!」

用黑鐵鎧甲將法彈彈飛，他們猛地衝入敵陣。長槍將可怕的質量轉換成破壞力，化為一擊襲向塔之騎士。兩軍衝突的聲音有如遠處雷鳴，衝擊撼動了大地。

◆

另一方面，在米謝利耶市內。

在市中心的宅邸內，王女埃莉諾雙手緊緊交握，虔誠地獻上祝禱。祈禱的對象可能是所謂的神，也可能是已過世的父親。

她的心情有如脖子上抵著一把利刃，徹夜未眠。對她而言，這一夜甚至感覺比舊王都戴凡高特陷落的那一晚還要漫長。不只是她，不論是騎士還是非戰鬥人員，都帶著祈禱的心情等待天亮到來。

這場仗對於舊克沙佩加殘黨軍而言可謂孤注一擲的豪賭。畢竟就算是為了作戰，還是將他們的心臟──王族直接暴露在危險之中。假如戰敗，他們這次就真的得滅國了。

他們之所以要背水一戰，全是為了『將飛空船集中在同一處』。飛空船能在空中來去自如，神出鬼沒並且擁有強大的戰鬥能力。剷除開戰以來就讓克沙佩加王國吃盡苦頭的飛空船，是進行反擊時的最優先目標，同時也是最大的難關。

為了與飛空船一決勝負，他們採取了某個手段。說起來沒什麼特別的，就只是灑下『誘餌』而已。

銅牙騎士團的襲擊，使得甲羅武德軍掌握了他們當成根據地的米謝利耶方位。在東方面臨混亂的狀況下，甲羅武德軍為了盡速鎮壓，勢必會把矛頭第一個指向逃走的王族。一如他們所預料的情況，甲羅武德派出大軍向東侵略，其中當然包含擁有飛空船的鋼翼騎士團。

這之後就簡單了。位置曝光後仍繼續留在米謝利耶，這樣一來，甲羅武德軍自然會把戰力集中到同一個地方來。為了勝利『必須讓敵軍大半的戰力都集中在一起』，這樣的戰術幾乎算得上瘋狂。若是走錯一步，就可能演變成被龐大戰力擊潰的結果，是危險至極的賭注。

這一夜，克沙佩加軍賭贏了。由銀鳳騎士團監製、窮凶惡極的破壞之槍就等著毫不知情的甲羅武德軍發動夜襲，而且也一如他們計畫，擊退了飛空船，將戰場拉回大地。

平靜的朝陽下，面前只剩下甲羅武德軍的主力——黑顎騎士團。與獲得銀鳳騎士團協助，準備了強大新武器的空戰相比，地面的戰鬥完全是在硬碰硬，沒有任何人預料得到結果。

「聽說近衛隊的前端已經與敵軍接觸了。」

「…………這樣啊……」

馬蒂娜來到不斷祈禱的埃莉諾身邊，告訴她狀況。

埃莉諾鬆開顫抖的指尖，抬起鐵青的臉龐。就算是為了反擊侵略者而戰，命令士兵們出征的還是身為王女的自己。雖然只是命令，但這對僅僅十六歲的少女來說是多大的負擔啊。

她沒有上前線指揮軍隊的能力。唯一辦得到的事，也只有壓下心如刀割的心情祈求勝利了。

「艾莉，這樣對身體不好。戰事方面里思會努力的，妳現在最好休息一下。」

她那不尋常的模樣令人擔心，馬蒂娜忍不住輕聲勸誡。年紀尚輕，又因為勞心顯得有些憔悴的王女，看上去就好像快折斷一般脆弱。其實她的身體狀況還不能說很健康，萬一在戰爭期間，王女都這樣硬撐著而倒下的話才是大問題。不過，埃莉諾只是慢慢搖了搖頭回答：

「士兵們正賭上性命與侵略者戰鬥著。就算我這個王女再怎麼無力，只有我舒服地睡著怎麼行呢？何況我的騎士也在那裡……」

王女明確的意志變化讓馬蒂娜驚訝得瞪大眼睛。前幾天還怕得不敢從籠子裡出來的小鳥，如今正展翅欲飛。只是意外固執的這點不知道是遺傳到誰呢。

馬蒂娜開始從這個國家烏雲籠罩的未來中，感覺到一絲希望。她也懷著祈禱的心情，將思緒送往米謝利耶郊外的森林。

◆

面對衝上前挑起近身戰的黑騎士，舊克沙佩加殘黨軍也大動作地回應。

原本模仿甲羅武德軍，像是要築起一道牆般列隊的塔之騎士拉開了間隔。從打開的縫隙中出現了原本在後方待機的騎士，向黑騎士發起挑戰。它們是以最新型機『雷馮提亞』為中心所編成的步兵戰力。

其中還有一道黃金的光輝闖進戰場中央——

「哈哈哈！哪能讓你們靠近城市！」

埃姆里思駕駛的『金獅子』正面朝著狄蘭托衝過去。由於雙方都是高輸出動力的機體，產生的強烈衝擊波掀起一陣狂風席捲周遭。

「你們！這些傢伙能跟狄蘭托較量嗎!?」

不只是金獅子，附近的雷馮提亞隊也向狄蘭托發起了近身戰。克沙佩加的主力塔之騎士不擅近身格鬥，看準這一點而強行拉近距離的狄蘭托隊，則因為雷馮提亞的登場踢到了鐵板。

將擺明了有缺陷的塔之騎士放在最前方，刻意誘導敵人的行動——甲羅武德軍又一次中了克沙佩加軍的計謀。

當甲羅武德軍挺出的槍尖變鈍，失去了突破力時，維多隊慢慢地改變位置，從正面對峙的陣形轉換成鬆散的包圍陣形。金獅子率領的雷馮提亞隊雖然能與狄蘭托正面交戰，但是數量卻不多，它們的任務是在這種關鍵場面，專心將敵人擋在原地。雷斯瓦恩特・維多搭載的多連發魔導兵裝發出了凶暴的魔法光芒，塔之騎士才是克沙佩加軍真正的攻擊力。

有如暴風雨橫掃一般激烈的法彈轟向甲羅武德軍。他們既無法接近，槍尖又被雷馮提亞隊擋了下來，甲羅武德軍在森林中陷入了進退兩難的境地。在這期間，暴露在法擊下的黑騎士一架又一架倒下。

「嗚，這樣下去損害太大了……！暫時撤退，重整態勢!!」

身為前線指揮官的中隊長高聲怒吼。局勢明顯朝著對他們不利的方向進行，需要重整旗鼓的時間。甲羅武德軍放棄攻擊，轉而加強防守並開始撤退。一邊牽制看準機會就想追擊的克沙佩加軍，一邊退出了森林外。

但是退到平原後，他們眼前的卻是地獄般的景象。

◆

場景稍微拉回到過去。

就在森林中兩軍即將相接的時候，黑顎騎士團的中衛部隊在後方進行著戰鬥準備。配置在最前方的黑顎騎士團雖然都是精銳，但隨著戰鬥愈演愈烈，消耗也更為劇烈。不久後就會進行戰列交替，改由中衛部隊補上前列。

中衛部隊提防周圍，感受著振奮人心的昂揚感，慢慢走向森林——就在這時，空中突然落下許多影子。

他們詫異地警戒天空，看見一支支劃出拋物線、越過森林的魔導飛槍襲來。強勁的重力加速度讓它們輕易貫穿黑騎士的重裝甲，將機體釘在地上。金屬每發出一次尖銳的悲鳴，就有一架黑騎士變成了被固定在地面上的奇特裝置藝術。

「怎麼可能！標槍居然能射到這個位置，不可能！嗚，把盾牌舉到頭上，下一波要來了！」

倖免於難的黑騎士們驚慌失措。在戰場上他們不可能掉以輕心，但是怎麼也料想不到在與前線有段距離的這個地方，更別說是從頭上會飛來致命性的攻擊。事實上，普通的標槍的確不可能飛越森林射到這裡來，不過出自銀鳳騎士團之手的最新型兵器『垂直投射式連發投槍器』所射出的『魔導飛槍』將不可能化為了可能。

黑騎士們一認知到危險就立刻將盾牌舉到頭上防禦，確實不負身經百戰的勇者威名。然而，像是在嘲笑他們的警戒一般，拖曳著紅蓮光輝的異形戰士飛過天空。

「找～～到了！這裡有！好多～～呢～～!!」

那是伊迦爾卡。它跟在魔導飛槍後頭越過森林上空，順著勁勢就那樣衝進黑顎騎士團的正中央。令人難以置信的是——黑騎士們朝著天空高舉的盾牌正好成了伊迦爾卡絕佳的立足點。受到如流星殞落般飛踢直擊的黑騎士，不敵壓倒性的衝勁倒了下去，堅韌的繩索型結晶肌肉應聲斷裂，承受不住的關節猛然粉碎，就這樣被夾在盾牌與地面之間壓毀了。

「森林裡面太多障礙物不好活動，所以就來這邊打擾囉！」

正合適的立足點讓伊迦爾卡得以抵銷著地的衝擊。它以極為自然的動作舉起銃裝劍，從變化為魔導兵裝模式的劍中，射出帶著眩目閃光的法彈。

唯有伊迦爾卡豐富的魔力供給才可能產生的大輸出功率法擊，將黑顎騎士團捲入了爆炎的漩渦之中。整齊列隊的黑顎騎士團因此陷入連混亂都不足以形容的狀態。

「不要退縮！讓闖入我們包圍中的愚蠢之輩認清自己的份量!!」

雖然還無法理解狀況，但僅憑著戰意振作起來的他們果斷地準備反擊。陸續啟動背面武裝後，就開始進行猛烈的法擊。隻身闖入隊伍正中央的鬼神等於一開始就被包圍了，這個敵人原本該為自己的愚昧付出性命作為代價。

「反應不錯……這樣的話，我也要拿出伊迦爾卡的全力拚了!!」

但是法彈還來不及打中，艾爾就向鍵盤輸入了指令。有如外衣包覆的魔導噴射推進器火焰向下噴出，將伊迦爾卡再度送上了空中。艾爾俐落地脫離敵人包圍後，一副接下來輪到自己進攻的樣子，啟動了伊迦爾卡的遠程追蹤兵器『執月之手』。背上四隻手臂的手腕脫離，拖著熾焰軌跡飛了出去。

面對敵人極度異常的機動性和攻擊力，狄蘭托的反應可說緩慢得致命。猛烈加速的『執月之手』猶如見縫插針一般，無視狄蘭托厚重的裝甲刺了進去。伊迦爾卡龐大的出力將『執月之手』更加強化，賦予它不輸給狄蘭托裝甲的強度。

「唔，詭異的攻擊！別以為這點程度能打倒黑騎士……!?」

足以挖開黑騎士裝甲的『執月之手』威力的確不容小覷，但是狄蘭托也沒柔弱到一擊就被打倒。黑騎士在鎧甲上還插著『執月之手』的情況下，把背面武裝對準了空中的敵人，打算將它擊落。

「來吧，伊迦爾卡。讓大家瞧瞧你的厲害！遠程兵裝『執月之手』真正的機能……『引爆』!!」

艾爾藉由直接操縱將魔法術式送進了『執月之手』，術式上紀錄著大氣壓縮與爆炎的魔法組合。剎那間，被『執月之手』刺中的狄蘭托就從內部噴出猛烈的火焰爆炸了。利用原本魔導噴射推進器的機能，從命中的地方轟炸機體內部。就算是以厚重裝甲為傲的重裝機狄蘭托，從內部遭到燒毀也不可能平安無事。四架黑騎士一瞬間化為廢鐵，迸散出火焰與零件。

「噫、噫噫……!?」

被炸飛手臂打中的後方騎操士發出悲鳴，他的大腦拒絕理解現況。對絕對信賴黑騎士力量與裝甲的甲羅武德騎操士們來說，它們體無完膚地被轟成碎片的畫面，已足以毀掉他們的精神支柱了。

他們籠罩在恐懼中的思維，再度因為鬼神震耳欲聾的咆哮陷入進一步的恐慌之中。主機構

『皇之心臟』響起最大的轟鳴聲，身纏推進器火焰的伊迦爾卡再度飄然落地。兩手所持的奇異大劍一揮就砍斷了狄蘭托的手臂，必殺之手則像在附近尋找下一個獵物似地在空中飛舞。

「怎麼了？還有還有，還有還有還有還有這麼多嘛，繼續打過來吧！讓我們幻晶騎士繼續戰鬥吧！」

能夠充分發揮親手打造的愛機力量的戰場，對艾爾來說簡直是座樂園。他滿懷興奮地駕駛伊迦爾卡，刻意往敵人較多的方向衝過去。銃裝劍朝著驚慌失措的狄蘭托砍下，法彈捲起烈焰，『執月之手』穿過混亂，將一架架狄蘭托燒成廢鐵。

黑顎騎士團最大的不幸，就是構成戰鬥主力的黑騎士和伊迦爾卡實在太相剋了。黑騎士們拚死的反擊，卻都被伊迦爾卡藉由魔導噴射推進器的機動性迴避開來，而伊迦爾卡以脫離常軌的速度發出的攻擊，他們又完全無法躲開。他們自豪的腕力如果打不中就沒意義，但厚重的裝甲卻擋不住伊迦爾卡強得離譜的火力。

就算想利用數量圍攻，可是鬼神不但能在地上來去自如，甚至還能飛天。那樣的機動性完全超出常識之外，已經不是黑騎士應付得了的敵人。

「怪、怪物！你這可恨的怪物————!!」

結果他們在狂暴鬼神的淫威前，只能像無力的獵物般坐以待斃。

原本就只能單方面遭到蹂躪的黑顎騎士團，眼前又無情地襲來更大的威脅。一群巨大的騎兵氣勢洶洶地從森林中躍出，是澤多林布爾牽引的第三中隊的貨車部隊。魔導飛槍的遠距離攻擊結束後，他們就換上突擊用的裝備過來了，貨車上還載著第一中隊和第二中隊的法擊手。

「團長鬧得很厲害呢，敵方陣形和注意力都亂了。我們就從外側削弱，動手囉!!」

第三中隊長海薇駕駛的澤多林布爾發出一聲高亢的嘶鳴，以此為信號，貨車隊一齊發動了攻擊。

澤多林布爾舉起的騎槍刺穿前進路線上的黑騎士，貨車上的卡迪托雷則朝四面八方射出法擊。鬼神在中衛部隊的中心旁若無人地大鬧，外圍又有貨車隊逐漸削弱黑騎士的戰力。

「搞什麼……這些傢伙是怎麼回事！不可能，竟然如此輕易就將黑騎士的精銳……！啊啊，怪物……這些可惡的死神！」

如同遭大浪拍打過的沙堡般，黑顎騎士團的崩落只不過是一瞬間的事。無法鞏固防守、攻擊不得，最後想逃也逃不掉，甲羅武德軍的中衛面臨潰散。全場充滿轟炸與金屬破碎的聲響，他們最終落得毀滅的下場。

——這是否該稱之為悲劇呢？甲羅武德軍的前衛部隊撤退後見到的，正是這地獄一般的光景。

他們應該要和保留戰力的中衛會合，但是呈現在眼前的這一幕卻太過悽慘。映入眼簾的只有熊熊燃燒的火焰與散落一地的黑騎士殘骸。到底發生了什麼事，黑騎士才會被破壞得如此徹底？這一切都超乎了他們的想像。

「怎麼可能……中衛部隊發生了什麼事!?到底是跟什麼東西戰鬥!?」

他們背後還有舊克沙佩加殘黨軍的追兵正在逼近，因此不得不從森林裡出來，踏入破滅的荒野之中。踏出一步的他們馬上從破壞殆盡的戰場中央發現會動的存在，一瞬間還以為是倖存的同伴，但又很快捨棄了這個想法。

察覺到從森林中出現的他們，『那個』回過頭來。那東西怎麼可能是同伴？因為他們的軍隊裡根本不會有幻晶騎士蠢動著六隻手臂、長著一副因憤怒而扭曲的人類臉孔。

那個東西背後有陣煙塵湧了過來。人馬騎士踏過散亂四周的黑騎士殘骸，拖曳著巨大的馬車跑過來。稍微思考一下就會明白造成這場破壞的原因是什麼，除了這個鬼神和異形騎兵以外別無可能。

「鬼面的、死神……！」

舊克沙佩加殘黨軍依然從背後步步進逼。前衛部隊跟敵人戰鬥的時間應該沒有多久，到底是如何在這麼短的時間內造成這樣的破壞？在場沒有人想得透。

不久，舊克沙佩加殘黨軍的主力部隊終於追上因目睹過於悽慘的景象，而裹足不前的甲羅武德軍，隨即開始殲滅敵方兵力。沒時間猶豫了——明知前方危險至極，他們的活路還是只有向荒野前進。

懷著悲壯的決心，英勇上前挑戰銀鳳騎士團的黑顎騎士團前衛部隊，不一會兒就全軍覆沒。

◆

甲羅武德軍最精銳的黑顎騎士團潰敗了。

從頭到尾，克里斯托瓦爾都只能呆然地眺望那個過程。也不能只怪他，旗艦上艦橋裡的人全部都呈現一樣的狀態，已經沒有任何人能追上戰況的變化了。

雖然已經到了無法挽回的地步，不過事情發展到現在，克里斯托瓦爾才領悟到這一仗毫無勝算的事實，完全找不出任何一丁點足以致勝的機會。

目前還活著的只剩下旗艦和後方的些許兵力，就連指揮功能還存在這件事都要算意料之外的幸運吧。面對如此徹底的破壞，就算軍隊倉皇潰逃也不足為奇。他們現在剩下的選擇只有就這樣迎接全滅，或者在全滅前多少讓一些人逃跑，只剩這樣而已了。

「那就是……多羅提歐說的人馬騎士，還有鬼神!!不可能。那種東西竟然真的存在這個世界上……!?」

克里斯托瓦爾在此時想起來了——那些從馮塔尼耶搶走克沙佩加王族，還有單槍匹馬毀了多羅提歐指揮飛空船的異形幻晶騎士。克里斯托瓦爾自認為相信了多羅提歐賭上性命的證言，但心裡某處依然存疑。若是聽進多羅提歐的話事先提防，這場仗將會採用不同的戰術。他只覺心中後悔莫及。

「傳令全軍撤退……撤退！在那些怪物追上來以前……動作快!!」

不知不覺間，他的口中變得如此乾渴。這道用嘶啞的嗓音低聲傳達，錯失良機的命令，究竟還有多少士兵是神智清醒地聽著？即使如此，他們還是慌慌張張動了起來。

起風裝置揚起風，旗艦開始掉轉船頭。倖存的少數黑騎士們也追著後退的船脫離戰場，必須趁那些大鬧的怪物們還沒發現以前擺脫絕境才行。他們已經沒有身為甲羅武德軍精銳的自尊心了，恐懼正催著他們的雙腳趕快逃跑。

可惜他們深切的期盼依然落空了，背後傳來的馬蹄聲愈靠愈近。由行動遲緩的黑騎士所組成的地面部隊不可能逃得過澤多林布爾。

展開追擊的第三中隊，一個個追上殿後的黑騎士。

「殿下，請、請看那裡！地面部隊正受到敵人追擊。這樣下去就算是黑騎士也……!!」

「那又怎麼樣!?叫我去救他們嗎？憑我們現在有的戰力頂多也只能同歸於盡。不說這個了，通知騎士像提升起風裝置的輸出力量，以盡速脫離此地為最優先行動!!」

空中的旗艦俯視著轉眼間陷入混戰的地面，將起風裝置的動力提升到最大。就算放下旗艦上的幻晶騎士助陣也是杯水車薪，所以他的判斷可說極為妥當。只不過，那和逃不逃得過敵方攻擊又是兩回事了。

「有一艘！要逃走了!!」

「就這樣帶過來真是做對了！怎麼可能那麼簡單放過你們!?」

有兩架澤多林布爾與第三中隊分開行動，是奇德和亞蒂駕駛的機體。他們的機體和換成近戰裝備的第三中隊不同，身上仍帶著垂直投射式連發投槍器。一發現準備逃走的旗艦，就立刻投射出所有的魔導飛槍。

劇烈震盪襲擊船隻，克里斯托瓦爾明白敵人的獠牙已經咬過來了。

「嗚喔喔!?該死，損害、報告損害！我們還沒墜落!!不要放慢速度。無論如何都要到達馮塔尼耶……!!」

他慌張地下達指示，卻在看到艦橋窗戶外的光景後啞口無言。

飛空船下方有東西迸散出轟鳴和爆炎衝了過來。不屬於這個世界的天意創造出的破壞鬼神，靠著魔導噴射推進器壓倒性的速度親手抓住飛空船，然後降落在船上。

「怎麼可能，竟然能飛到這個高度!?這怪物到底……」

克里斯托瓦爾起身離開船長席，瞪著正要站起來的鬼神。這時，轉過頭來的鬼神與他四目相接，令他全身竄過一陣深不可測的恐懼。那是何等瘋狂啊？鬼神臉部竟戴著模仿盛怒的人臉面甲。不僅力量，連外型都遠遠超乎幻晶騎士的常識。

「可、可惡……你這怪物！我、本大爺怎麼可能害怕!!」

心中沸騰的焰火壓過了恐懼，那是『憤怒』的感情，諷刺的是——克里斯托瓦爾在這個場面才因為自己的怒斥而回過神來。他立刻從席上一躍而起，跑向飛空船的機庫。

「看樣子，差不多要畫上句點了呢。」

艾爾一副稀鬆平常的樣子操縱著鬼神(伊迦爾卡)。就在他意氣風發地在旗艦上準備踏出第一步時，船體頂部的一部分搶先打開了。在他興致盎然地凝望的視野中，打開的洞口由昇降機送出一架幻晶騎士。

「你這怪物！誰准你站在這艘船上？知道這是我甲羅武德王國第二王子的船，還敢如此無禮!?」

裝飾著鑲金邊的純白鎧甲與閃閃發光的紋章，這架優美機體很明顯和量產機不同層次。它正是當初葬送了國王騎『卡爾托加・歐爾・克謝爾』，並毀滅克沙佩加王國的甲羅武德王國旗機『阿凱羅力克斯』。

駕駛座上的克里斯托瓦爾用滿布血絲的雙眼瞪著鬼神。重金打造的王族專用機阿凱羅力克斯擁有全甲羅武德軍最頂尖的性能，他對自己的實力也有信心。即使如此，希望依舊很渺茫，只是他的自尊心不允許他坐以待斃。

「看你幹了什麼好事，竟敢毀掉我的軍隊！還把腦筋動到我的船上？所作所為簡直令人無法容忍。面臨我的親自制裁，你該感到光榮!!」

克里斯托瓦爾鼓舞自己，讓阿凱羅力克斯拔出劍，而在對面的鬼神座艙中，艾爾臉上露出了笑容——

「原來如此。既然載著王族，表示這艘船是旗艦啊。那架機體的背面武裝和格鬥裝備，是標準配備呢。看起來真是威風凜凜、充滿自信……我很期待喔？」

魔導噴射推進器咆哮著開始響起進氣聲。鬼神隨手舉起銃裝劍，踏出一步。光是這樣就讓克里斯托瓦爾有種心臟被猛然揪住的恐懼感，他鞭策自己駕著阿凱羅力克斯衝上前。畢竟戰場是在狹窄的飛空船頂，一開始就身處劍的攻擊範圍內了，多加算計或保留實力都沒有意義。

它用足以作為最高級機體證明的流暢動作，使出了無法想像較其更凶猛的凌厲斬擊，同時啟動背面武裝，朝鬼神猛烈轟炸。如果敵人是一般的幻晶騎士，那麼這有如烈火般的必殺攻擊早就為此戰分出勝負了吧——只可惜這一切都對鬼神不管用。在壓倒性的輸出力支持下，鬼神輕盈地揮舞沉重的銃裝劍，將射來的法彈輕鬆彈開，還順便砍斷了阿爾凱羅力克斯趁隙襲來的的劍鋒。

「竟、竟然毫不費力……難道本王子的攻擊只算得上兒戲嗎!?」

克里斯托瓦爾發出呻吟，踉蹌地讓機體後退，全身顫慄著拔出備用劍。竭盡全力的一擊已被輕鬆擋下，當現在採取守勢的鬼神展開攻擊時，就是他的死期了吧？身為戰士的直覺這麼警告自己，而且他的手上沒有足以顛覆這一切的籌碼。

「……慢著，鬼神的騎操士！你應該是魔獸守衛（弗雷梅維拉）的人吧？為什麼？為什麼要幫助克沙佩加！是基於王族間的親緣嗎!?還是魔獸守衛盯上了這塊土地!?」

一不做二不休，被逼得走投無路的他也只能以言語代替劍戟。雖然口才不如王兄和王姊，但這種情況下也無法要求太多。

「不對，因為親情而上戰場的是少爺（殿下）喔。我只是本著騎士職責揮劍，順便享受跟幻晶騎士的戰鬥（祭典）而已。」

從戴著凶惡面甲的鬼神騎士傳來的可愛嗓音實在太不搭調，讓克里斯托瓦爾差點陷入混亂，同時又從他的回答中找到一線希望的光芒。

「哈、哈哈！原來你的行動和國家、信念都沒關係啊。那麼，就帶著那個怪物幻晶騎士到我這邊來吧！你的力量只作為區區騎士實在太可惜了，投靠我的話，就賜予符合你期望的地位！還有，我們甲羅武德的目標是繼承古老大國（法達阿帕丁），會一直戰到吞下所有西方諸國為止。這麼一來，鬼神，你想要的戰場也幫你準備好了！如何!?」

這可說是生性傲慢的他，所能作出最真誠的勸說了。

「唔，別看我這樣，我也是獲得國家賜予相當地位的人物。你能夠拿出與之相應的報酬嗎？」

原本以為會被斷然拒絕，但是這比預料中有希望的回應，讓克里斯托瓦爾順勢說下去：

「呵呵，這點不用擔心。我可是第二皇子，還是甲羅武德王國軍的總司令！我國國力可不是魔獸守衛那種鄉下國家比得上的，隨便就能給你比之前高出『一倍』的地位！……如何？如果你有那個意思，就為你準備爵位吧！」

阿凱羅力克斯像是要歡迎伊迦爾卡一般大大地張開雙手，駕駛座上的克里斯托瓦爾漸漸加深了臉上的笑容。

他把鬼神提出的交涉視為『抬高價格』。換句話說，鬼神已經咬上他給的誘餌了。因此提出比既得地位更好的待遇，在交涉上是理所當然的選項。

他確信自己成功說服了鬼神，因為現在提出的條件可不是優渥兩字足以形容的。單槍匹馬就能扭轉戰局的幻晶騎士技術，以及操縱它的騎操士——若是可以得到這些，奉上爵位根本不算什麼。畢竟腳下這片名為克沙佩加王國的『廣大土地』不管給多少都不會心痛。

漸漸恢復從容與狂妄的克里斯托瓦爾那自信滿滿的態度，卻被艾爾接下來一句話給狠狠擊潰了——

「哦哦。那麼……意思是貴國幻晶騎士的開發製造，以及流通管理的所有權限，還有全部騎士團的優先指揮權都歸我管理嗎？」

聞言，克里斯托瓦爾先是懷疑起自己的耳朵，不禁沉默，接著心生困惑，最後火冒三丈，握緊拳頭大叫道：

「開什麼……玩笑！區區一個騎士……不，就算獲封爵位也一樣！除了國王以外，不可能會有那樣大的權限吧！」

「我不是在開玩笑啊？實際上，我在本國的確擁有這樣的權限。帶來這裡的騎士團不過是我馬上能調動的兵力而已。」

說著，艾爾臉上露出極其不懷好意的笑容，鬼神隨著他的話扳著手指數了起來：

「首先，在國內幻晶騎士的開發製造方面，擁有相當於陛下代理的命令權，再說基礎開發本來就幾乎是由我帶頭規劃的；能夠控制運輸流通的細節，只是因為麻煩所以懶得管；至於國內騎士團的調動優先權，我也有遇到上級魔獸災害時對全騎士團的指揮權限。根據情況，說不定還優先於陛下的命令喔？啊，但是我一點也不想管理領地，爵位就不用給我了！」

坐在阿凱羅力克斯上這件事可說是克里斯托瓦爾的幸運。要說為什麼？因為那時候的他正露出一臉蠢相，毫無威信可言。

鬼神所說的話完全超出了他的理解範圍。到底哪裡的『王國』、『國王』會賦予連爵位也沒有的騎士如此龐大的權力？假設接受這樣的條件，就要給他等同王族（克里斯托瓦爾）的立場才可能實現，他絕對不可能答應。他會這麼想也是理所當然，畢竟他並不知道艾爾那些輝煌的功績，也無法理解他在國有大難時被視為最後防線的可靠。這個機器人狂，隻身一人就能改變整個國家面貌的熱情，更是遠超乎他的想像。

他全身沒來由地發起抖。見敵人沉默下來，對這結果早有預料的艾爾盤起雙臂，覺得自己好像太壞心眼了。

「如果想活命的話，你看這樣如何？要是你肯從幻晶騎士上下來，我就不攻擊了。當然機體我會收下。」

這番話可說是艾爾最大的『溫柔』。純粹的機械狂心中並不存在『對敵隊幻晶騎士手下留情』這樣的概念，但是反過來說，只要從幻晶騎士上下來就不再是攻擊對象（怎樣都無所謂）。

「……你這傢伙……到底、到底要瞧不起人到什麼地步！擋在我等霸道之前的，不論擁有何等力量也是愚蠢之輩!!你這狂人，以為本王子會向你的慈悲屈服嗎!?」

但是，這時克里斯托瓦爾的精神狀態已經瀕臨崩潰了。艾爾扭曲的溫柔自然無法傳達給他，聽在他耳裡只像是最後通牒。

他顧不得立足點和實力差距，只憑著一股激情就卯起來發動攻擊。阿凱羅力克斯揮下備用的劍，施放法擊衝上前。這次伊迦爾卡也不是只有抵擋而已了，它才用魔導噴射推進器躲開法擊，下一秒就帶著爆發性的加速度揮下銃裝劍，將阿凱羅力克斯的劍連同右手一起粉碎。

受到強烈衝擊的阿凱羅力克斯失去平衡，像跳舞似地踉蹌幾步。這期間從視野外飛來的『執月之手』刺入阿凱羅力克斯的腳，而隨後激起的地獄之火將其炸個粉碎。轉眼間失去手腳和戰鬥能力的阿凱羅力克斯差點從旗艦上滾落，又被伊迦爾卡在最後一刻踩住。

「不行喔。我很不擅長對幻晶騎士（機器人）手下留情，這是最後的機會了。你要不要從幻晶騎士上下來，把機體交給我？」

被翻來覆去的阿凱羅力克斯駕駛座中，克里斯托瓦爾搖了搖昏沉的腦袋。隨著意識逐漸清晰，令他痛切體會到充塞心頭的敗北感。

剎那間，一股氣血湧了上腦，他衝動地拉下操縱桿。阿凱羅力克斯唯一完好的左手朝伊迦爾卡的腳狠狠揍下去。用足以砸爛拳頭的威力揮下的這一擊，讓伊迦爾卡踏住自己的腳縮了回去。失去支撐的阿凱羅力克斯從飛空船滾落，最後被拋上了空中。

「哈哈哈哈哈哈哈、哈哈哈……！你這怪物！本王子怎麼會如你所願！我並沒有輸給你，是憑自己的意志選擇有尊嚴的死……!!」

話還沒說完，阿凱羅力克斯就到達地面了。衝擊揚起一陣塵土，它的全身支離破碎。就算是使用了強化魔法的幻晶騎士，也承受不了從高空落下的撞擊。看著與旗艦機一同果斷迎向末路的甲羅武德第二王子，艾爾不禁欽佩地讚嘆：

「和自己的機體一同犧牲，是很不錯的決心。包括這艘飛在空中的船，你們的武器讓我玩得非常愉快，真是個『好戰場』。雖然只是一點小意思，就讓我為你祈求，希望你也有『美好的來世』吧。」

他算是相當真誠地對敵將獻上祝福，然後馬上採取下一個行動。伊迦爾卡轉過頭，將銃裝劍指向旗艦的艦橋。凶惡的魔導兵裝毫不保留地顯現出致命的殺氣，鎖定了船員們。

「好了，控制這艘船的人應該都有聽見吧？馬上讓船降落，並且交給我。如你們所見，抵抗也是白費工夫。」

至今都只是茫然眺望事情發展的船員們，像被雷打中一般抖了一下，立刻表示投降。旗艦開始慢慢降落，這成了宣告米謝利耶一役結束的信號。

◆

「……………我聽不懂。你到底在說什麼？」

站在王座旁的第一王女卡特莉娜盯著眼前不停磕頭的黑顎騎士團士兵，用沒有附帶任何感情的聲音問道。

「啟、啟稟殿下!!進攻米謝利耶的結果……隸屬我方的黑顎騎士團，損耗了九成黑騎士。

鋼翼騎士團全二十四艘飛空船中的十艘遭到……擊沉！沒有一艘船無恙返回！」

瀕死的黑顎騎士團回到甲羅武德軍中央護府已經是前幾天的事了。倖存士兵帶來的報告超越衝擊或驚愕所能形容的程度，深深扎進卡特莉娜的胸口。

這也難怪。這場侵略戰投入了甲羅武德王國的主力部隊黑顎騎士團，更派出堪稱精銳的一百架機體，卻是以空前的慘敗告終，平安回到戴凡高特的黑騎士甚至不到中隊規模。不過，最令卡特莉娜感到震驚的不是這件事情，而是士兵接下來說的話——

「然後，指揮旗艦的克里斯托瓦爾殿下……與跑到飛空船上的敵人交戰……結果從上空墜落，因此殞命!!」

卡特莉娜有好一會兒露出平常絕不會讓人看見的茫然表情，之後才漸漸理解狀況，從四肢末端竄起一股顫慄。

黑顎騎士團全滅，而她的弟弟死了。這是為什麼？太大意輕敵了嗎？不能否認首戰輝煌的成果讓他們有些驕傲自恃，但是再怎麼說，這次的損害都太大了。怎麼可能會有軍隊以自身的毀滅為前提行動呢？更何況在派出鋼翼騎士團多艘飛空船的條件下，她實在想不出任何理由會輸。

思緒紛亂的她忽然發現——既然克里斯托瓦爾死亡，自己就踏上身兼甲羅武德軍總司令的重要地位，在部下面前不能表現出更進一步的動搖。

時間。

「……我明白了。你立刻退下……！」

她無法掩飾聲音裡的顫抖，這是她用僅存的理性擠出的最後一句話。現在需要冷靜下來的

等黑顎騎士團的士兵飛也似地離開後，卡特莉娜立即屏退謁見廳裡的人。她的情緒即將爆發，為了不讓醜態暴露在他人面前，也只能把其他人趕出去。

在只剩她一人的謁見廳裡傳出了嗚咽聲。身為王族，從小到大接受的高等教育也無法讓她控制所有的情感，姊弟之情讓她為克里斯托瓦爾傷心落淚。

她沉浸於悲傷的時間並沒有持續太久。當悲傷隨著淚水流逝，接著感受到的就是怒氣。親人被奪走的憤怒讓她選擇採取下一個行動──

「我絕不原諒……害克里斯喪命的敵人，但就算要為他報仇，這次也敗得太難看了。失去黑顎騎士團的此刻，我們的戰力不足。」

一恢復冷靜，她不由得為事態的嚴重性抱頭苦惱。

黑顎騎士團受到的損害非同小可，但是飛空船遭到擊落才是更大的問題。至今飛空船都是無敵的存在，同時也是維持甲羅武德軍不敗神話的核心，如今卻一口氣被擊落了十艘。這將對甲羅武德軍造成比黑騎士毀滅更深刻的影響，雖然她無法立刻想像出具體上，到底會產生多壞

的影響。

「先增加黑騎士……不行。想要扳回一城，果然只能靠飛空船，可是那些飛空船被破壞了那麼多，表示維持原狀很危險。得趕緊強化飛空船才行……真是，沒想到連鋼翼騎士團都毀了，想必高加索卿也會大感震驚吧。」

「是啊，是啊。對我來說真是驚天動地呢，王女殿下。」

理應只有她的大廳突然傳出回應，讓卡特莉娜像是彈簧一般猛地轉過頭——一個其貌不揚的男性站在那裡。他就是甲羅武德王國開發工房的領頭，同時也是飛空船的發明者『奧拉西歐・高加索』。

「……我應該已經把人支開了，高加索卿。就算你是重要人物，也不會以為自己做什麼都能被原諒吧？」

眼下的狀況非比尋常。面對扭起美麗臉龐、露出凶相的卡特莉娜，奧拉西歐一副事不關己的樣子，坦然地說：

「是，小的當然明白。但是身處此險境，有件事無論如何都想得到殿下許可，因此前來拜見。」

卡特莉娜猶豫片刻後，坐到了『王座』上。她明白現在不是拘泥於這些小事的時候，必須以採取行動為優先。

「好吧，這次就不予追究。沒想到鋼翼騎士團的飛空船竟被擊落了，得火速強化剩下的船才行。想來克沙佩加也不會放過這個機會，已經沒有時間猶豫了。」

「正是關於這件事……造成如此離譜損害的敵人，到底是用什麼方法戰鬥的呢？為了今後著想，我想仔細聽聽那邊的情況，才想請殿下允許我調查生還者……」

不曉得他是如何看待現狀的，只見奧拉西歐不起眼的臉上露出極為歪曲的笑容。卡特莉娜略為猶豫了一下，接著作出決斷：

「……隨你高興吧。但是，不准失敗，不能再讓飛空船被打下來。既然你開口了，就拿出相應的成果給我瞧瞧。」

「是，我也希望飛空船永遠是天空的霸者。」

表面恭敬地行了一禮的奧拉西歐離去後，卡特莉娜深深吐了口氣，癱坐在王位上。雖然不知道他在想什麼，不過在對飛空船的要求這一點上兩人的看法相同。只能祈禱他的方法多少能提高一些戰力了。

她立刻抬起頭，立刻喚來傳令官告訴他：

「馬上把多羅提歐・馬多尼斯叫過來。」

這時候，她的臉上流露出前所未見的堅決意志。

◆

自從舊克沙佩加殘黨軍和甲羅武德軍在米謝利耶近郊發生激戰以來，克沙佩加領地東部的勢力版圖就有了天翻地覆的變化。

之前銀鳳騎士團在各地的活躍行動，使甲羅武德王國的支配範圍被逐漸侵吞，而黑顎騎士團和鋼翼騎士團慘敗一事，終於讓他們的支配徹底瓦解。

舊克沙佩加殘黨軍在那一戰獲得空前勝利後，便向甲羅武德軍設置東方護府的『馮塔尼耶』挺進。黑顎騎士團和鋼翼騎士團毀滅，加上失去總司令克里斯托瓦爾的甲羅武德軍並沒有餘力阻止，眼看汎克謝爾大道沿途城鎮清一色變成克沙佩加王國的旗幟，護府的警衛部隊甚至沒拿起劍就撤退了。

甲羅武德王國的統治象徵——『護府』的其中一個東方護府就這樣垮台，所造成的影響非常大，擴及至今仍受甲羅武德王國統治的克沙佩加領地各處。

澤多林布爾邁步走過馮塔尼耶的中央大道。街上居民們看見陌生怪異的人馬騎士莫不為之顫慄，但一看見它高掛著克沙佩加的國旗，又提心吊膽地來到街上。

澤多林布爾後頭跟著由雷馮提亞組成的步兵部隊，以及雷斯瓦恩特・維多的法擊部隊。親眼目睹奪回東方領和馮塔尼耶的克沙佩加軍英姿，居民們忍不住爆發出歡呼。

「埃莉諾殿下，怎麼樣？這就是我們贏來的東西。」

澤多林布爾的駕駛艙裡，除了騎操士奇德以外，還載著王女埃莉諾。原本就設計成供兩人搭乘的澤多林布爾擁有比其他幻晶騎士寬敞許多的駕駛座，因此在主駕駛座前還有個可稱為副駕駛座的位子。

「……是啊，我們贏了呢。」

埃莉諾傾聽著周圍的歡呼聲，那歡聲不輸給幻晶騎士的運轉聲。居民們流露出喜悅，對幻晶騎士隊伍送上聲援，其中還交雜著對王女的讚美之詞。因為這場面實在太令人難為情了，於是她偷偷遮住羞紅的臉。

不久，隊伍來到大道盡頭。出現在眼前的是舊東方領地的領城——拉斯佩德城。看見過去與自己有些淵源的城堡，她微微發著抖，僵住身子。後方隨即傳來強而有力的聲音對她說：

「放心，這裡已經變成我們的城了，而且我不會再讓妳被關起來，我不會允許那種事發生。」

「嗯，不要緊……以後也要仰賴你了，我的騎士。」

聽見埃莉諾這番包含無比信賴的話，奇德的眼睛簡直不曉得要看哪裡才好。最後好不容易才穩住情緒，沒發生操作失誤，順利地抵達城裡。

「我們總算收復這個地方了。親愛的……」

在拉斯佩德城的書房裡，馬蒂娜輕撫著留下來的舊桌子。書房在換了主人以後似乎仍保留原本的布置，與她記憶中的模樣相差無幾。終於，拉斯佩德城回到了原本的主人手中。

「不過，因為甲羅武德的緣故，這城堡也留下一些討厭的回憶呢。」

她露出苦笑，視線移往窗外的景色，從那裡看得見矗立於城堡四周的尖塔。不過幾個月以前，她們還被甲羅武德王國第二王子克里斯托瓦爾關在那座尖塔中。這件事不只她，連女兒伊莎朵拉也同樣百感交集。她一進入城裡就先說了——

「母親，那些尖塔盡量早一點拆了吧。」

馬蒂娜也相當認真地考慮著她的意見，或許早晚會改建那幾座塔吧。

銀鳳騎士團與克沙佩加軍本隊一同將據點移到馮塔尼耶。以前必須偽裝成銀鳳商會、駕著幻晶甲冑經過的景色，如今可以自由地行走其中。埃姆里思馬上走出戶外，好好享受這份自由。

「不必偷偷摸摸的果然很不錯！上次來的時候真是悶得要命。少了那些沒品的黑騎士，景色也好多啦！」

「歐比涅到這裡的道路都收復了，人潮也會慢慢回流吧。」

艾爾也附和著眺望四周景色。

舊克沙佩加殘黨軍將勢力範圍從米謝利耶擴展到馮塔尼耶，東西大道也因此恢復了原本的功能，現在派到弗雷梅維拉王國的傳令兵應該正在報告這項成果。想必兩國之間的貿易近期之內就會再開始復甦，馮塔尼耶將會恢復往昔的熱鬧繁華。

舊克沙佩加殘黨軍奪回馮塔尼耶的幾天之後——

埃莉諾在自己的房間，望著從窗外延伸出去的街道景色。馮塔尼耶的街上因為安定下來，一天天恢復活力，這才是受到甲羅武德侵略之前的、克沙佩加王國原本的樣子。她將這幅景色烙印在眼底，再次下定決心。片刻後，馬蒂娜來到她身邊開口：

「大家都到了……艾莉，妳做好覺悟了嗎？」

「是的……伯母。我不會再逃避了。」

即使仍給人一些靠不住的感覺，但她的眼睛深處確實燃著堅決的火焰。馬蒂娜用感到眩目的眼神看著那樣的姪女，然後緩緩跪下行禮。

在拉斯佩德城的中庭，集結了加入舊克沙佩加殘黨軍的貴族們，以及銀鳳騎士團的全體人員，他們的視線投注在這場集會的主角身上。埃莉諾感受到他們期待的心情，幾乎要被那樣的氣勢壓垮了。儘管她帶著覺悟來到這裡，但天生的軟弱性格還是動不動就要從內心深處探出頭窺視。

她有些迷惘的視線游移不定，最後在人群中找到一個人——一個修長瘦削的少年。這個驅策人馬騎士、以她專屬的騎士身分訂下勝利之約的他，點了一次頭作為回應。得到鼓勵的埃莉諾，於是踏出最後一步。

埃莉諾的雙手緊緊交握，環視在場眾人之後開口：

「今天，我有話想告訴各位。」

原有的鼓譟聲很快消逝，每個人都屏氣凝神地等待埃莉諾的下一句話，接著她動了起來。雖然帶著微微的顫抖，語氣中卻充滿和過去的她判若兩人的決心，娓娓道來：

「我將……繼承父親的遺願，準備接受成為這個國家的『女王』。雖然我沒有任何力量，但我相信各位的力量……相信戰爭。我……女王埃莉諾・米蘭妲・克沙佩加在此宣布，將復興我們曾經一度毀滅的國家——以『新生克沙佩加王國』之名!!」

時值西方曆一二八一年，時序即將進入冬季的時候。

『新生克沙佩加王國』誕生的消息，與同時即位的新女王演說內容很快地傳遍西方諸國。

儘管許多國家為這突如其來的變化感到困惑，卻都發現其中包含了某項重大事實——新王國獲得足以搶回國土的力量，而本應強大的甲羅武德王國則漸漸顯露出頹勢。

大國之間的角力註定會對西方造成廣大影響。以這番宣言為分水嶺，大西域戰爭就此揭開了新的篇章。

接續《騎士&魔法5》

輕小說
LIGHT NOVELS

# 騎士&魔法 4

（原著名：ナイツ&マジック4）

**作者：天酒之瓢**
插畫：黒銀
譯者：郭蕙寧
**日本主婦之友社正式授權繁體中文版**

【發行人】范萬楠
【出　版】東立出版社有限公司
台北市承德路二段81號10樓　TEL：(02)2558-7277
【劃撥帳號】1085042-7
【戶　名】東立出版社有限公司
【劃撥專線】(02)2558-7277　總機0
【美術總監】林雲連
【文字編輯】陳　瑮
【美術編輯】李瓊茹
【印　刷】勁達印刷廠
【裝　訂】台興印刷裝訂股份有限公司
【版　次】2016年10月10日第一刷發行
2017年06月14日第二刷發行


ISBN　978-986-482-106-8